내가 알던 그 사람

내가 알던 그 사람

웬디 미첼 · 아나 와튼 지음 | 공경희 옮김

SOMEBODY
I USED TO KNOW

| 차례 |

나이 때문이라고?

저번 날 또 일이 벌어지고 말았어. 이번에는 전과 전혀 달랐지. 더 많이, 훨씬 더 나빴어. 한 단어를 건너뛰는 수준이 아니었거든. 형용사 하나를 빼먹고 동사를 말하지 않는 정도가 아니야. 소파에서 일어나 슬리퍼를 끌고 부엌으로 가서, 홍차를 끓이고도 찻잔을 두고 나온 정도가 아니었어. 뭔가를 가지러 위층에 올라갔다가, 계단 끝에서 왜 여기 있는지 기억 안 나는 정도가 아니었다고.

이번에는 완전히 달랐어.

이번에는 완전히 백지상태였어.

거대한

     시꺼먼

블랙

홀.

더 나쁜 것은, 네가 가장 필요할 때 거기에 없었다는 사실이
었지.

강변을 달리는데, 뭔지 몰라도 곧 밀려들 것만 같다. 벌써
몇 주째 이런 감각을 경험하는 중이다. 더 솔직히 말하면 몇
달째 그렇다. 그 느낌을 어떻게 표현하면 좋을까? 아마 아직
병원에 가지 않은 것도 그 때문이겠지. 남에게, 심지어 딸들
에게 말하지 않은 것이 그 때문이다. 이런 느낌을 어떻게 설
명할 수 있을까? 머리가 몽롱하고 생기가 훨씬 줄었다. 일반
적인 설명이 무슨 소용이 있나? 주치의의 시간을 낭비시킬
필요가 있을까?(영국의 의료보험제도에서는 주치의로 등록한 가정
의에게 1차 진료를 받는다 - 옮긴이) 그런데 뭔가 찜찜하다는 것
을, 지각 능력이 평균 수준 정도밖에 안 되는 걸 안다. 내가
평균을 보통보다 높게 잡는 줄 알지만, 아무튼 지금 이건 내
가 아니다.

오늘 오후, 소파에서 일어난 것도 몽롱함 때문이었다. 머
릿속이 멍하자 얼른 조깅화를 신고 한 손에는 열쇠, 다른 손
에는 아이팟을 들었다. 무슨 기운으로 조깅을 할지 자신이

없었지만 나서면 힘이 날 게 확실했다. 전에도 수없이 그랬듯이, 바로 앞의 벽만 지나면 곧 강변 아파트의 현관문을 열게 됐다. 그러면 아드레날린이 솟고 활력이 생기리라. 언제나 달리기는 그런 결과를 일으켰다.

평소 달리는 속도와 리듬대로 움직이는 발을 내려다본다. 발이 탁탁 소리를 내며 아스팔트 바닥을 밟는다. 다시 고개를 들고 앞쪽의 길을 내다보면서, 평소처럼 세상이 또렷해지기를 기다린다. '500미터.' 헤드폰 속에서 로봇 같은 음성이 알려준다. 아이팟이 발동작에 연동되어 뛰라는 격려가 되지만, 이 순간은 실패의 증거로 다가온다. 내가 이룬 성과에 비하면 이 정도는 아무것도 아니다. 작년에 '쓰리 픽스 챌린지'(요크셔데일에 있는 세 산의 정상에 오르는 행사 - 옮긴이)에 도전했다. 첫 코스였던 해발 600미터의 '페-니-겐트' 정상을 밟은 순간의 감격이 지금도 고스란히 남아 있다. 세상을 정복한 기분이었다. 지금은 애태우며 아드레날린이 솟기를 기다리지만, 그날은 아드레날린이 온몸에 솟구쳐 한 날에 두 산을 오를 수 있었다. 산 정상에서 귀를 때리던 바람. 그때는 삶이 아슬아슬한 경계에서 흐리지 않고 바늘 끝처럼 예리했건만.

춥고 싸하지만 운동복 레깅스가 허벅지를 조여서 체온이 유지된다. 고무 밑창이 땅에 닿는 소리를 빼면, 다리 사이로 조정 훈련을 하느라 노가 잔잔한 수면을 가르는 소리만 난다. 강변을 달려 '밀레니엄 다리'를 건너 맞은편 둔치를 거슬러 올라갈 예정이고, 여러 번 달린 코스다. 그런데 순식간에 모든 게 변한다. 아무런 예고도 없이 넘어진다. 손을 짚을 새도 없이 콘크리트 바닥이 앞으로 쏟아진다. 얼굴부터 땅에 처박혀, 하얀 통증이 코와 광대뼈를 지나면서 쪼개지는 느낌이 든다. 안에서 뜨겁고 끈끈한 게 터진다. 2초쯤 지났을까, 완전히 잠잠해진다. 이 기회를 이용해 한숨 돌리고, 손을 얼굴에 올렸다 내리자 손이 피범벅이다. 그 순간 통증이 솟구친다. 뒤엉킨 양다리를 보자 물리적인 통증이 아닌 모멸감이 찔러댄다. 바로 그 분열의 순간, 나는 내 다리도, 내 다리 때문에 일어난 일도 인지하지 못한다. 분명히 코가 부러졌다. 비척비척 일어나니 피가 상의로 흘러 운동복 솔기에 스민다. 속수무책으로 가슴팍까지 피 얼룩이 번지자 나는 비틀비틀 집으로 돌아간다.

길모퉁이만 돌면 다니는 병원이 있기에 가서 간호사를 만나보기로 한다. 이제 충격이 뼛속까지 파고들고, 간호사 앞에 설 즈음에는 손이 덜덜 떨린다. 무릎도 부들부들 떨린다. 난 간호사가 알아채지 못하기를 바란다.

간호사가 곧장 응급실로 가라고 지시하고, 난 걸어가면서 무슨 일이 생겼는지 파악하려 한다. 혹시 집을 나설 때 느꼈던 정확히 말할 수 없는 그 감각과 상관있을까? 그게 문제였을까? 그게 내가 예감하던 일이었을까? 달리다 자빠진 게?

하지만 그보다 심각한 일일 것 같다. 응급실에서 기다리는데, 운동복 상의에 갈색으로 피가 말라붙는다. 붉게 물든 휴지를 손에 단단히 움켜쥐고, 일회성 사고일 뿐이라고 마음을 달랜다. 마침내 호명되자 안으로 들어가 치료해줄 간호사를 만난다.

간호사가 말한다.

"음, 부러진 데는 없네요. 운이 좋으셨어요. 어쩌다 이런 거예요?"

"확실히 모르겠어요. 밖에서 조깅하는 중이었어요."

"아, 조깅이 위험하긴 하죠."

간호사가 깔깔대더니 덧붙인다.

"저도 좀 알죠!"

우리는 눈을 굴리면서 농을 주고받지만, 다시 그 감각이 다가든다. 더 심각한 느낌이. 집으로 돌아가는 길에, 다행히 골절상은 아니지만 검은 멍 두 개를 안겨준 건들건들한 보도블록을 찾기로 한다. 연차휴가 중이라 내일 검게 멍든 얼굴로 출근하지 않아도 되어 다행이다.

한 시간 후 넘어진 자리에 서 있다. 바닥에 얼굴이 부딪히면서 피가 튀어 그 자리를 쉽게 찾는다. 주위를 살펴보지만 아스팔트에 파인 자국도, 건들대는 블록도, 발부리에 걸릴 물체도 없다. 그런데 왜 그랬을까? 머릿속에 안개가 끼어 상황 파악이 어렵지만 – 단서가 전혀 없다, 단 하나도 – 이런 일은 처음 겪는다. 집에 돌아가 소파에 눕는다. 멍들고 지친 몸으로 아까 누웠던 자리에 누워서 우즈 강을 내다보니 강 위로 하늘이 어두워지고 강 속의 미스터리는 깊어진다. 이제 피곤하다. 어느 때보다 기진맥진하다. 눈을 감으니 욱신거리지만, 이번에는 무력감이 담요처럼 몸을 덮어도 그냥 둔다. 생전 처음으로 무력감과 싸우지 않는다.

며칠 후 가정의 진료 예약을 한다. 무엇보다도 피곤해서 땅속으로 꺼질 것 같다. 기운이 없고. '그것'은 이렇게 시작되었다.

난 의사 앞에 앉는다.

"그냥…… 그냥 평소보다 굼뜬 느낌이에요."

내가 말하자 의사는 잠깐 나를 살핀다.

당치 않은 생각을 하던 참이다. 뇌종양이라는 생각이 머리를 스쳤다. 의사도 같은 생각을 하는지 얼굴을 살피지만, 아무런 힌트도 주지 않는다. 대신 어깨를 떨구면서 동정 비슷한 표정을 지으려고 한다.

의사가 말한다.

"건강하고 운동도 하는데다 잘 먹고 흡연도 안 하시죠. 56세치고 상당히 젊습니다. 그래도 누구나 자신이 느려지는 걸 인정해야 되는 때가 오지요."

그는 등을 기대더니 팔짱을 끼고, 내가 이해하기를 기다린다.

"웬디, 일을 열심히 하시지요? 아마 시간을 내서 쉬시는 것도 좋을 겁니다."

그러고 있다고, 지금 연차휴가 중이라고 말하고 싶다. 이 이상 쉬는 건 나 같은 사람에게 당치 않다고. 난 직장에서 간호사 교대 근무 작성법에 통달한 사람이다. 기억력이 비상해서 동료들이 지어준 별명이 '도사'다. 순식간에 문제를 해결하고, 야간 당직자가 누구인지 기억하고, 누가 어느 날 휴가를 써야 될지 꿴다. 내가 없으면 부서가 순조롭게 돌아가지 않는다. 하지만 주치의가 책상에 놓인 서류들을 정돈하자 난 진료가 끝났음을 알아차린다.

"나이 때문입니다."

그가 어깨를 으쓱하면서 고개를 돌리다가, 내가 빤히 쳐다보는 걸 알아차린다.

나는 진료실에서 나온다. 안심해도 된다는 걸 안다. 주치의는 걱정하지 않는 눈치이고, 평소의 나라면 일에 눈을 돌려 좋아하는 업무에 몰두할 것이다. 아무튼 적적한 아파트로 돌아간다. 두 딸 젬마나 새러에게 넘어진 일을 말하지 않는다. 의사 말이 옳다고, 그저 나이 탓이라고 자위한다. 그런데 몇 개월이 지나도록 여전히 머릿속이 눈 내린 듯 뿌옇고, 기운이 없고 아리송한 감각도 여전하다. 다른 특징도 있다. 건망증. 계속 조깅하러 나가고, 넘어졌던 지점에 도착하면 길

바닥을 살피면서 넘어진 이유를 찾아본다. 하지만 마음속 밑바닥에서는 원인이 나인 걸 안다.

그러다 또 일이 터진다. 조깅하는 중에 앞에서 좌회전할 차보다 내가 먼저 지나갈 수 있다고 자신하고 길을 건넌다. 다가오는 차를 보자 갑자기 차를 피하기로 하지만, 뭔가 빠진 부분이 있다. 뇌와 다리 사이에서 메시지가 신속히 전달되지 못하고, 다시 비틀대면서 아스팔트에 자빠진다. 다행히 이번에는 자존심만 다친다.

넘어지는 사고가 연달아 세 차례 일어난다. 마지막에는 손으로 바닥을 짚으며 심하게 넘어졌고, 그날 오후 조깅화를 치우면서 이것으로 끝임을 예감한다. 뇌와 다리가 대화하지 않는다. 즉 소통이 끊겼다. 다시 의사를 찾아가자 간호사가 채혈해 검사실로 보낸다.

내가 검사 결과를 보러 가자 주치의가 말한다.

"모든 게 확실하네요."

그는 이번에도 나이를 들먹인다. 나는 매사 느려진 상태를 표현할 방도를 몰라 난처해서 의사 앞에 앉아 있다. 컨디션이 나쁜 날은, 사람 이름과 얼굴과 장소를 전처럼 척척 떠올리지 못한다. 이걸 어떻게 설명할까. 어쩌면 의사 말이 맞고 다 나이 탓이겠지만, 진료실을 나서는데 또 설명 못할 뭔가가 임박한 것만 같다. 뭔가 놓친 의사에게 알려줄 힌트가 도무지 안 떠오른다.

넘이 나갈 듯한 속도. 네 업무 처리 속도가 기억난다. 말로 표현한 적은 없지만 속으로는 감탄했지. 사방팔방 차를 몰고 다니면서 업무를 처리했지. 휴가 때면 '레이크 디스트릭트'(호수지구. 잉글랜드 중부의 호수가 많은 아름다운 지역-옮긴이)의 산등성이를 수 킬로미터나 걸었어. 길을 잃는 걸 개의치 않고 산 중간으로 들어가곤 했지. 길을 잃어도 주변 지형을 잘 알았으니까-멀리 있는 지표와 낯익은 풍경을 보고 직감을 따라가면 됐으니까. 난 그럴 수 없어. 이제 그렇게 못해.

지금 우리는, 너와 나는 어울리지 않아. 너무 많은 시간이 흘렀어. 우리는 연락이 끊겨서 이제 평행선 같은 삶을 사는 두 친구야. 좋아하는 게 서로 달라. 넌 복잡한 도시의 부산함과 소란스러운 분위기를 사랑하지. 반면에 난 어떤 날은 창밖 경치를 몇 시간이고 넋 놓고 바라봐. 그냥 보기만 해. 가만히. 말없이. 하지만 넌 늘 뭔가 하기를 좋아했고, 늘 분주하게 지내고 싶었지. 가만히 앉아 있는 데는 소질이 없었어. 난 지금 사는 곳의 예쁜 경치가 좋아. 이스트요크셔의 베벌리에서 가까운 마을이야. 사실 네가 기억할지 모르겠다-젬마가 살던 곳이거든. 처음 다니러 왔을 때 넌 길가에 예쁘게 늘어선 빨간 벽돌집을 낱낱이 가리키며 이 동네에 완전해 반해버렸어. 친근한 동네 분위기, 만나는 사람마다 모르는 이에게도 인사하는 걸 좋아했지. 몇 가지 기억이 나네. 젬마가 너를 안내해서, 집 안팎을 돌면서 아래층과 위층을 구경시켜주었지. 넌 신나서 열심히 따라다

넀고. 소매를 걷어붙이고 페인트 통을 열고 당장 집 단장을 시작하고 싶은 눈빛을 젬마만 읽었을 거야. 그 무엇도 널 막는 게 없었지.

다른 병원의 대기실에 앉아 있다. 옆에 순전히 만약의 경우에 대비해 소지품을 꾸린 가방이 있다. 아무튼 맏딸 새러를 안심시키려고 시키는 대로 했다. 가정의는 소견서를 건네면서(영국의 의료제도에서는 주치의인 가정의가 1차 진료를 한 뒤 소견서를 첨부해 2차 병원에 의뢰한다 - 옮긴이) 딸에게 연락하라고 권하면서 응급실로 직행하라고 했다. 새러에게 전화해서 걱정 말라고 큰소리쳤다. 큰 병원에서 검사받는 것일 뿐이라고, 별일 없을 거라고 말하면서도 달래는 사람이 딸인지 나 자신인지 몰랐다. 머리의 반에 목화솜이 든 느낌이 - 지난 가을 이후 - 수개월간 지속되었다. 그러다 이번 주말에 상태가 더 안 좋아졌다. 피로감이 밑도 끝도 없었다. 손에서 놓친 포크가 접시에 떨어졌다. 월요일에 출근하자 동료는 내 발음이 새는 걸 알아차리고 조퇴하게 했다. 단순한 과로가 아닌, 훨씬 더 심각한 상태임이 확실했다. 이제 병원의 플라스틱 의자에 새러와 나란히 앉아, 앞에서 벌어지는 광경을 지켜본다.

새러는 간호사 교육을 받는 중이어서, 신참 의료진의 눈으로 환자들을 가늠한다. 우린 대기 중인 사람들을 살핀다. 엉성하게 댄 부목, 황급히 동여맨 피가 밴 행주, 몸부림치며 차례를 기다리는 아기들, 자식에게 걱정하는 기색을 감추려는 엄마들. 손에 든 소견서가 축축하다. 도착해서 간호사에게 소견서를 보여주자 놀랍게도 내 이름을 알아보고 벌써 가정의의 전화를 받았다고 말했다. 병원의 등록 절차를 알고 또 병원에서 근무하는 내가 이런 일을 겪을 줄 꿈에도 몰랐다.

의료진은 나를 입원시켜서 상황을 지켜보고 싶어 한다. 담당의는 내 발음이 새는 이유를 아직 파악 못하고 있다. 혹은 파악했더라도 말해주지 않는다. 난 다시 플라스틱 의자로 돌아가 빈 병상이 나기를 기다리고, 그제야 새러에게 같이 기다릴 필요가 없다고 말한다.

"몇 시간 걸릴지도 몰라. 둘이 여기 죽치고 앉아 있어본들 도움 될 게 없지."

내가 말한다.

새러는 망설이는 눈빛을 보이지만, 결국 코트와 가방을 챙긴다. 난 무슨 소식이든 즉시 알려주겠다고 약속한다.

새러를 보내길 아주 잘했다. 몇 시간 후에야 빈 병상이 생긴다. 병동으로 안내받는데, 창밖에 어둠이 내린다. 난 아침에 출근할 때 차림 그대로 침대에 눕는다. 주변에서 간호사들이 병상과 환자 사이를 숨 돌릴 새도 없이 부지런히 오간다. 의료진의 근무시간은 획획 지나지만 내게는 시간이 고통스럽게 늘어진다. 아이러니하게도 난 병원이 싫다. 내가 진상 환자라는 걸 안다. 침대에서 보이는 전광판에 근무자 현황이 나오고, 명단으로 볼 때 얼마나 일손이 부족한지 파악된다. 누가 주간 근무를 하느라 지쳤는지, 누가 야간 근무를 하러 막 출근했는지 알 수 있다. 검사를 받는 틈틈이 전광판을 쳐다보는 것밖에 할 일이 없고, 그러는 중 간호사가 와서 상세히 문진한다.

간호사가 묻는다.

"언어장애가 생긴 지 얼마나 됐나요?"

"오늘 아침까지는 그런 기미를 몰랐어요."

내가 대답하자 간호사는 주머니에서 펜을 꺼낸다.

"저를 환자분 쪽으로 당겨보시겠어요?"

간호사가 말하면서, 힘이 없는 내 왼팔을 붙잡는다. 내 팔이 간단한 테스트도 못해낸다는 게 그녀의 눈빛에서 읽힌다.

"됐습니다. 이제 저를 밀어보세요."

간호사가 말한다. 같은 상황. 그녀가 차트에 뭐라고 적더니 물러간다. 오늘 밤 난 운이 좋다. 복도 끝 병실에 들어온 덕에, 밖에서 병상 사이를 종종걸음으로 다니는 의료진의 다양한 파란 유니폼만 보인다. 난 파자마로 갈아입고도 자지 않는다. 몸에 부착한 기계들이 이상한 소리를 낸다. 긴장이 풀려서 딱딱한 매트리스에 잘 누워보려 할 때마다 심장에서 경보음이 울린다. 간호사가 뛰어 들어와 모니터를 확인하지만 난 겁먹지 않는다. 심박 수는 낮지만 안정적이고, 난 건강하고 튼튼하다. 그렇지?

넌 뭘 잊는 법이 없는 부류의 사람이었어. 몇 달, 아니 몇 년 전 딱 한 번 만난 사람의 이름을 기억할 수 있었지. 네 기억력에 동료들은 혀를 내둘렀어. 사례연구, 문서 파일, 회의 할 것 없이 뭐든 기억했으니까. 사실 첨단 기술을 다루는 데 미숙했지만, 늘 답을 갖고 있었지. 업무-NHS(우리나라의 국민건강보험공단 같은 영국의 국민건강보험공단-옮긴이) 내의 의료지원팀장-를 잘 처리했고, 그러려고 혼신의 힘을 다했지. 그리하여 일중독자가 되었고. 넌 간호사 수백 명의 근무 시스템을 관리했고, 모든 정보가 머릿속에 있었어. 관련 사항을 척척 기억해냈고 정보들이 뒤섞이는 일도 없었지.

지금 보면 그건 앞뒤가 안 맞는 일이었지.

가정에서는 싱글맘으로 두 딸을 키우며 동분서주했지. 직장, 살림, 학교에 다니는 두 딸. 도와주는 사람 없이, 그 모든 공을 한꺼번에 공중에 돌리는데 공이 하나도 떨어지지 않은 게 작은 기적인 것만 같네. 집을 살 때마다 손봐야 했고, 항상 산 넘어 산이었지. 넌 겁먹지 않았어. 몇 주 안에 너는 헌 벽지를 뜯고 페인트를 칠했고, 정원의 가시덤불을 싹 걷어내어 감춰졌던 잔디밭이 드러나게 했지. 묘목을 심고 씨앗을 뿌리고. 이사 가는 곳마다 본의 아니게 너 때문에 이웃 부인들이 남편을 들볶게 했지. 집 안의 손볼 곳을 너처럼 후딱 해치우라고 말이야. 힘들었지만 항상 길이 있었고, 그게 네 모토였어. 넌 도전을 좋아했어. 특히 네가 못해낼 거라는 남들의 생각이 틀렸다고 증명하는 걸 좋아했지.

어쩌면 그게 여전한 우리 둘의 공통점이지. 우리가 아직 비슷한 구석이 있어서 위로가 돼.

이후 며칠에 걸쳐 다양한 검사와 스캔이 이어진다. 난 휠체어에 앉아, 예전에 근무한 낯익은 복도를 오간다. 동료들과 자신 있게 활보하던 기억이 떠올라, 눈을 감고 아는 사람을 만나지 않기를 기도한다. 다른 방에 가서 동맥과 정맥에서 채혈하고, 의사들이 검사 결과를 확인하는 광경을 지켜본다. 그들은 앞에 있는 작은 병이 답을 내놓기라도 하는 듯, 콧등을 찡그리고 이마를 찌푸린다. 의료진 사이에 '뇌졸중'이라는 말이 오가지만 아무것도 확실하지 않고, 매번 나는 뇌졸중 병동 입원실로 돌아간다. 움직일 수도, 심지어 말을 할 수도 없어 누워 있기만 하는 환자들 옆에서 난 멀뚱멀뚱 천장만 올려다본다. 건너편 침상에 누운 부인이 물을 마시려고 그나마 힘이 있는 팔을 뻗지만, 컵을 잡으려다 손을 덜덜 떤다. 주위를 둘러보지만 간호사들이 다른 환자들을 살피느라 분주하자 난 일어나 부인에게 물을 건넨다. 한순간 며칠 동안 느낀 무력감이 줄어드는 동시에 난 여기 있을 사람이 아니라는 생각에 사로잡힌다. 나는 환자가 아니라 환자를 지원해야 되는 사람이다.

이제 그만 가고 싶다. 집에 돌아가 옷을 입고 출근하고 싶다. 여기 붙잡혀서, 바빠서 5분도 할애 못하는 의사의 처분이나 기다리는 환자 노릇은 그만하고 싶다. 예전의 삶은 여기서 거의 찾아볼 수 없다. 의료진과 검사를 기다리노라면, 예전에 상상하던 미래가 아득하게 느껴진다. 생각하고 비교하고 대조할 시간이 너무 많다. 직장에서는 주말을 기대하고, 월요일마다 금요일이 오기를 바라면서 바쁘게 지낸다. 여기서는 지켜보고, 기다리고, 생각하고, 걱정하는 것 말고 할 일이 없다. 후다닥 지나간 모든 주말을, 활기차고 미래를 꿈꾸던 모든 주말을 되돌리고 싶을 따름이다.

간호사들이 맞은편 환자의 몸을 돌리는 광경을 지켜보니 궁금해진다. 그 부인은 겉보기처럼 쉽게 상황을 받아들일까, 아니면 순응하면서 예전의 익숙한 삶으로 돌아가기를 기다릴까. 본인은 모르지만 이미 작별을 고한 그 삶으로. 나는 눈을 감고 면회 시간을 학수고대한다. 그때가 되면 정상적인 대화를 할 수 있고, 바깥세상이 어떻게 돌아가는지 들을 수 있다. 거기서는 독립적이고 충만한 생활이 기본이다. 입원 전에 우리가 그랬듯, 문병객들도 그런 생활이 고마운 줄 모른다. 나는 병상에 누운 부모를 바라보는 딸들을 유심히 본다. 그들을 안아주고 울면 눈물을 닦아주던 부모의 허깨비가 거기에 있다. 내 딸들이 그런 눈으로 나를 바라볼 날이 올까봐 두렵다. 나중에 실습 나온 의대생이 찾아와 차트를 오래 살피더니, 나를 내려다보면서 기분이 어떠냐고 묻는다. 의사들의 빤한 태도와 사뭇 다르다. 학생은 대화를 하고 검사 결과를 설명할 시간 여유가 있다. 그가 의사들이 확실한 진단을 못 내리는 이유를 알려주고 간 무렵, 난 다시 보통 사람이 된 기분을 맛본다.

　오늘, 마지막 수단으로 심장 스캔을 받는다.

　의사는 내게 묻는다.

　"실습생이 검사를 진행해도 되겠습니까? 물론 전문의가 감독할 겁니다."

　나는 상관없다고 했고, 그러길 잘했다. 실습생이 스캐너를 내 가슴팍의 아래위로 움직이면서, 알아낸 점을 감독관에게 속삭인다.

　"심장에 구멍이 있지. 아주 흔한 현상이야. 그게 뇌졸중의 원인일지 모르겠군."

　감독관인 의사가 말한다. 스캔 결과를 두고, 어느 정도 이유를 찾아 반가운 눈치다. 이제 퇴원을 상의하고, 난 구멍 난 심장을 안고 병상으로 돌아가지만, 집에 돌아갈 생각을 하니 기쁘다.

　그날 오후 물리치료사가 병상을 찾아온다. 의료진은 내가 뇌에서 왼팔에 전달하는 신호가 느리고 약한 상황에서 가정

생활을 할 수 있을지 확인하려 한다. 나는 병동 밖에 꾸며진 가짜 주방으로 안내받아서, 어처구니없는 표정을 짓지 않으려 애쓰면서 홍차를 준비하는 과정을 보여준다. 다음으로 지겹지만 물리치료사의 지시에 따라 계단을 오르내리고, 그제야 퇴원해도 된다고 통고받는다.

담당의는 퇴원 서류를 주면서 말한다.

"뇌졸중을 일으킨 원인을 더 명확히 밝히지 못해서 유감입니다. 하지만 신경과에 외래 진료를 요청했으니, 처음부터 시작하게 될 겁니다."

하지만 여태 받은 검사들이 허사가 되어도 상관없다. 내가 하소연한 기억 관련 문제는 다른 결과들 속에서 무시되었으니. 벗어나고 싶을 뿐이다. 평소 생활로 돌아가, 만사 오케이라는 확신을 되찾고 싶을 따름이다.

출근하지 않고 집에 있는 게 어색하니, 회복할 새로운 방법을 찾아야 한다. 창에 들이치는 빗줄기에서 힌트를 얻어, 힘없는 왼팔을 튼튼하게 할 운동법을 알아낸다. 하루 몇 번씩 우산을 폈다 접었다 한다. 처음에는 우산이 아주 더디게 중간까지만 펴지지만, 며칠 지나면서 점점 많이 펴지다가 '딸깍' 하면서 완전히 펼쳐진다. 거실에서 혼자 우산을 펼치고 서서 생각에 잠긴다. 언제 복직할 수 있을 정도로 회복되려나.

이후 집에서 지낸 두 달이 느릿느릿 지나간다. 또 언제 재발할지 매일 염려된다. 침대 옆에 놓인 새 메모지는, 뇌가 둔하게 활동한다는 증거다. 매일 출근하던 시절에는 자주 밤에 깨어 메모한 포스트잇을 카펫에 던져두었다. 아침에 침대에서 내려오다가 발꿈치에 붙은 메모지를 떼면, 출근해서 처리할 업무를 얼른 기억할 수 있었다. 하지만 요즘은 깨서 침대 옆을 힐끗 보면, 썰렁한 연두색 카펫만 보인다. 전에는 아침마다 메모지가 사방에 흩어져 있다고 투덜대기 일쑤였다. 바쁜 하루의 상징이었으니까. 이제는 내가 여전히 쓸모 있다고 알려주는 노란 메모지가 한 장이라도 떨어져 있기를 간절히 바란다.

세상은 계속 분주하게 돌아가지만, 내가 그 일부가 아닐 뿐이다. 내 일상을 채우던 팀 정신이 그립다. 마감 시한까지 정신없이 휘몰아가던 분위기가 그립다. 전에는 은퇴하면 어떤 기분일지, 시간이 없어서 못하는 일들을 다 하면 어떤 느낌일지 궁금했다. 그런데 지금은 기운이나 의지가 부족하다. 하지만 의식되는 점이 더 있다. 곧 직장에 복귀하리란 걸 알자 전에 없던 의심이 고개를 들기 시작한다. '이제 업무 처리 방법을 모르면 어쩌지?' 하루에도 몇 번씩 의심이 들고, 그때마다 아무 일 없는 듯 눈을 깜빡여 생각을 밀어낸다. '너무 큰 변화가 있었으면 어쩐다? 업무 시스템이 기억나지 않으면? 내가 일처리 속도를 맞추지 못해서 직원들에게 걸림돌이 되면 어쩌지?' 가정의를 다시 찾아가 걱정을 털어놓자 그는 정상적인 심리 상태라고 다독인다.

"두어 주 더 휴가를 내서 정말 준비가 됐는지 확인해보시지요."

의사가 말한다. 이렇게 쉽게 진단서를 발부받다니 놀라울 뿐이다.

아니야, 그럴 리 없어

2013년 3월 – 뇌졸중이 시작되고 3개월 후 – 다시 직장에 출근한다. 오늘이 복직 첫날이고, 책상에 다시 적응하면서 고개를 드니 동료가 날 쳐다본다. 그는 씩 웃지만 얼른 시선을 돌리고, 나는 다시 책상으로 머리를 돌려 업무를 시작한다. 동료 역시 내가 여전히 업무를 수행할 수 있는지 궁금하겠지. 컴퓨터를 켜자 화면이 깜빡이면서 환해지고, 그 순간 몹시 어색해 보인다. 다양한 문서와 파일을 훑으면서 상황 파악에 도움이 될 문건을 찾는다. 시간이 흐르면서 심장박동이 빨라진다. 그래도 거기에 문건이 있다. 근무표 작성법. 더블클릭하니 문서가 열리고 갑자기 모든 게 되살아난다. 당연히 업무를 처리할 수 있다.

평소처럼 며칠이 지나고, 단숨에 예전으로 돌아가지 않고 삐걱대지만 차츰 자신감이 생긴다. 잊은 부분 - 이름이나 숫자, 장소, 사람들 - 이 있지만 뭐 그럴 만도 하지. 사실 3개월 가까이 쉬지 않았나. 아무튼 주변 사람들 모두 그렇게 말하고, 난 나 자신을 믿기 시작한다. 완전히는 아니더라도.

두 달 후 신경과 예약일이 되자 나는 의사 앞에 앉아 몇 달간 느낀 애매한 점들을 표현하려 애쓴다. 카펫 바닥에 뒹구는 연노랑 포스트잇이 점점 수북해진다 말한들 여의사에게 무슨 의미가 있을까? 밤중에 여러 번 깨어, 출근하면 할 일을 떠올리면서 하나도 놓치지 않으려고 버둥댄다.

"정신이 왠지…… 또렷하지 않은 것 같아요."

그 정도가 표현할 수 있는 최선이고, 앞에서 의사는 고개를 끄덕이면서 차트에 기록한다. 그녀가 다양한 질문으로 이리저리 찔러보지만, 내 답은 역시 애매모호하다.

의사가 말한다.

"환자분을 임상심리사에게 의뢰하고 싶네요. 그 사람에게 더 상세한 기억력 검사를 받을 수 있을 겁니다."

나는 고개를 끄덕인다. 적어도 건망증 부분을 챙긴다는 사실이 안심되면서도 걱정스럽다. 병원에서는 전처럼 채혈하지만 아무런 결과도 얻지 못한다.

한 달 후 임상심리사 조가 책상 너머에서 인사를 건넨다. 조는 기억했다가 상담 말미에 알려달라면서 세 단어를 말한다.

"그러죠."

나는 고개를 끄덕인다. 아주 간단한데 뭘.

신경과 전문의처럼 조 역시 뿌연 생각을 상세히 설명하라고 요청한다. 그녀는 내 증세가 언제 시작됐는지, 얼마나 오래 지속되고 있는지, 불쑥 증상이 생기는지 항상 그런지 파악하려 애쓴다. 혹시 도움이 될까 해서, 나는 포스트잇 메모가 점점 쌓인다고 밝힌다. 이 말을 하자 임상심리사는 고개를 끄덕이면서 수첩에 기록하고, 나는 적절한 지적이라도 한 듯 뿌듯하다. 상담 말미에 조가 수첩을 덮고 가슴에 팔짱을 낀다.

"자, 상담을 시작하면서 기억하라고 했던 낱말 세 개를 말해보실래요?"

조가 말한다.

나는 동작을 멈추고, 머리 위에 문서보관실이라도 있는 듯이 눈을 위로 굴린다. 하지만 아무것도 끌어낼 수가 없다.

내가 고개를 저으면서 말한다.

"저기…… 미안해요."

임상심리사가 미소 짓는다.

"괜찮아요, 걱정 마세요. 우린 많은 부분을 이야기한 걸요."

그녀가 헛기침을 하더니 말을 잇는다.

"지적이고 재치 있는 분인 걸 알겠어요, 웬디. 그래서 이런 혼란스러운 상황이 절망스럽다는 것도 알 수 있어요."

"어떻게 하면 제 자신에게 도움이 될 수 있을까요? 정신이 유난히…… 안개 낀 듯한 순간에 말이지요."

조가 대답한다.

"겁먹지 마세요. 혼란스러워지면 안개가 끼고 주변이 낯설어지지만, 기억해야 할 가장 중요한 것은 겁먹지 않는 겁니다. 안개가 걷혀서 세상이 다시 또렷해질 시간을 주세요. 그러면 괜찮아질 겁니다."

내가 말한다.

"알겠어요. 그러면 되겠네요."

"12개월 후에 다시 만나자고 제안하고 싶네요. 그때 상황이 어떤지 살펴보도록 하죠."

임상심리사가 말한다. 그녀가 미소 지으며 다이어리에서 날짜를 고르자 내 마음이 편해진다. 나는 일어나서 문으로 향하면서 세 단어를 기억하려고 애쓴다. 그런데 방에서 나와 문을 닫을 때, 조가 내 파일을 다시 열어 뭔가 적는 걸 본다.

집에 가면서 방금 받은 검사를 복기한다. 꼭 시험을 치르고 통과할지 낙제할지 되새기는 것 같다. 점을 다 정확히 연결했나? 도형 개수를 제대로 셌을까? 선을 똑바로 그리고 적합한 단어를 말했을까? 평생 알았던 이 뇌가 나를 배신했을까?

새러는 손에 편지를 들고 나와 마주 앉아 있다. 지난번에 상담한 후 조가 보낸 편지다. 새러는 한 줄도 놓치지 않으려고 집중해서 편지를 읽고, 나는 딸의 얼굴을 똑같이 살핀다. 새러는 간호사 교육을 몇 개월 더 받아서 이제 의학 부분을 더 잘 이해한다. 새러의 표정으로 편지의 어느 대목까지 읽었는지 가늠된다. 내가 얼마나 독립적이고, 얼마나 가정생활을 잘 해나가고, 얼마나 체계적인지 묘사한 대목을 읽는 중이다. 그러다가 편지 뒷장으로 넘어가고, 난 딸이 양미간을 찌푸리는 것을 보면서 내 표정도 똑같이 변했던 순간을 떠올린다. 굵은 글자로 '소견'이라고 적힌 곳 바로 아랫줄이다. 새러가 고개를 들어 나와 눈을 마주친다.

딸이 말한다.

"치매라고요?"

하지만 편지에 그렇게 적혀 있지 않다. 나는 정확한 문구를 안다. 문장을 기억 속에다 태워버렸으니까. '치매 진행의 초기 단계일 가능성이 있습니다.'

새러가 편지를 내려놓고 말한다.

"하지만 그럴 리 없잖아요. 엄마는 아주 튼튼하고 건강해요. 이건 틀린 말 같네요."

나도 안다. 봉투를 열어본 후 똑같은 생각을 하는 중이니까.

심호흡을 한다. 내가 말한다.

"맞아. 분명히 그런 병은 아닐 거야. 하지만 의료진이야 우발적인 부분까지 전부 확인해야 되겠지."

하지만 이미 걱정이 딸의 얼굴에 부린 마술이 훤히 보인다. 치매 환자라고 하면 떠오르는 이미지가 나나 새러나 똑같은 모양이다. 백발, 누워 지내는 노인. 자식을 못 알아보거나 자기 이름도 기억하지 못하는 사람들.

"수많은 다른 병일 수도 있어."

나는 말하면서 편지를 봉투에 도로 넣는다. 그건 나 스스로에게 한 말이다. 편지에 '가능성'이라고 적혀 있으니, 의심의 여지는 얼마든지 있다.

몇 주 후 다시 편지가 오고 이번 발신자는 신경과 전문의다. 두 딸 모두 집에 와서 편지를 읽는다. 신경과 의사는 이렇게 썼다. '(이것이 초기 치매인지) 알려면 6개월에서 12개월 후 인지 퇴행을 보이는지 확인해봐야 합니다. 변화가 없으면 경미한 인지 장애로 진단하겠습니다. 하지만 확실한 퇴행을 보인다면 치매로 진단할 겁니다.'

우리 셋은 조용히 앉아 있고, 나는 거실 저편의 두 딸을 바라본다. 다 큰 성인들이지만, 아직도 내 눈에는 아이들이다. 그것은 나의 기억과도, 뭐가 됐든 나의 뇌를 괴롭히고 있는 것과도 상관없다. 그것은 어미가 항상 자식을 바라보는 시각이며, 아무리 자식이 나이 들어도, 키가 훌쩍 커도 자식을 보호하려는 본능은 여전하다. 하지만 나는 손바닥 보듯 두 딸의 얼굴을 잘 알고, 그 애들의 얼굴에 떠오른 걱정스런 표정으로 마음을 알 수 있다. 젬마의 힐끗 보는 눈길은 속으로 겁먹었다는 뜻이지만, 그렇게 말하지 않는다. 어릴 때도 그랬다. 새러는 찌푸리면서 살짝 떨리는 목소리로 말한다. 그 아이는 어릴 때부터 두려움을 감추지 못했다. 그래서 난 딸들의 미세한 표정이라도 놓칠세라 눈도 깜빡하지 않고 응시한다. 배 속에서 치미는 죄책감을 억누른다.

나는 차를 준비하러 일어나면서 가볍게 말한다.

"걱정해봤자 소용없어. 여름이 되어 검사를 더 받을 때까지 기다리는 수밖에 없잖아. 걱정거리가 생기기도 전에 미리 걱정해봤자 무슨 도움이 되겠어?"

내 말이 뭔가 외면하는 느낌이 들고, 그것이 거실에서 나오는 나를 따라온다. 두려움이.

넌 딸들을 걱정시키기 싫었지. 아이들을 염려할 사람이 너밖에 없어서 더 위태롭게 느꼈을까? 그렇대도 넌 말하지 않았을 거야, 그저 두려움을 혼자 속으로 삭일 뿐. 두어 시간 전에 황급히 걸친 환자복 차림으로 병동에 앉아 있던 네 모습이 지금도 눈에 선해. 환자복 안의 살갗에 갈색 요오드가 아직도 번졌지만, 넌 통화할 만큼 회복됐다고 자신에게 말했지. 통통 튀는 목소리로 말하려고 안간힘을 썼지. 아무 일도 없는지 확인하려고 집에 전화했어. 아직 혈관 속에 남은 마취약도 모성을 이기지 못했지.

그날 아침 몸이 좋지 않았지만 어쨌든 출근했어. 그 누구도 실망시키기 싫었거든. 당시 딸들은 중학교에 다녔고, 아이들이

막 다림질한 파란 교복을 입고 등교한 후에야 넌 맘 놓고 복통을 의식했지. 하지만 직장에서는 통증을 감추기가 더 어려웠지. 눈썹에 땀방울이 송골송골 맺혔거든. 병원 안내원으로 책상 앞에 앉아 일하면서, 괜찮은지 묻는 사람들과 너 자신에게 환자들의 건강이 먼저라고 말했어. 하지만 시간이 지나면서 통증이 왼쪽을 타고 얼굴까지 올라와 누구나 알아차렸지. 하교 시간인 3시가 다 된 무렵, 응급실 의사가 너를 살펴보러 찾아왔어. 그는 응급 상황이라며 당장 수술실을 알아보기 시작했지. 네가 괜찮다고, 딸들이 하교할 즈음 집에 있어야 된다고 말해도 의사는 막무가내였어. 맹장이 그리 오래 기다려주지 않을 거라고 했지. 마취과 의사가 숫자를 거꾸로 세라고 말할 때도, 위급한 일이 생기면 근처에 사는 친구가 도와줄 거라고 속으로 중얼댔지. 진짜 위급한 사람은 너라는 사실은 잊은 채로.

염증이 생긴 맹장을 제거한 후 의식을 찾자 통증 때문에 찡그리면서 움직이려 했지. 하지만 그때 아이들이 생각났고, 그 애들에게 너밖에 없다는 죄책감이 밀려들어 가슴이 시렸어. 그 아픔이 옆구리 생살을 찢은 통증보다 심했지. 혼신의 힘으로 침대에서 구르다시피 내려가, 다리를 질질 끌고 복도를 지나 공중전화기로 갔어. 다행히 지갑에 있던 10펜스짜리 몇 개를 움켜쥐고서. 딸들의 목소리를 듣자 안도감이 밀려들었고, 그제야 환자복 아래가 너무 아파서 서둘러 병실로 돌아갔어. 거기에 누워서 미소 지었지. 아이들의 목소리에 두려움이 아닌 흥분이 어려 있었어. 모험과 책임감, 서로를 보살피는 기색이 역력했지. 하지만 그거야 늘 네가 아이들을 키우는 방식이잖아? 혼자 알아서 할 수 있게 키웠잖아, 너 자신이 그래야 했듯이.

다음 날 딸들이 면회 오기를 기다리면서 네 얼굴에서 모든 통증이 가셨지. 딸들은 엄마 없이 얼마나 잘하고 있는지 신나게 재잘댔고, 넌 도와준 친구들에게 감사하면서 고개를 끄덕이고 미소 지었지. 딸들은 겨우 열한 살, 열네 살이었지만 담당의를 만나기 전에는 돌아가려 하지 않았어. 엄마가 점점 회복 중이고 곧 퇴원하리란 확답을 듣고 가겠다고 했지. '괜찮다'는 너의 말이 정말 괜찮다는 걸 확인하고서야 돌아갔지. 아마 늘 네 얼굴에 겁먹은 기미가 배어 있었겠지. 그래서 이제 딸들이 모든 걸 알려고 하고 너도 그걸 이해하지.

20분 전부터 컴퓨터 화면을 멀뚱멀뚱 보는데 아직도 이해가 되지 않는다. 머뭇머뭇 이런저런 키를 눌러보지만 아무런 변화가, 적어도 내가 원한 변화가 없다. 화면 두 개를 열어둔다. 하나는 아주 잘 아는 예전 시스템, 하나는 숙지해야 되는 새로운 시스템. 하지만 클릭이 되지 않는다. 외국어를 노려보는 것과 다름없다. 낙심해서 화면을 닫고, 내일 다시 해 봐야겠다고 다짐하지만 어제도 같은 말을 했다. 엊저녁에 한 일을 오늘도 그대로 하겠지. 집에서 다시 원격 접속할 것이다. 아무도 모르게 업무 파악을 위해 근무시간 외 작업을 할 수 있으니까. 임상심리사 조와 면담한 지 6개월이 지났고, 세상은 여전히 그때처럼 뿌옇다. 오늘 근무표를 작성하는 새로운 컴퓨터 시스템과 관련된 회의가 있다. 관리자들과 수간호사들에게 시스템 출시 계획의 진행 상황을 설명하는 게 내 일이지만, 난 아직 그 과정을 파악하지 못했다. 예전에는 순식간에 파악했을 일이지만, 지금은 있으면 안 되는 지연을 내가 일으킨다.

몇 시간 후 내가 회의실에 들어가 테이블 앞에 앉자 참석자들이 기대에 찬 얼굴로 날 쳐다본다. 난 아직 내용을 숙지 못한 채 새로운 시스템과 그 장점을 설명한다. 회의석상을 둘러보니 다들 낯익은데 이름이 기억나지 않는다. 그러자 내적인 두려움이, 이 걱정의 작은 씨앗이 내면을 위축시키고, 결국 난 어디부터 시작할지 몰라 서류만 만지작댄다. 내가 말할 차례다. 고개를 든다.

"우리는 두 달 후 새로운 시스템을 운영할 예정입니다……."

말을 멈추고 모든 참석자의 시선을 받지만, 할 말을 잃고 만다. 대신 말이 있어야 될 머릿속이 텅 비어 있다. 회의실에 침묵이 깔리고, 한순간 사람들의 눈빛에서 의심이 보인다. 내가 이 일에 적합한 인물인지, 왜 간단한 문장 하나 제대로 맺지 못하는지. 그러자 바보가 된 느낌이다. 멍청하고 절망스럽고, 혼란스럽고 창피하다. 잠깐이 영원 같다. 아마 순식간이었겠지만 필요한 말이 떠오르지 않자 힌트를 얻으려고 서류를 내려다본다. 무거운 침묵을 넘기려고 다른 말을 시작한다.

"우, 우리는 몇 가지 기술 문제를 겪고 있지만, 대부분의 데이터는 쉽게 이전되고 있습니다."

한 시간 후 회의가 끝나고 사람들이 빠져나간다. 난 테이블에 놓인 서류를 챙기면서 시간을 끌고, 그러다 아까 간절히 찾던 단어를 떠올린다. 사람들에게 표정을 들켰을까봐 얼른 고개를 든다. 동시에 수치심을 꿀꺽 삼킨다. 필사적으로 머릿속에서 뒤지던 표현이 너무 소소하고 간단한 단어였기에. '그리고'였으니.

2014년 4월, SPECT(단일광자방출단층촬영) 검사 예약일이 다가온다. 신경과 전문의는 뇌 3D 촬영이 MRI 검사보다 도움이 될 거라고 말한다.

방사선 기사가 말한다.

"이 염료를 혈관에 주입할 겁니다. 그러면 염료가 뇌를 어떻게 지나가는지 모니터할 수 있습니다."

나는 침침하게 조명된 방에 앉아 생각에 잠기고, 아무런 감각도 없지만 염료는 내 뇌 속을 헤집고 다닌다. 간호사가 누워서 자도 된다고 알려주지만, 난 깨서 정신을 차리고 있기로 한다. 그런다고 나와 내 뇌가 장비를 속여 퇴행의 흔적이 아닌 것만을 찾게 할 수도 없는데. 이런 카메라는 거짓말 하지 않고, 염료가 푹 스며들어 이 퇴화를 유발하는 뇌 속 장애물을 찾으리란 걸 잘 안다. 좀처럼 익숙해지지 않는 무력감이 다시 밀려든다. 여러 검사의 결과를 설명할 수는 없지만, 계속 머릿속에 떠오르는 이미지가 있다. 자동차 도로에서 질주하는데, 위쪽에서 전방 도로 상태가 나빠진다는 경고등이 번뜩인다. 기어를 낮춰 시속 96킬로, 64킬로, 32킬로로 감속하다가 결국 정지신호를 보고 완전히 멈추는 장면. 지금 내 뇌 속 풍경이 그럴까?

　며칠 후 차를 운전하는데 갑자기 뒤따라오는 승용차가 의식된다. 바싹 따라붙는 것 같다. 예전부터 차간거리를 유지하지 않는 차가 못마땅하다. 양손으로 운전대를 꽉 잡는다. '저 남자, 무슨 일이야? 왜 저렇게 안달복달하지?' 집중해야 될 것 같아 눈을 깜빡이다가 가늘게 뜨고, 몸을 잔뜩 웅크린다. 도로를 내다보지만, 마냥 쳐다볼 뿐 할 수 있는 일이 없다. '이제 어떻게 해야 되나?' 왜 다음 조치가 생각나지 않을까? 뒤에서 성난 경적이 울려댄다. 백미러를 힐끗 보니 뒤차의 전조등이 번쩍거리고, 운전자가 분통을 터뜨린다. 명확한 이유를 모르지만 난 찡그린다. 내가 잘 아는 도로다. 동네라서 수없이 다닌 길인데 뭘 놓치고 있는 걸까? 잠깐 어떻게 할지 파악할 시간이 필요하다. 도로 끝에서 우회전해야 되는데 어떻게 돌지? 우회전을 어떻게 하더라? 뇌는 한 번에 한 동작만 진행시키려 하는데, 표지판과 도로에 적힌 문구가 한꺼 번에 보인다. 계기판을 힐끗 보니, 왜 뒤에서 전조등을 깜빡여대는지 알겠다. 주행속도가 시속 16킬로 언저리다. 어떻게 이런 일이 생겼을까? 그런데 정신없이 빨리 갈림길에 다가간다. 생각할 새가 없다. 또 빵빵. 번쩍번쩍. 난 움츠린다. 우회전 대신 좌회전해서 목적지와 다른 방향으로 빠진다. 쫓아오던 차는 사라졌지만, 겁에 질려 살갗이 따끔거린다. 숨차다. 정신이 아득하다. 속으로 중얼댄다. '얼른얼른 대처할 수가 없었어. 뇌와 몸통이 따로 놀았어.'

차를 세우고 운전대에 엎드린다. 눈을 감고 심호흡을 크게 하지만, 안전한 기분이 들지 않는다. '왜 우회전을 할 수 없었을까?'

길가에서 기다리고 또 기다린다. 은색 스즈키 스위프트에 앉아 주절댄다.

"할 수 있어."

차량이 지나간다. 다들 평소대로 여기저기 일을 보러 다니고, 그들에게는 달라진 게 없다. 하지만 내가 며칠간 상상하던 상징적인 장애물이 이제 현실이 되었다.

마침내 숨을 크게 쉬고 시동을 건다.

나 자신에게 말한다.

"평생 운전했으면서, 웬디."

우측 방향등을 켜고, 제대로 켜졌는지 확인하려고 계기판을 보다가 딸깍 소리가 나자 안도한다. 미러와 어깨 너머를 확인한다. 모든 동작을 과장되게 한다. 한 번 확인하고, 33년 경력자가 아닌 초보 운전자처럼 재차 확인한다. '집에 가고 싶을 뿐이야.' 천천히 도로로 진입해 마음을 다지면서 운전해서, 드디어 집 앞 거리로 들어선다. 핸드브레이크를 당겨 차를 세우니 비로소 안도의 한숨이 나온다.

며칠 후 다시 차에 오른다. 안전띠 아래서 콩콩 뛰는 가슴을 진정시키며 잠시 생전 처음인 듯 방향지시등, 기어, 핸드브레이크 등 주변 기기들을 익힌다. 늘 별생각 없이 성큼 운전석에 앉았는데. 내비게이션이 나오기 훨씬 전에도 시골 구석구석을 누비며 어디든 찾아가던 나잖아? 저번 날 일은 일회성 사건에 불과했다. 직선 도로를 달리기 시작해 속도계가 시속 32, 48, 64킬로로 높아지면서 자신감을 되찾기 시작한다. 좌회전해서 직진해 다시 좌회전한다. 아무 문제도 없다. 긴장이 풀리기 시작하고, 그러다 우회전해야 되는 순간이 온다. 백미러를 힐끗 보고 전방 도로를 살피는데 발과 머리가 따로 놀고, 엔진이 과회전하자 더듬더듬 기어를 찾는다. 또 일이 벌어진다. 한 번에 한 가지 생각밖에 못한다. '우회전하는 방법을 생각할 틈이 없어.' 내가 아닌 내가 운전대를 움켜잡고, 손에 땀이 난다. 운전대가 손아귀에서 스르르 빠져나간다.

그날 집에 도착해서, 열쇠를 늘 두는 자리에 내려놓는다.

계단 옆 현관 테이블 위, 빨간 접시에. 열쇠는 계속 거기에 있고, 내가 그 앞을 지날 때마다 쳐다보는 것 같다.

쓸모없고, 일도 제대로 못하고, 무능하고, 게으르다.

새러가 테이블에 내려놓은 종이에 검정 볼펜으로 큰 거미 같은 게 그려져 있다. 거대한 거미의 배에 '엄마'라고 쓰고, 분위기를 가볍게 하려는 듯 노랗게 칠했다. 나는 잠깐 배를 보다가 가는 다리로 시선을 옮긴다. 다리마다 끝에 말풍선이 있고 단어가 적혀 있다. 생활/집, 걱정, 관심사, 마지막으로 새러. 딸이 머리를 짜내 표를 그리느라 얼마나 애썼는지 알 만하다. 내게 설명할 내용의 개요를 정리한 것이다. 하지만 눈을 감고 종이를 엎어버리고 싶은 게 내 속마음이다. 우리 앞의 테이블에 놓인 새로운 생활 방식보다는 익숙한 삶을 유지하고 싶다.

새러가 설명하기 시작한다.

"제가 느끼는 감정을 종이에 그려봤어요. 엄마가 저한테 의지해도 된다는 걸 아시면 좋겠어요."

새러는 어색함이 사라질 때까지 고개를 살짝 돌릴 테고, 이 순간 난 환자에서 엄마로 변한다. 딸에게 미소를 지으면서 달래는 투로 말한다. 수십 년 전, 딸들을 재우면서 책에 나오는 새로운 단어나 비밀스런 고민을 털어놓으라고 어르던 때의 말투다. 또 내키지 않지만 귀담아듣는다. 새러를 위해서.

"치매라는 진단이 나오면 이런 점들을 고려해야 될 것 같아요……."

새러의 말투에서 망설임이 느껴지고, 난 두려움을 감추려고 설명에 귀를 기울인다. 새러는 도표를 설명해나가면서 점차 자신감을 찾는다. 각각의 작은 말풍선을 설명한다. '계단?'이라고 썼다 지운 부분을 보자 난 옷장에 처박아둔 조깅화를 떠올린다. 몇 달째 신지 않았다.

새러가 도표를 손가락으로 짚는다. 눈으로 손가락을 따라가다가 '간병'이라는 단어에서 한참 머물고, 배 속 깊은 데서 조여드는 느낌이 든다. 난 이런 상황을 맞을 준비가 되지 않았지만, 의논해야 되는 게 딸의 입장이다. 새러는 모든 '만약의 경우'를 일일이 챙겨야 되고, 난 들어야 된다. 엄마 노릇이 그런 거니까. 과거, 현재, 미래의 우리 모습이 부딪히는 이상한 대화다. 새러는 으스대며 도표를 보여주면서 능력을 보여주려 한다. 자신이 잘 해나갈 수 있고 ─ 그래서 ─ 나도 버틸 수 있다고 알려주고 싶겠지. 반듯한 필체, 잘 그린 도표. 문득 엄마한테 자랑하려고 그림을 들고 학교에서 뛰어나오던 새러가 떠오른다. 힘든 문제인데 현실적으로 잘 처리하는 딸의 자긍심은 그때와 똑같다.

새러가 말을 마치자 내가 대답한다.

"알았어. 이 문제를 고민해보고 다시 얘기하자."

새러의 얼굴에 퍼뜩 아픔이 떠오른다. 찰나지만 나만 알아보는 표정이다. 새러는 결정을, 결론을, 최악의 상황에 대해 의논하고 싶다. 대비해두면, 내 뇌에서 벌어지거나 의사가 발견할 문제를 더 능란하게 다루는 기분이 들 테니까. 하지만 딸의 뜻이 그렇더라도 난 그럴 수가 없다, 아직은 못하겠다.

내가 말한다.

"치매 진단이 나올지 아닐지 아직 모르잖아. 네가 적은 내용의 일부는 앞으로……."

"하지만……."

"지금 그런 생각을 하는 건 너무 성급해."

퉁명스럽게 말할 의도는 아니었다. 말투를 바꿔 다시 말한다.

"진단이 나올 때까지는 치매에 대해 말하고 싶지 않구나."

"그래요, 엄마."

딸이 한 발짝 물러난다.

역할이 다시 바뀐다. 우리는 화제를 바꾼다. 이제 새러는 치매 관련 문서 링크를 보내지 않는다.

며칠 후 편지함에 다른 이메일이 들어 있다. 마우스를 잡고 한참 망설이다가 '열기'를 클릭한다. 메일을 열면 내가 치매 환자가 되는 걸까? 내가 이 질병을 내 편지함으로, 내 집으로, 내 머릿속으로 불러들이는 걸까? 앞서 질문 내용을 입력하면서도 같은 질문을 던졌다.

'알츠하이머 협회에 연락해주셔서 감사합니다……' 이메일은 그렇게 시작한다. 딸들에게 비밀로 한 일이라 심장이 뛴다. 외도 상대의 편지라도 되는 것처럼 재빨리 메일을 읽는다. 누가 다가오면 얼른 클릭해 메일을 닫을 준비를 하고, 사랑의 밀어를 눈으로 찾는다. 그때 내 질문의 답이 나타난다. 치매 진단을 받으면 무료 버스 패스를 받을 자격이 생긴다는 내용이다. 몸을 더 숙이고 그 대목을 다시 읽는다.

복도에서 발소리가 들리자 재빨리 화면을 닫고, 새러가 깨서 방으로 들어온다.

아침나절이 흐르고 난 여전히 버스 패스를 생각한다. 처음 알게 된 치매의 장점이다. 내 뇌와 맞바꾸는 무료 버스 패스. 웃기는 교환이다.

눈을 감으면, 소매를 걷어붙이고 페인트 롤러를 든 네가 아직도 훤히 보여. 오랜 세월 페인트를 칠할 때 입어서 얼룩덜룩한 흰 셔츠와 검정 운동복 바지를 입은 모습. 앤슬리 가의 하늘색 욕실, 돌벤 코트의 진홍색 포인트 벽, 어느 집이든 밝은 노란색 주방. 전축에서 비틀스의 '화이트 앨범'이 돌아가고, 한 면이 끝날 때마다 붓을 내려놓고 걸레에 손을 닦고 음반을 돌려 틀어야 했지. 벽지 패턴을 딱 맞춰 재빠르고 수월하게 가위질했어. 벽지를 잘못 잘라서 낭비한 적이 없고, 풀이 마르기 전에 울룩불룩한 부분을 매끈하게 다듬었지. 넌 손이 빨랐고, 도배나 페인트칠을 하면서 흥얼댔지. 계단에서 발소리가 나고, 아이들이 뛰어 들어와 언제 식사가 준비되는지, 어떤 책이나 장난감이 어디 있는지 묻고 나갔지.

그때는 독립적으로 지내는 걸 당연하게 여겼지. 이제 그게 부럽네.

먼저 '비틀스'의 스위치를 끄자 오디오 안에서 시디가 멈추며 부드럽게 씽하는 소리가 난다. 계속 중지 버튼을 누르고 재생 버튼을 다시 눌러야 돼서 짜증스럽다. 풀칠하는 테이블로 돌아가 심호흡을 크게 한다. 어디까지 했더라? 홈 오피스를 꾸미는 중이다. 자잘한 붉은 장미가 덩굴을 타고 내려오는 복잡한 패턴 ─ 상점에서 그걸 봤을 때 철조망 뭉치가 떠올랐다. 다시 작업하느라 벽지와 벽을 차례로 보지만 눈앞의 패턴이 어지럽다. 벽지의 어느 부분을 잘라서 이어야 될지 모르겠고, 벽지를 자를 때 가위질을 깊이 해서 끝이 비뚤비뚤하다. 어이가 없어서 눈을 굴리며 다시, 또 다시 벽지를 자르고, 곧 한 롤의 절반을 버린다. 마침내 자른 종이를 풀칠하는 테이블에 올리고, 구깃구깃한 부분을 무시하려 애쓴다. 풀이 바닥에 튀고, 풀 바른 벽지를 벽에 가져가다가 발이 걸려 넘어진다. 어느 부분의 패턴에 맞춰야 되는지 잊는다. 이음매가 벌어져 이전 벽지가 보여서, 바닥까지 목련 패턴을 가리자니 공기가 들어가 울룩불룩하다. 붓이 바닥에 떨어지면서 얇은 벽지를 찢는다. 다시 풀칠하는 테이블로 돌아가 벽지를 자르기 시작한다.

'할 수 있어. 수십 번도 넘게 해본 일인 걸.'

하지만 몇 시간이 지나고 밖에 깜깜한 밤이 내린다. 시계가 자정으로 향한다. 내일 다시 해봐야겠다.

이튿날 아침, 머그잔을 들고 홈 오피스의 문 귀퉁이에 서서 머뭇머뭇 들여다본다. 벽을 보면서 수치심을 홍차와 함께 삼킨다. 벽지가 반듯하지 않고, 뒤틀린 패턴의 아랫부분에 공기가 들어가 울룩불룩하다. 출근하지 않아도 되면 당장 다 뜯어내련만.

그날 밤 다시 도배를 해보고 다음 날 밤에도 다시 해본다. 이은 자국 없이 맞아야 되는 자리에 이전의 목련 패턴이 보인다. 전기 소켓 주변을 말끔하게 도려내야 된다는 걸 안다. 그런데 가늠을 잘 못해서 너무 많이 잘라 엉망진창이다.

자존심 때문에 작은 방에서 사흘 저녁을 보내면서 더 많은 벽지와 풀을 허비했다. 그런데 다음 날 아침에 보면 왜 패턴이 삐딱한지 이해되지 않는다. 의사들의 오판을 증명하려고, 편지 내용이 헛소리임을 증명하려고 시작한 도배다. 새러에게 머리를 쥐어짜 도표를 그릴 필요가 없다고 증명하려고, 신경과 의사에게 퇴행하지 않았음을 보여주려 시작한 일이다. 진단을 앞두고 난 선수를 쳤다. 아직 능력이 있음을 입

증할 작정이었다. 그런데 사흘간의 시도는 실패로 끝나버렸다. 이제 무능하다는 사실을 나 자신에게 증명한 게 전부다. 전등을 끄고 문을 닫는다. 다시는 시도하지 않을 것이다.

　며칠 후 잠에서 깨어 침대 귀퉁이에 앉아 발을 멀뚱멀뚱 쳐다본다. 연두색 카펫이 있던 자리에, 발가락 사이로 노란 포스트잇이 잔뜩 보인다. 깨서 뒤척이며 다음 날 할 일을 떠올리는 불안한 밤이 계속되면서, 메모지가 점점 수북이 쌓인다. 잠을 못 자고 생각이 많아질수록 캄캄한 시간이 흐르면서 자신감이 줄어든다. 알람시계를 힐끗 보니 새벽 4시 50분. 오랜 세월 출근하려고 기상하는 시각이다. 5시 35분 첫 버스를 타려면 그 시간에 깨어 준비하고 집을 나서야 한다. 허리를 굽혀 발꿈치에서 포스트잇 몇 장을 뗀다. 다시 고개를 드니 오전 5시, 10분이 흘렀다. 어떻게 그럴 수 있지? 움직여야 하지만 뭐부터 해야 될지 모르겠다. 옷 입기? 식사? 샤워? 아니, 그건 아닌 것 같다. 커튼 뒤를 보니, 한순간 눈 위에 감도는 나른한 기운과 바깥의 검은 구름이 혼란스럽다. 정말 아침인지 확인하려고 다시 시계를 힐끗 쳐다본다.

　한참 후 욕실로 향하고, 옷을 입고 아래층에 내려가니 30분이 흘렀다. 늘 하는 대로 텔레비전을 켜고, 화면에 뜬 시계를 쳐다보니 혼란스럽다. 5시 30분. 버스 정류장에 있어야 될 시간인데. 이제 막 홍차를 끓였는데 시간이 이렇게 지나다니.

손가락 사이로 모래가 빠지듯 시간이 흐르고, 코트를 들고 황급히 집을 나선다.

버스에 타지만 덥고 어리둥절하다. 평소처럼 2층에 올라가 가장 전망 좋은 좌석에 앉는다. 이런 새벽 시간엔 버스가 비어서 2층을 독차지한다. 창으로 고요한 하늘이 보이고, 나머지 세상은 아직 잠들어 있다. 새들도 나무에서 자고, 난 오늘 또다시 어디서 시간을 흘려보냈는지 궁금해서 시간을 되짚으며 따져본다.

사무실에 도착해서 컴퓨터를 켜니 로그인 화면이 뜬다. 뭘 요구하는지 몰라서 필요 이상으로 오래 화면을 노려본다. 개인 정보를 입력하자 화면이 열리고, 시간이 지나고서야 감이 잡힌다. 몇 년간 사용해온 데스크톱인데 난생처음 보는 물건 같다.

여전히 다른 직원보다 한 시간 일찍 사무실에 도착한다. 전에는 이 시간을 이용해 조용한 사무실에서 업무 준비를 했지만, 이제는 핸드백에서 포스트잇 뭉치를 꺼내 하나하나 들추면서 적힌 일을 처리하면 구겨서 쓰레기통 깊숙이 버린다. 머릿속 안개가 다른 때보다 유독 자욱하게 느껴지는 날이 있다. 이럴 때 근무표 작성 시스템을 열면, 평소 훤히 아는 색색의 칸이 눈앞에서 의미 없이 떠다닌다. 그런 날은 누가 노크하고 고개를 디밀거나, 내 책상 옆에 다가와 질문을 할까봐 두렵다. 내 얼굴에 멍한 상태라고 크게 적혀 있겠지. 그래서 상대의 시선을 분산시키려고 서류를 뒤적이면서, 다른 일이 있다고 둘러대려 애쓴다.

그런 날은 통화하는 게 점점 어려워진다. 통화는 내 업무의 무척 자연스러운 부분이고, 내 전화번호는 병동 간호사들에게 도움의 전화와 다름없다. 이제 내가 주저하는 투로 전화를 받기에 상대는 애로사항을 해결 못 할 거라고 직감한다. 내 머릿속에서 그들의 애로보다 더 심란한 생각이 윙윙댄다. '이 사람은 말을 왜 이렇게 빨리 할까? 내가 생각할 시간을 갖도록 더 천천히 말해주면 안 되나?' 문제가 뭔지 재차 묻고, 수화기로 들리는 상대의 가벼운 한숨에 내 마음이 위축된다. 상대는 도움이 안 될 엉뚱한 사람에게 전화했다고 믿겠지. 나는 연기의, 시간 벌기의 달인이 되어서, 내 사무실에 와서 문제를 상의하자고 권한다. 만나서 얘기하는 게 좋겠다고, 직접 알려주면 더 수월하게 풀릴 거라고, 혹은 내가 병동으로 찾아가겠다고 말한다. 미루기 전략이다. 이것은 거짓말이 아니고 더 편리한 사실이다. 표정을 보지 않고 목소리만 듣는 통화는 지옥이 되어버렸다. 얼굴 없는 목소리는 내 집중하는 표정을 보지 못한다. 또 내가 대답을 찾느라 머릿속으로 롤로덱스(명함, 주소록 등이 담긴 회전식 파일 – 옮긴이)를 돌리는 줄 모른다. 얼굴 없는 목소리는 안달이 나서 질문 공세를 펼친다. 전화한 사람은 물고 늘어지고, 무심결에 혼란을 가중시킨다.

그런 날이 점점 더 잦아진다. 몇 달 지나자 초점이 흐려지고, 또렷하게 맑았던 렌즈가 뿌옇게 변하고 요즘은 늘 그런 상태다. 아무에게도 털어놓지 않았다 – 아무튼 직장에서는 함구한다. 대신 문제를 감출 방안을 더 강구하지만, 혼란스런 상태를 감출 수 없는 때도 있다. 회의 중 맞은편에 앉아 미소 짓는 참석자나 전에 알던 동료의 이름을 떠올리려 애쓴다. 그럴 때면 상대의 이름이 언급되는지 신경 쓰거나, 그녀 앞에 놓인 문건에서 이름을 찾느라 대화를 놓치곤 한다. 오래 같이 근무한 동료들이 방에 들어오는데, 머리가 텅 비어 이름이 떠오르지 않으면 공포에 사로잡힌다. 그들의 얼굴에 의문이 빛이 스쳐가면 심장이 마구 뛴다.

한번은 잘 아는 동료가 전화해서 병동으로 와달라고 부탁했다. 수화기를 통해 들은 이름과 목소리를 전혀 알아들을 수 없었고, 결국 내가 병동에 가서야 친한 사이인 걸 깨달았다.

그녀가 말했다.

"내가 잘못해서 웬디가 화났나 했어요."

나는 바쁜 일정 탓으로 돌리면서 웃어넘겼다.

하지만 변명거리가 점점 줄어든다.

또 하루 일과가 마무리되자 컴퓨터 전원을 *끄고* 소지품을 챙긴다. 버스 정류장까지 3.5킬로미터 남짓 걸어가서 버스에 올라 늘 앉는 2층 자리로 간다. 오늘 아침에 세상이 깨어나는 풍경을 지켜본 그 자리다. 다만 집에 돌아가는 길은 지칠 대로 지쳤다. 한 시간 넘게 버스가 달리면서 창밖 풍경이 도시에서 시골로 바뀐다. 요크 시는 성벽에 둘러싸였지만, 들판 주변에는 산울타리가 있다. 무거운 눈꺼풀을 닫고 텅 빈 마음에 빠져드니 스르르 잠이 온다. 하지만 깜짝 놀라 똑바로 앉으며 두리번대면서 정신을 차린다. 내릴 곳을 지났을까 걱정된다. 그때 내릴 정류장이 보인다. 비척비척 계단을 내려가자니, 안전한 집에 있고 싶은 마음이 굴뚝같다. 호젓하고 평온한 집에 앉아, 수신료를 내지 않는 텔레비전에서 시시한 프로그램을 보고 싶다. 하루 더 견뎌냈다. 하지만 내일은 오늘보다 훨씬 힘든 난관을 만나겠지.

혼자가 아니야

6개월 후, 난 다시 임상심리사 조 앞에 앉아 있다. 이번에도 상담 말미까지 기억하라며 단어 세 개를 알려준다. 6개월 전과 똑같은 기억력 테스트가 시작된다. 조가 어떤 철자로 시작하는 사물을 말해보라고 하지만, 난 아무런 생각도 나지 않는다. 힌트를 얻으려고 방 안을 힐끗대면서 조를 쳐다본다. 그녀는 나를 지켜보고, 내가 속임수를 쓴다는 걸 안다.

조가 상냥하게 말한다.

"천천히 하세요."

결국 나는 '펜, 패드, 펜슬'을 찾아낸다.

"좋아요."

조가 말하면서 내가 말한 단어를 적는다.

퇴행했음을 둘 다 빤히 알지만, 조의 상냥하고 확실한 태도 덕분에 내 배 속 구멍에 두려움이 차오르지 않는다. 그녀가 책상 위로 몸을 숙여 종이와 펜을 건네준다.

"시계를 그려보시겠어요?"

조가 말한다.

식은 죽 먹기란 생각이 들지만, 몸을 굽히자 펜을 들고 머뭇댄다. 원이 내가 기억하는 모양이 아니다. 집중하느라 양미간을 찌푸리고 숫자를 채우기 시작하지만 틀린 느낌이다 – '12'가 엉뚱한 자리에 있다. 등을 기대고 앉아 종이를 멀뚱멀뚱 쳐다본다. 왜 '12'가 들어갈 자리가 없지?

내가 말한다.

"미안해요. 아주 이상하네요. 시계 하나 그리는 건데."

"괜찮아요."

조가 말하면서 파일에 뭐라고 적는다. 상담을 시작할 때 알려준 세 단어를 말해보라고 한다. 이번에도 나도 모르게 단어가 머리에서 빠져나가버렸다.

그녀는 싱긋 웃으면서 파일을 닫는다.

"우리에게 2주일 더 있어요, 웬디. 다시 시도해볼 시간은 충분해요."

세 번째이자 마지막 테스트 날이 밝고, 다시 조 앞에 앉아 테스트를 받는다. 전과 똑같은 테스트다. 상담 말미에 조가 의자에 등을 기댄다.

그녀가 말한다.

"상담이 잘됐다고 생각하세요?"

"잘 풀리지 않은 걸 알아요."

내가 용기 내서 말한다. 그러다 말을 멈추고, 몇 달간 묻고 싶었던 질문을 떠올린다. 마침내 다시 입을 연다.

"어떤 상태일 수 있을까요?"

조는 내 눈을 응시하고, 차분하고 담담하게 말한다.

"아마도 치매지만, 모든 테스트 결과를 취합하기까지는 확언할 수 없어요."

"그렇겠지요."

내가 대꾸한다. 하지만 멍한 상태에서, 이걸로 끝이라는 서글픔에 빠져서 어떻게 말이 나오는지 모르겠다. 치매에 대해 아는 것은 이런 것밖에 없지 않은가. 공허한 눈길, 무력감, 혼란. 임상심리사와 신경과 의사의 편지에서 그 단어를 처음 접한 후, 현실을 회피 중인데 어떻게 말이 나올까.

집에 돌아오자 컴퓨터 앞에 앉아 유튜브를 열고, 느릿느릿 자판을 두드린다. 차마 리턴 키('엔터 키'와 동일하다 – 옮긴이)를 못 치고 머뭇대다가, 마음을 굳게 먹고 '치매'를 검색한다. 검색 결과를 볼 마음의 준비가 됐다는 확신이 없지만. 화면에 나타난 비디오들은 조에게 '치매'란 말을 들었을 때 떠오른 이미지 그대로다. 말년의 남녀 노인, 백발의 노인, 죄다 멍한 표정, 병원 침상에 누워 지내는 사람들. 분명히 조가 잘

못 알았겠지? 난 이런 사람들과 완전히 다르거든. 그런 비디오를 건너뛰고 더 그럴듯한 비디오를 찾는다. 나 같은 상황의 비디오가 없기를 바란다. 그때 키스 올리버가 등장한다.

비디오가 시작되고, 내 연배의 지적인 신사를 보자 마음이 놓인다. 그는 집에서 의자에 앉아 있고, 뒤쪽에 아름다운 푸른 정원이 있다. 그가 카메라에 대고 명쾌하고 유창하게 말한다. 키스 올리버가 사연을 말하기 시작하자―캔터베리에 있는 큰 학교 교장이었고, 촬영하기 2년 전 예기치 못하게 넘어진 후 피로감과 그저 '몸이 안 좋은' 기분만 느꼈다―난 얼어붙고 말았다. 완전히 말을 잃고 넋이 나가서 본다. 그가 나처럼 어떻게 간단한 업무, 즉 마감을 지키고 정보 검색과 암기, 통화, 멀티태스킹(여러 가지 일을 동시에 처리하는 것―옮긴이) 같은 일들과 씨름하기 시작했는지. 볼수록 상황이 이해되는데, 이제 아는 게 겁나지 않는다. 오히려 안도감이 밀려든다. 키스 올리버는 치매를 날씨에 비유한다. 어떤 날은 화창하지만, 어떤 날은 구름이 잔뜩 낀다. 그는 이렇게 설명한다.

"해가 쨍한 날은 큰 어려움 없이 대화할 수 있습니다. 안개가 짙은 날은 단어를 떠올리기가 다시없는 난관이고요."

나는 직장에서 대화에서 소외되던 날들을 되새긴다. 적절한 말이 기억나지 않아 대화에 끼거나 대화를 이어갈 수 없는 날이 있다. 키스 올리버도 같은 경험을 해왔다. 그의 이야기는 아주 긍정적이었다. 좋아하는 일에 집중해서 삶을 마음껏 누리기로 작정한 덕분에, 치매 판정을 받은 후에도 양호한 건강 상태를 유지한다. 8분짜리 비디오 클립이 끝날 즈음, 삶이 그리 막막해 보이지 않는다. 치매 환자의 외모와 말투에 대한 선입견이 바뀌었다. 키스는 아주 정상인 같고 나역시 비슷할 것이다. 그가 여전히 좋아하는 일을 하니 나도 그럴 수 있다. 내게 충격적인 것은 죽게 마련이라는 사실이 아니라 시간개념 – 혹은 시간 부족 – 이다. 치매가 그것을 빼앗아간다. 앞에 있다고 믿은 미래를 언제 마지막이 닥칠지 모르는 상태에서 훔쳐간다.

그날 밤 자는 동안 걱정에 위축되지 말자고 다짐하면서 잠자리에 들지만, 여전히 깨어 어둠 속에서 눈을 깜빡인다. 오밤중에 솟구치는 우울한 생각을 떨칠 수가 없다. 난 쉰여덟 살인데 치매 진단에 맞닥뜨렸다. 정말 그 병일까? 혹시 오진일까? 그럴 가능성이 있나? 그 생각이 반복해서 머릿속을 파고들다가, 결국 스르르 흩어지며 잠이 밀려든다.

지금 너에게 물어볼 수 있다면 이렇게 묻고 싶어. 나한테서 떠나기로 결정한 게 언제였니? 내가 내 본래 면모 없이 다른 삶을 살아야 된다고 결정한 게 언제였어? 내가 그리도 좋아했던 일들을 마지막으로 경험한 기억이 좀처럼 나지 않아 다음 날 어렴풋한 꿈을 잡으려고 안간힘을 쓰는 것과 비슷해. 당시에 소중한 것을 누리는 마지막 기회라는 사실을 알았더라면. 그랬다면 훨씬 더 절실하게 즐겼을 텐데. 마지막으로 한산한 거리 조깅, 마지막으로 케이크 굽기, 마지막으로 운전석에 앉아 운전하기. 그런데 넌 살그머니 빠져나갔고, 간다는 말을 하지 않았지. 그래서 네가 나의 일부를 가져간 걸 몰랐어. 네가 기회를 주지도, 경고해주지도 않았기에 난 그날을 살리려고 애써볼 수도 없었지. 그냥 어느 날 보니 없어져버렸더라고. 영원히.

하지만 네가 떠난 순간을 콕 집어 말해야 한다면, 네가 처음 완전히 떠난 날로 어느 날을 고를지 알아. 그날 이전은 기나긴 작별 인사가 오갔지만, 이날은 살에 붙인 반창고를 뜯어내는 것 같았지. 빠르게, 순식간에 딱 떨어져나갔어. 책상에서 고개를 드니 네가 가고 없었지만 당시에는 몰랐어. 왜냐면 그 순간에는 널 기억하지 못했으니까. 어떤 것도 기억하지 못했어. 꼭 내가 막 도착해서 고개를 드니, 생전 처음 와본 곳에 있는 것 같았어. 주위에 낯선 사람들만 있었지.

이날은 이전의 어떤 날과도 달랐어. 혼란스럽기만 한 게 아니었어. 완전히 백지상태였지. 블랙홀이었어. '내가 왜 일어났더라? 뭘 하려던 참이지?' 정도가 아니었다고. '내가 어디 있는 거야?'와 같이 심각한 상태였지. 머릿속이 하얗고 마음은 발아래 초록색 장판의 얼룩처럼 어지러웠어. 내가 어디 있지? 여긴 뭐 하는 데야? 의문으로 가슴이 떨리고, 머리에서 답을 찾느라 심장이 두근댔어. 하지만 아무것도 떠오르지 않았지. 일어나서 잠깐 가만히 있었어. 눈을 깜빡이면서 방을 둘러보며 다시 시도했지. 책상, 벽에 붙은 메모판, 누구 필체인지 모를 글씨가 적힌 서류함. 심장이 갈비뼈를 누를 듯 뛰자 길게 심호흡해서 가라앉혔지. 다시 심호흡. 그러자 마음이 진정됐지. 내 머리에 내려앉은 안개를 뚫고 뭔가가 나오고 있었어. 한 가지 기억. 조는 이런 일이 생길 거라고 말했고, 지나갈 거라고 알려주었지. 그래서 난 걷기 시작해 사무실 문으로 향했어. 책상은 그냥 내버려둔 채로. 방에는 회색 철제 캐비닛이 있고, 책상에는 평생 처음 보는 낯선 물건이 조르르 놓여 있었지. 모르는 이름이 적힌 문을 지났어. 이름 철자와 의미가 생경했지.

W-E-N-D-Y M-I-T-C-H-E-L-L(웬디 미첼).

복도로 나가 벽에서 힌트를 얻고 싶었지만 앞만 쳐다봤지. 벽에 붙은 문서들을 못 본 체 지나친 건, 그걸 보면 혼란만 가중되리란 걸 본능적으로 알아서였어. 벽에 붙은 전등 불빛을 피하고, 처음 듣는 여러 목소리의 울림을 듣지 않으려 했어. 호흡을 고르는 데만 집중하면서 천천히 걸었지. 웃음소리에 귀를 닫고, 나를 비웃느냐고 묻고 싶었지만 참았어.

겁먹지 말라고 나 자신을 타일렀어. 복도 양쪽으로 사무실 문이 열려 있었고, 안에서 낯선 사람들이 서류를 내려다보고 있었지. 그들이–누구인지 모르겠지만–고개를 들었다가 멍한 내 얼굴을 볼까봐 두려웠어. 나한테 큰 소리로 인사하다가 혹여 내 얼굴에 새겨진 알 수 없다는 표정을 보면 어쩌지? 그런 표정이리라는 걸 난 방금 알았거든. 난 누가 말을 붙이는 게, 나를 그들의 세계로 끌어들이는 게 싫었어. 난 그 세계를 모르니까, 거기에 있는 사람들을 모르니까. 나와 그들 사이에 허공이 존재했지. 사람들에게 그 세계로 끌려갔다간 공포에 사로잡혔을 수도 있지. 그래서 어디로 갈지 모른 채, 한 발씩 떼는 데만 집중하면서 계속 걸었어. 발이 바닥에 닿는 소리가 주변의 적막을 깨뜨렸고, 소독약 냄새가 살짝 코로 스며들었어. 복도 끝에 양쪽으로 열리는 문이 있었지. 문을 지나서 계단참으로 접어들었어. 더 조용하고 사람이 없었지. 뿌연 유리가 달린 문이 나타났고, 거기가 피난처가 될 거라고 뭔가 속삭이는 것 같았어. 나를 맞아준 연분홍색 벽이 곧 마음을 진정시켰어. 텅 비어 호젓하고 조용했지. 한 칸에 들어가, 뚜껑 닫힌 변기에 걸터앉았어. 그리고 기다렸지.

거기에 몇 시간 있었던 것 같았지만 그런 순간에는 시간개념이 없지. 맑은 날 스카펠 파이크 정상에 안개가 내리듯 머릿속이 자욱했어. 그 꼭대기에서는 수 킬로미터 전방이 보였다가 갑자기 한기가 돌면서 구름이 끼기 시작하거든. 그런데 내 경우는 아무런 경고도 없었고 변화가 온다고 알려주는 기온 변화도 없었어. 여느 날처럼 책상에서 일어나면, 불쑥 내가 그 산 정상에 혼자 있었어. 구름이 끼어 앞이 안 보여서, 알아볼 만한 지표를 볼 수가 없었지. 내 책상도, 전화도, 스테이플러도, 문에 붙은 내 이름이나 심지어 동료들도 알아보지 못했어. 그날은 유독 심했지. 그래서 기다렸어. 오로지 조의 말만 머리에 선명하게 남아 있었거든. 그냥 앉아서 안개가 걷히기를 기다리라고 했지. 그래서 그 조언에 따랐어. 작은 화장실 칸에서 바닥과 얼룩덜룩한 패턴의 벽타일, 화장지 걸이와 늘어진 두 겹 화장지를 번갈아 쳐다봤지.

그러다 상황이 달라졌어. 구름이 걷히고 있었지. 꿈을 꾸던 것처럼 고개를 들었어. 내가 직장의 화장실 안에 있었지. 당연히 나였어.

오늘 날짜는 2014년 7월 31일. 이날이 몇 주째 머리에 박힌 이유는 두 가지다. 첫째, 새러가 집을 떠나 애인과 살 집으로 이사하는 날이고, 둘째, 신경과 전문의에게 진단을 받기로 한 날이라서.

지난 며칠간 새러, 젬마, 나는 앞에 닥친 진단에 대해 의논하지 않았다. 이심전심으로 아는 일이니까. 이전 편지에서 예견된 퇴행이 확실하므로, 의학적인 관점을 따질 필요도 없이 병명이 확실하다. 이런 마당에 뭘 더 의논할까?

난 여기 병원에 혼자 와서, 좁은 신경과 의사의 진료실에 앉아 있다. 여의사는 우리 사이에 놓인 서류를 뒤적인다. 의사가 말을 시작하자 말이 아니라 날 보는 눈빛이 내 마음에 깊이 박힐 것 같다. 측은해하는 기색이 완연한 눈빛. 사실 그녀는 늘 간단히 말하는데, 내가 좁은 진료실로 불려 들어간 후 그마저도 필요 없었다. 의사가 앞에 놓인 서류를 집기 전에 난 힐끗 보고 진단명을 알았다. 알츠하이머. 이제 의사는 문건에 적힌 그 어휘와 다른 어휘 – 치매 – 를 가리킨다. 펜으로 두 단어를 교대로 짚으면서, 이게 내 주치의인 가정의에게 보낼 편지라고 설명한다. 이 순간 난 그녀가 두 단어를 지적하는 이유가 궁금할 뿐이다. 내가 그녀의 말을 믿는지 확인하려고, 더 확실히 해두려고 그럴까? 내가 사실을 받아들이는 내색을 하지 않고 무표정해서일까? 난 눈만 움직여 앞에 놓인 문건을 쳐다본다. 난 차분하다. 질문할 게 없다. 대답이 앞에 문서로 남아 있는데 뭘. 비디오에서 키스 올리버는 치매의 여러 긍정적인 면을 말했지만, 난 치매 진단을 받을 준비가 안 되어 있다. 그 허망함에 대비 못했다. 이 단어들이, 이 편지가 모든 것을 바꾸리란 걸 알기에, 내가 아는 삶을 바꿔버리란 걸 알기에. 이 어휘들은 내가 아는 인생을 '훔쳐갈' 것이다. 나는 쉰여덟 살인데, 방금 초기 알츠하이머 진단을 받았다.

아마도 의사가 두 단어를 손짓한 것은, 내 멍한 눈빛 때문이겠지. 그녀가 말할 때 난 머릿속으로 다른 편지를 떠올렸으니까. 몇 주 전 연금회사가 보낸 66세에 은퇴하면 된다는 내용의 편지. 근무 기간이 8년 부족한 셈이다. 어떻게 그 기간을 메우나? 그 생각이 머릿속을 헤집고 다닌다. 앞으로 8년간 무슨 일이 벌어질까? 삶이 어떤 모양새일까? 의사의 문건에서 맨 위에 적힌 오늘 날짜를 보자 이 편지가 내게는 끝을 제시하지만 새러에게는 새 출발을 의미한다는 생각을 한다. 거기에 위안 비슷한 게 있다. 한 가지 형태의 불확실성이 끝나고 또 다른 시작이 있다.

"행운을 빌어요."

진료실을 나서는 내게 의사가 말한다. 진단 이후 후속 조치가 없어서 다시 그녀를 만날 일은 없다.

집까지 가까운 거리를 걷기 시작하면서, 남들이 반복되는 일상을 사는 모습을 지켜본다. 주변에서는 삶이 계속되지만 바로 이 순간, 내 삶은 멈춘다. 새러가 집에 와서 마지막 짐을 꾸릴 것이다. 옷장에 걸린 옷가지를 마지막으로 꺼내겠지. 딸은 나와 지내겠다고 제안하리라. 당연히 그러겠지만 그것은 필요하지도, 내가 원하는 바도 아니다. 새러는 간호사 교육을 받는 동안 나와 지냈지만 – 학생이라 재정적으로 도움이 됐으므로 – 이제 그럴 필요가 없으니 다시 독립해야 한다. 오늘 받은 진단 때문에 바뀌는 건 없다. 잠깐 눈을 감으니 어떤 이미지가 머릿속으로 쑥 들어온다. 마음속에서 미래가 빨리 감기를 한 것 같다. 백발인 내가 침대에 누워 있고 딸이 간호하는 장면. 다른 열댓 가지 의문, 이미지들과 함께 그 잔상을 밀어낸다. 난 딸들에게 간병 받고 싶지 않다. 왜 그들에

게 '내 아이'라는 타이틀을 떼고, 그들이 원하지도 자청한 적
도 없는 타이틀을 붙일까. 딸들이 꿈을 미루고 날 간병하게
할 수는 없는 노릇이다.

가방에서 펜을 꺼내, 신경과 의사에게 받은 편지 뒷장에
적는다. '현 상태에서 퇴행까지 평균 기간은 얼마인지 – 어
떤 단계와 상황을 맞이하는지?'

기계적으로 걷는데, 여러 가지 질문이 휙휙 떠올라 종잡을
수가 없다. 그래서 마음속에서 질문을 하나씩 문 안에 넣고
잠근다. 질문이 날뛰어서 걷잡을 수 없을까봐 두렵다. 집에
도착해 안으로 들어가는데, 의사 말이 여전히 머릿속을 맴돈
다. 딸들의 충격을 줄일 만한 시간과 공간의 거리가 확보되
지 않아서, 걱정에 짓눌려 엄마다운 씩씩한 목소리가 나오지
않는다. 새러가 복도에서 날 맞이하고, 내가 입을 열기도 전
에 우린 눈짓을 교환한다. 그 순간 새러의 어깨가 살짝 내려
앉는다.

"예상한 그대로야."

남 얘기 하듯 낯선 말투로 내가 말한다. 잠시 둘 사이에 침
묵이 내려앉고, 난 젬마를 불러 소식을 전한다.

4주 후 우린 다시 병원에 와 있다. 주차할 자리를 찾아야
되는 스트레스가 싫어서, 걸어오기로 했다. 딸들은 걸을 시
간을 충분히 주려고 집에 일찌감치 도착했다. 우린 말없이

나란히 걸었고, 새러와 젬마는 생각에 잠겼다. 둘이 상의하며 메모한 내용을 떠올렸겠지. 난 딸들의 핸드백 밖으로 삐죽 나온 메모지를 봤다. 그들을 병원으로 데리고 들어가, 몇 주 전에 앉았던 초록색 플라스틱 의자에 앉는다. 전에도 같은 줄에 앉았다. 우린 나란히 대기실에 앉아 있다. 양쪽에 딸이 있으니, 누가 누구의 보호자인지 모르겠다. 발소리가 날 때마다 고개를 들고, 마침내 낯익은 신경과 의사의 얼굴이 보인다.

딸들을 진료실로 안내해서 담당의와 인사시킨다. 내가 몇 주 전에 마주했던 그 책상, 똑같은 서류 뭉치, 똑같은 의사의 측은해하는 미소 ─ 그녀가 줄 수 있는 건 그것뿐이니까. 딸들만 의사와 만나기로 미리 합의가 되었다. 이 면담은 그들의 이해를 돕는 시간이 될 터였다. 난 두 딸이 나를 신경 쓰지 않고 뭐든 물어볼 수 있기를 바랐다. 그래서 진료실에서 나와 대기실로 향한다. 거기에 앉아서, 새러와 젬마에게 서로가 있다는 사실을 떠올린다. 한 사람이 질문을 끝까지 못하면 다른 아이가 마저 말할 것이다. 의사는 모르겠지만 자매가 눈짓을 주고받는 장면도 훤히 그려진다.

진료실 밖에 오래 방치된 듯한 장난감 상자가 있다. 맨 위에 주판이 놓여 있다. 칠이 흐려져 수명을 다한 것처럼 희미하다. 두 아이가 어렸을 때가 떠오른다. 작은 손으로 주판알을 이리저리 움직이며 수를 세고, 덜걱 소리를 내면서 키득대곤 했다. 진료실 문을 힐끗 보면서, 안에서 딸들이 괜찮은지 궁금하다.

아침나절이 흘러가고, 대기실로 사람들이 들어선다. 모두 나보다 나이 많고, 공허하고 멍한 눈빛이다. 이미 망연한 표정이 자리 잡아 한때 웃어서 생긴 주름을 메운다. 대개 부부가 와서 주름진 손을 맞잡고 있다. 일부는 자녀와 동행했다. 아주 오래 기다린 기분이다. 몇 주 전에 읽은 잡지를 집어 다시 처음부터 끝까지 넘긴다. 단어들을 읽지만 아무 말도 눈에 들어오지 않는다.

진료실 문을 보면서 안에서 벌어질 상황을 상상한다. 신경과 의사는 새러에게 말하리라. 내가 딸이 같이 살면서 간병하는 것을 원치 않는다고. 사실 내가 혼자 사는 게 더 수월할 거라고, 혼란이 줄고 상황이 뒤죽박죽될 가능성이 줄어든다고.

마침내 인기척이 들리고 문고리가 돌아가더니, 감사와 작별 인사가 오간다. 딸들의 가벼운 말소리가 들린다. 고개를 들고 두 아이의 안색을 살핀다 – 울어서 충혈된 눈은 아니다. 난 마음이 놓여서 진심 어린 미소로 두 딸을 맞이한다. 그들도 '집에 갈 시간이에요'라고 말하는 듯한 예쁜 미소로 답한다. 병원을 나서고, 두 딸이 이런저런 대화를 하자 분위기가 가벼워진다. 진료실에서 오간 대화에 대해 함구한다. 그들 역시 받아들일 시간이 필요하겠지.

딸들의 명랑한 목소리를 듣자 나도 다시 기운이 나고, 곧 내가 좋아하는 역할로 돌아간다. 우리가 오랫동안 잘 해온 역할. 그 세월, 난 엄마로서 딸들을 모든 나쁜 일에서 지키고 보호했다. 집으로 걸어가자니, 딸들을 더 편하게 하고 보호하기 위해 할 수 있는 일이 소소하나마 남아 있을 것 같다. 주도권을 되찾을 길이 있을 것이다. 길은 언제나 있는 법이니.

오렌지와 레몬이 흘러내리는 케이크가 늘 최고 인기였지. 넌 레시피를 외웠어. 버터, 밀가루, 우유, 설탕, 달걀, 간 레몬 껍질. 레시피를 찾아볼 필요가 없었지. 네 부엌 냄새가 아직도 기억나. 오븐에서 막 꺼낸 달콤한 스펀지케이크 냄새. 넌 케이크에 구멍을 뚫고 구멍마다 끈적한 레몬과 오렌지 시럽을 주르륵 뿌리지. 딸들은 서서 참을성 있게 기다리고. 케이크 먹을 준비를 단단히 하면서 쳐다보고, 부엌 조리대에 코를 박고 있지. 네가 '케이크가 식을 시간이 필요한데'라고 말하면 아이들은 가서 놀다가, 문소리가 나면 다시 아래층으로 뛰어 내려오지. 네 친구가 도착하는 소리는 첫 케이크 조각이 잘린다는 신호니까. 넌 딸들의 도시락에 넣을 케이크를 조심스럽게 자르지. 그들은 친구들이 집에서 구운 케이크를 부러워한다고 늘 말했고, 그 말에 넌 미소 지었지.

늘 주말이나 방학은 오후에 베이킹을 할 핑계였지. 미니 컵케이크를 굽곤 했어. 조막만한 손으로 집을 미니 케이크에 색색으로 재미난 얼굴을 장식했지. 새알 초콜릿으로 눈을 만들고 빨간 크림을 쭉 짜서 웃는 입을 그렸어. 어떤 컵케이크는 마시멜로와 분홍색 식용 반짝이로 장식하거나, 끈 모양의 딸기 맛 젤리로 새러의 'S'나 젬마의 'G'를 썼어. 눈요기를 위해 미니 콜라 모양 젤리를 꽂고 장식용 크림을 짜서 고정했지. 시간이 될 때는 온갖 장식품과 장식용 크림 튜브들을 꺼내놓았어. 그러면 딸들은 몰두하는 표정으로 걸작을 만들었고, 결과물에 으쓱했지.

햇살 좋은 오후, 딸들을 데리고 정원에 나갔지. 젬마는 소형 테이블과 세트인 빨간 플라스틱 의자에, 새러는 네가 노랗게 칠한 작은 나무 의자에 앉게 했어. 파티 때 쓰고 남은 색색의 종이접시에 다과를 차렸지. 설거지 거리를 줄이려고 말이야. 아이들은 코에 크림을 묻히고 신나게 먹으면서 키득댔어.

소박한 케이크 파티가 두 딸을 무척 행복하게 만들었고, 반죽 속으로 사랑이 녹아들었지.

요리책이 조리대에 펼쳐져 있다. 군데군데 재료가 튄 헌 책이다. 재빨리 책장을 앞뒤로 넘기면서 볼에 담긴 가루 더미를 바라본다. 가루 더미도 날 쳐다본다. 손가락에 침을 묻혀 가루 더미에 적신다 – 베이킹소다인가? 아니면 그냥 밀가루? 가늠이 되지 않는다. 레시피에서 어디까지 진행했는지 찾으려고 책장을 앞뒤로 넘기다가, 서랍에서 티스푼을 꺼내 소다를 몇 그램 더 넣는다. 그러자 볼 안에서 작은 흰 구름이 살포시 떠오른다.

지난 몇 달간 케이크를 구워 요크의 노숙자 단체에 기부해 왔다. 아침식사를 마련해줄 자원봉사자를 구하는 신문광고를 보고, 이메일로 케이크도 괜찮은지 문의했다. 언제나 베이킹을 좋아했지만, 진단받은 후 마음에 변화가 있다. 분명히 그럴 것이다. 옷장 문을 여니, 안쪽에 걸린 옷 사이에 운동화 코가 숨어 있다. 차 열쇠는 빨간 접시에 놔두고 운전면허증을 반납하러 우체국까지 걸어갔다. 하고 싶었던 – 해야 했던 – 여러 일을 포기하고, 여전히 할 수 있는 일에 집중한다. 베이킹은 아직 할 수 있는 일이다.

처음 내가 플라스틱 통을 들고 등장하자 토요일 아침마다 쉼터에 모이는 이들은 나와 큼직한 빅토리아 스펀지케이크를 의심스럽게 바라보았다.

한 사람이 말했다.

"왜 케이크를 구워주려는 거죠?"

내가 대답했다.

"누구나 맛있는 간식을 대접받을 자격이 있잖아요? 아무튼 케이크를 구워 대접할 사람이 달리 없거든요. 먹어보고 평가해주세요."

그들에게 동정 받는 느낌을 주기 싫었다. 동정 받는 기분이 어떤지 내가 너무 잘 알았으니까. 노숙자 쉼터에 가면 기분이 좋다. 거기선 아무도 나를 모르니, 대화하는 중에 한 단어를 빼먹거나 지난주에 본 사람의 이름을 잊어도 눈치채지 못한다. 그들은 예전의 웬디를 모른다. 내 변화에 당황한 동료들처럼 찬찬히 지켜보지도 않는다. 거기에 가면 긴장을 풀 수 있다. 실수를 감추느라 잔뜩 경계할 필요가 없다. 이 사람들은 내 달콤한 선물에 감사할 뿐이다. 난 '빵 아줌마'로 알려져 있다. 설탕과 밀가루로 만든 새 신분이지만, 의사들이 차트에 기록한 병명보다 내게 훨씬 잘 어울린다.

다시 레시피를 뒤적이다가 흰 설탕을 첨가한다.

두 번째 주는 초콜릿 케이크를 가슴에 안고 쉼터에 도착했다. 헛간에서 밤을 보낸 노숙자가 달걀 한 꾸러미를 선물했다.

그가 눈을 찡긋하며 말했다.

"이제 다음 주에 빠질 핑계가 없는 겁니다."

쓸모 있는 사람이어서 보람되고, 그들이 토요일에 케이크를 기대해서 흐뭇하다. 한 조각씩 담아줄 때마다 딸들이 생각난다. 딸들이 힘든 시기를 겪을 때 누군가에게 좋은 것을 대접받기를 간절히 빈다. 또 쉼터 손님들이 토요일 아침 요기 외에 가지고 갈 음식도 필요하다는 걸 알았다. 그래서 주머니에 쉽게 갖고 다닐 수 있는 록 케이크(겉이 껄쭉껄쭉하고 딱딱한 빵 – 옮긴이)를 굽기 시작했다.

요리책을 뒤로 넘겼다 다시 앞으로 넘기면서, 나는 코를 찡그리고 볼에 설탕을 넣는다.

몇 명은 맛을 평가해달라는 말을 진지하게 받아들여서, 토요일마다 케이크를 시시콜콜 비평한다. 한번은 쉼터에 새로 온 두어 명이 케이크를 혹평했지만, 다른 손님들이 나서서 내 편을 들었다. 그 무렵 우리 사이에 우정이 자라났다.

나는 동작을 멈추고 머리를 긁적인다. 이미 흰 설탕을 넣었던가? 기억나지 않는다. 볼을 내려다보니 작은 알갱이가 보여서 안심하고 다시 반죽을 섞기 시작한다. 그런데 주걱이 평소처럼 매끄럽게 들어가지 않고, 반죽이 걸쭉하고 되직하다. 금방 말캉해진다고 기대하면서 주걱을 더 힘껏 저으니 팔꿈치가 아프다. 반죽을 빵틀에 담는데, 바닥으로 미끄러지지 않고 옆면에 달라붙는다. 요상하다. 오븐에서 케이크가 구워지는 동안 차를 준비한다. 마음속으로 걱정이 태산이다. 계속 오븐을 흘끔대고, 평소보다 자주 일어나 반죽이 부풀어 오르는지 확인하려고 유리문을 들여다본다.

노숙자들이 토요일 아침식사를 하려고 줄을 서 있는 동안, 난 앉아서 차를 마시곤 한다. 때로 그들의 사연을, 어떻게 가족들에게 버림을 받았고 서로 가족이 되었는지 들으면 마음 아프다. 힘든 한 주를 보냈더라도 쉼터에 있다 보면 아무것도 아니다. 밤사이에 카펫 위로 포스트잇이 잔뜩 쌓여도, 회의에서 미심쩍은 눈길을 받고 통화 도중 얼른 문제 파악을 못해 한숨 소리를 들어도 아무것도 아니다. 나는 이제 앞으로 다가올 텅 빈 삶과 함께 깨어나고 숨 쉬며 살아갈 것이 두렵다. 하지만 토요일 아침 쉼터에는 그런 게 없다. 거기에 가면 아직 내가 누리는 것에 감사해야 된다고 새삼 깨닫는다. 비를 피할 지붕, 공과금을 낼 돈, 샤워, 깨끗한 의복, 깊이 사랑해주는 두 딸.

때로 인생은 잔인해질 수도 있다. 그나마 손에 남은 작은 것도 빼앗아간다. 세상에서 버림받은 이들 속에 앉아 있으면, 우리가 좋은 시절에 세우는 계획들이 생각난다. 케이크를 먹으면서 부스러기도 흘리지 않으려는 사람들도 좋았던 시절에는 계획이 있었겠지. 한때 집이, 가족이, 직장이 있었지만 지금 여기서 음식과 몇 시간이나마 잘 곳을 남에게 얻는다. 인생은 가혹했지만, 그들은 조금이라도 낫게 생활할 소소한 방법을 찾아냈다. 나중에 쓸 만한 것은 뭐든 잽싸게 주머니에 넣고, 생활용품을 간단히 꾸려 여기저기 갖고 다닌다. 서로 도움을 구하고 돕는다. 연로한 노숙자는 의지할 부모가 없을 법한 아이를 돌봐준다. 누구나 살 방도를 모색해야 될 때가 오면 적응할 길을 찾는다.

벽시계를 힐끗 보니 오븐에서 빵을 꺼낼 시간이지만, 평소와 달리 이상한 냄새가 난다. 오븐에서 빵틀을 조심히 꺼내 오븐 장갑을 낀 손으로 톡톡 두드린다. 케이크가 부풀지 않고, 딱딱하고 맛없어 보인다. 식힘 망에 케이크를 얹지만, 제대로 구워지지 않았고 암만해도 이유를 모르겠다. 20분간 기다리다가, 끄트머리를 자르지만 빵칼이 들어가도 스펀지가 평소처럼 탄력 있게 밀어내지 않는다. 속이 단단하고 뻑

빽하다. 포슬포슬해야 되는데 빽빽하다. 끄트머리를 맛보다가 찌푸린다. 먹을 수가 없다. 너무 달다. 설탕이 너무 많이 들어갔다. 스펀지케이크는 쓰레기통으로 직행한다. 조리대에 얌전히 쌓인 플라스틱 그릇을 쳐다보면서, 케이크가 부족한 걸 깨닫자 난감하다.

쓰레기통에 들어 있는 케이크를 빤히 쳐다본다. 처음 있는 일이 아니다. 지난주에는 록 케이크에 소금을 너무 많이 넣었다. 그 전주에도 빅토리아 스펀지케이크가 쓰레기통에 던져졌다. 이유를 안다. 내가 레시피 그대로 못해서다. 예전에는 조리법을 외웠지만, 이제는 책을 보고 만든다. 그런데 책장을 넘기면 휙, 머릿속이 텅 빈다. 지난주에는 티스푼과 테이블스푼(조리법에서 1테이블스푼은 3티스푼 분량이다 - 옮긴이)을 구분하지 못했다. 그 전주에는 밀가루를 두 배로 계량했다. 슬픔이 차오르고, 거기에 몇 주간 더해진 낙심과 부아가 치민다. 쓰레기통에 처박혀 망가진, 못 먹는 케이크를 바라본다. 3개월 전 진단받은 후, 어느 의사에게서도 연락이 없다. 기억 클리닉에 한 차례 예약되어 있지만 아직 몇 주 남았다. 내가 이 병을 이해 못하는데 어떻게 딸들이 이해하도록 돕는단 말인가. 화가 나는 게 바로 그 부분이다. 20년간 일한 NHS에 외면당하고 버림받은 것 같아 속상하다. 의료 시스템이 어떻게 작동하는지 누구보다 잘 안다. 내가 그 시스템이니까. 내가 시스템을 운용하니까. 그런데 시스템이 나를 버렸다.

　쓰레기통 뚜껑을 닫는다. 더 이상 케이크를 보고 싶지 않다. 다시는 쉼터에 가지 않을 것이다. 이렇게 망치는 이유를 설명하기 싫다. 죄책감과 서글픔이 마음을 찔러대지만, 슬쩍 사라지는 편이 더 낫다. 속이 허전하다. 그렇다, 쉼터에서 받던 활기를 이제는 얻지 못해서 허전하다. 무엇보다 이번에 베이킹과 작별하는 슬픔이 애통하고 절절하다. 베이킹은 평생 해온 일이다. 처음 미니 컵케이크를 구운 어릴 때부터 딸들에게 조리법을 가르칠 때까지, 베이킹은 늘 꾸준히 함께했다. 우울한 날, 베이킹을 하면 예외 없이 활기를 되찾았다. 주방에 길게 늘어선 요리책들을 가만히 쳐다본다. 어떤 갈피는 구겨지고 접혔고, 어떤 갈피는 말끔하고 반들거린다. 하지만 다시는 요리책을 펼치지 않을 것이다. 또 하나의 이별. 이번에는 너무도 달콤한 것과의 작별이다. 쉼터 사람들을 떠올린다. 그들이 잃은 것에 비하면 내 상실감이 무색해진다. 하지만 그들은 도움을 구해서 삶을 수월하게 꾸릴 길을 찾았다.

　서류 캐비닛에 가서, 병원에서 온 편지를 죄다 꺼낸다. 진단 후 직접 받거나 우편함에 들어 있던 편지도 다 찾아낸다. 나와 연락한 사람들과 내 뇌의 미스터리를 풀 만한 이들의 이름과 연락처를 챙긴다. 도움을 구하는, 심지어 도와줘야 된다고 우기는 이메일을 줄줄 써내려간다. 나 자신이 아니라 딸들을 돕고 싶어서다. 알츠하이머 질환이 뭔지, 그 병이 내게 어떤 의미인지 알 필요가 있다.

토요일 아침, 노란색과 흰색 체크무늬 식탁보 위에서 빈 칸이 있는 문서 석 장이 날 쳐다본다. 내 몫의 문서에 써넣은 연필 글씨가 보이고, 내가 손가락으로 행주를 쥐어짜고 있음을 느낀다. 힘든 일이 될 것이다. 대신 관심을 주방 조리대로 돌린다. 방금 오븐에서 꺼낸 작은 롤빵을 보면서, 주방에 꽉 찬 달콤한 냄새를 깊이 들이마신다. 준비가 거의 끝났다. 미니 레몬 케이크, 꼬마 빅토리아 스펀지케이크는 두 딸이 각자 좋아하는 디저트다. 작은 샌드위치도 만들어 가장자리를 조심스럽게 잘라, 미니 키치(베이컨, 치즈 등을 채운 파이 — 옮긴이) 옆에 담는다. 찬장 안쪽을 뒤져서 식용 반짝이를 찾는다. 반짝이를 뿌린 미니 케이크를 스탠드에 올리면 금상첨화인데. 식탁에서 서류가 나를 지켜보고, 나는 아픔을 아른대는 먼지로 상상하며 꿀꺽 삼킨다. 유리 찬장에서 예쁜 분홍 장미와 데이지 무늬가 있는 금테 두른 흰 찻잔 세트를 꺼낸다. 찻잔과 받침 세 조, 같은 무늬의 접시, 우유 그릇을 식탁에 차린다. 설탕 단지에 각설탕을 채우고 은제 집게를 올린다. 사실 셋 다 홍차에 설탕을 넣지 않는데도.

물러서서 식탁을 바라보니, 내 노력과 다과상을 차린 솜씨가 무척 자랑스럽다. 하지만 다들 먹을 기분이 아닐 것이다.

이 속상한 순간을 완화시킬 유일한 방법이지만, 아무 소용 없다는 걸 잘 안다. 오늘 두 딸은 위임장 작성을 도우러 집에 온다 — 내가 의사를 표현하지 못하게 되면 조치할 내용을 기록할 것이다. 이미 연필로 적어둔 몇 가지 질문을 떠올리면서, 딸들에게 이런 일을 면하게 해주고 싶은 간절한 마음과 싸운다.

잠시 후 밖에서 차 문 닫는 소리가 나고, 정원 문이 딸깍하면서 딸들의 도착을 알린다.

"음, 냄새가 좋네요."

두 아이가 문으로 들어서고 새러가 말한다. 포옹하고 키스하면서, 나는 그들이 식탁에 놓인 서류를 힐끗 보는 걸 눈치챈다.

"지루한 일부터 처리한 후에 애프터눈 티라는 심각한 업무를 보자꾸나."

난 딸들의 불안감을 덜어주려고 말한다. 아니, 내 불안감일까?

재정 문제부터 시작하자고 제안한다. 아주 간단하고 이미 의견을 연필로 적어두었고, 내용을 설명할 때 이견이 없어서 다행이다. 다음 건강 부문으로 넘어간다. 이제 딸들은 고개를 숙인다. 그들이 위안을 얻으려고 수시로 시선을 주고받는다. 나는 헛기침을 한다.

내가 말한다.

"6번 문항. 건강과 복지 관련 규정."

두 아이가 미묘하지만 급하게 헉하고 숨을 들이쉬자 난 서류를 내려놓고 말을 잇는다.

"난 인공호흡 등으로 소생되는 걸 원치 않아."

잠시 침묵이 흐른다. 그러다가 젬마가 말한다.

"이해할 수 있어요."

새러는 말이 없다. 포부가 큰 간호사 딸이 갈등한다는 걸 난 안다. 새러가 교육받는, 생명을 구하려고 싸워야 되는 점과 배치되는 문제다. 하지만 거기에 내 생명은 포함되지 않는다. 이 삶은 아니다.

"네 생각은 어때, 새러?"

잠시 침묵하다가 딸이 입을 연다.

"하지만 엄마가 살아날 가능성이 있으면 어떡해요? 항생제만 투약하면 회복되면요?"

간절함이 느껴지고, 난 일순간 정곡을 찔린다. 이러면 안되는데. 왜 살아서 곁에 머물지 않겠다는 건지 딸들에게 설명해야 되다니.

"하지만 엄마가 이미 능력을 상실해서 대신 우리가 결정해야 되는 경우, 엄마는 다시 살아나서 치매가 깊어지는 걸 바라지 않으실 거야."

나는 참았던 숨이 내쉬어지는 것을 느끼며 미소 짓는다.

"지금 대화하길 잘했어. 내가 상황을 정리하지 못할 경우라면, 너희 둘이 결정하려고 옥신각신할 테니."

어떻게든 분위기를 밝게 하려고 웃으면서 말한다.

새러가 고개를 끄덕인다. 내 의사에 대해 얘기하려고 여기에 모였다는 점을 떠올리겠지. 다 됐다. 감정에 호소하는 결정은 일단락되고, 필요해질 때까지 미룬다. 그때가 아주 먼 미래이기를 바라지만 누가 알까?

다시 서류로 돌아와 손으로 짚어 내려가려니, 배 속이 단단히 조인다. 피할 수 없는 얘기를 해야 된다는 의미다.

"전에도 얘기했겠지만, 여기 연필로 적어놨어. '내가 거주지를 고를 만한 지적 능력을 잃거나 집에서 사는 게 불안해질 경우, 적당한 요양원을 선택할 권리를 변호사에게 위임한다…….'"

나는 말을 멈춘다. 두 딸 다 무릎을 내려다본다. 내가 말을 잇는다.

"난 너희가 간병하는 걸 원치 않아. 너희는 내 딸들이고 언제나 그럴 거야."

"네 알아요, 엄마. 엄마가 정 그러시면……."

새러가 부드럽게 말한다.

나는 펜을 들고 연필로 써놓은 대목을 잉크로 적지만, 뭔가 어긋나는 기분을 느낀다. 요양원에서 생을 마감하기 싫지만, 이렇게 해둘 수밖에 없다. 딸들이 나를 간병하느라 인생을 포기한다는 생각보다 훨씬 낫다.

서류 작성이 마무리되자 주방까지도 안도의 한숨을 쉬는 것 같다. 모든 서명날인, 필요한 항목 표시, 마지막으로 적법성 낭독까지 끝났다. 우린 잠시 가만히 앉아 있다. 불과 몇 초 안 될 텐데 몇 분처럼 느껴진다. 빨간 벽시계가 우리의 생각에 보조를 맞추는 것 같다.

내가 침묵을 깬다.

"문 좀 열자. 안이 무척 더워지네. 누가 차 준비를 도와줄래?"

서류를 한쪽으로 치우고, 다들 케이크에 관심을 돌린다.

"아, 케이크 앙증맞은 것 좀 봐."

젬마가 말한다.

나는 차를 따르고, 우린 미니 레몬 스펀지케이크를 먹는다. 의도한 그대로, 나머지 오후 나절을 설탕이 달콤하게 물들인다.

사진 상자를 아이보리색 레이스 이불 위에 엎는다. 사진 더미에서 한 장을 집어 올려 들여다본다. 새러와 젬마, 여섯 살과 세 살 무렵. 모래밭에서 타월 천 반바지 아래로 뻗은 통통한 다리. 그 순간이 밀려와 난 빙그레 웃는다. 우리 셋이 떠난 첫 휴가. 가는 길에 책에서 물건 찾기 게임을 하고, 다른 색깔 자동차를 셌다. 좋아하는 사탕을 먹으니 시간이 더 금방 지났고, 새 크레용을 꺼내 색칠 공부를 했다. 우린 노퍽 해

안에 있는 숙소에 가방을 내려놓고 바다로 직행했다. 처음 모래밭에 들어선 순간 찍은 사진이었다. 너무 찬 바닷물이 밀려들어 발가락 사이를 적시자 아이들이 흥분해서 지르던 소리가 지금도 귀에 쟁쟁하다.

다른 감정도 밀려든다. 몇 주째 나의 내면에서 점점 커지는 슬픔. 정말 이 모든 걸 잊게 될까? 어느 날 이 사진을 손에 들면, 웃는 행복한 두 아이를 못 알아볼까? 도무지 그럴 수가 없을 것 같다. 마음이 급해서 사진을 빤히 쳐다본다. 가물가물해지는 머리를 외면하고 모든 것을 기억하겠다고 결심한다. 넓고 푸르른 노픽의 하늘, 새러가 손에 든, 예전에는 눈여겨본 적 없는 분홍 슬리퍼. 젬마의 청색과 빨간색 반바지. 해변의 다른 사람들. 예전에는 사진에서 딸들만 봤지만 이제 문득 세세한 부분이 눈에 들어온다. 기억 속에 꾹꾹 담아야겠다. 하나도 놓치지 않으리라. 사진을 돌려서 뒷면에 적는다. '새러와 젬마. 노픽 휴가. 카이스터(노픽 주의 해변-옮긴이)? 1987년.'

잊지 않을 거야.

사진 더미에서 다른 사진을 꺼낸다. 내가 케스윅(영국 중부 호수지구에 있는 도시-옮긴이)의 월라 크랙(케스윅 인근의 작은 산-옮긴이) 정상에 앉아 있는 사진이다. 날씨가 우중충해서 낮게 낀 구름 사이로 해가 조금 밀고 올라온다. 그 아래로 검은 더웬트워터가 흐르고, 나는 앞에 펼쳐진 풍경을 바라본다 — 궂은 날씨인데도 경치가 아름답다. 침울한 와중에 줄무늬 브르통 모자(넓은 챙을 젖혀서 쓰는 모자 — 옮긴이)의 윗부분과 빨간 배낭이 돋보인다. 침대 가장자리로 가서 늘어진 스프링을 매만진다. 엄지와 검지로 사진을 들고, 다시 풍경을 쳐다보면서 기억 안에 불태운다. 그러면서 나 자신에게 말한다. 여기, 크림색과 올리브색으로 꾸며진 내 침실에 있지만, 거기에 있다고 상상하면 돼. 귓가에서 윙윙대는 바람결을 느끼고 발아래 촉촉한 이끼 냄새를 맡고, 텅 빈 고요를 들을 수 있지. 모든 것이, 지금 붙들고 싶은 기억이 거기에 있고 아직 날 떠나지 않았다. 그것과 함께한 감정을 아직도 떠올릴 수 있다. 아름다운 그곳이 불러오는 평화를, 바람 부는 날 코트 속에 감돌던 온기가 여전히 떠오른다. 그런 감각을 더 꼭 움켜쥐어야 된다. 차분함, 행복감. 지명을 말하지 못하는 때가 오더라도 그 감정은 나를 떠나지 않으리라 믿는다.

손님방을 둘러보며 문득 빈 벽마다 사진으로 도배하고 싶어진다. 안개가 낄 때마다 거닐 수 있는 공간을 만드는 거지. 양손으로 사진 더미를 만진다. 필름에 포착된 내 인생 최고의 순간들을 만지니, 카메라 셔터를 누른 순간순간이 고맙다. 그때는 얼마나 이런 사진에 의지하게 될지 전혀 몰랐다. 기억들을 훔쳐갈 병에 걸릴 줄도, 재물보다 소중한 것을 매일 잃어버릴 줄도 몰랐다. 그게 알츠하이머가 하는 짓이다. 이 질환은 야밤의 도둑이라서, 자는 사이에 삶에서 소중한 그림을 훔쳐간다.

그때부터 사진을 골라, 뭐든 기억나는 점을 얼른 써내려가기 시작한다. 이름, 지명, 날짜. 말하자면 망각에 대비한 보험증서다. 오늘은 머리가 잘 돌아가는 틈을 최대한 이용해서 얼른 기록한다. 이 사진, 저 사진 집다 보니 팔이 아프고 마음이 고단하지만, 추진력이 떨어질까봐 감히 멈추지 못한다. 사진마다 더 찬찬히 살피고, 더 내밀한 부분을 찾아내고, 전에 놓쳤을 단서들을 유의한다. 사진 더미가 줄어들수록 내 삶이 휙휙 지나간다.

남은 사진 한 장, 내가 좋아하는 요크의 다리들 중 하나에서 본 강 풍경이다. 찰랑대는 물결을 하나하나 살펴보다가, 본 적 없는 소용돌이를 발견한다. 수면 아래에 생명체가 산다는 단서이자, 카메라 렌즈로 더 큰 그림을 포착할 때 놓친 세세한 부분이다. 다음에 다리의 같은 자리를 지날 때 소용돌이를 찾아보자고 머릿속으로 기억해둔다. 그러다 머릿속에 기억하는 대신 종이에 메모하기로 결정한다. 그게 더 확실하다.

다음 날 주머니에 구겨진 메모를 넣고서 요크의 곳곳을 거닌다. 그 다리로 가서, 사진에 찍힌 똑같은 풍경을 바라보며 서 있다. 예상대로, 사진 속처럼 물결이 찰싹댄다. 다리에 서서 내려다보자니, 형언 못할 성취감이 수면 아래서 일어난다. 별도리 없이 치매에게 이런 기억들을 빼앗기리란 걸 안다. 앞으로 사진 속 소용돌이나 다리, 아니면 사진을 촬영한 지역까지 못 알아볼지 모른다. 하지만 분명히 자연이 이런 것을 존속시킬 줄 알기에 행복하다. 소용돌이는 계속 휘휘 돌겠지. 휴가 때 우리가 사랑과 웃음으로 채운 모래밭으로 계속 파도가 밀려오리라. 치매가 전부 빼앗아가진 않을 거야. 비록 지금은 그렇게 느낄 수밖에 없지만. 딸들을 잊는 게 가장 큰 공포지만, 자연은 파도를 일으키고 해를 뜨게 하고 시냇물을 계속 흐르게 하리라. 치매는 마음의 속임수일 뿐이라고 생각하기로 마음먹는다. 사진을 열심히 쳐다보고 소용돌이가 여전히 거기에 있는 걸 알면 치매를 이기는 거야. 이 모든 것에서 소중한 작은 보석을 찾는다면.

그날 요크에서 기억의 방을 꾸밀 재료를 사서 귀가한다. 끈에 사진 수십 장을 잡아매어 벽에 매달고, 대못 모양의 원색 압정으로 사진을 고정시킨다. 그 작업을 하면서 사진을 뒤집어보니, 어제 쓴 설명이 있다. 기억나지 않을 때 도움이 되도록 어디서 누가 왜 거기에 있는지 기록해두었다.

작업을 마치고 물러서서 장식을 바라본다. 두 딸이 어릴 때 시기별로 찍은 컬러사진이 나란히 줄에 걸려 날 쳐다본다. 다른 줄에는 살았던 집 사진이 다 걸려 있다. 또 다른 줄에는 내가 좋아하는 풍경 사진이 있다 ─ 호수지구, 도싯 해안, 블랙풀 해변. 사진과 마주 보는 침대 모서리에 걸터앉아, 사진에 깃든 고요와 행복에 젖는다. 내 안의 기억들이 사라질 때, 사진은 여전히 여기 내 밖에 남아 있을 것이다. 더 행복했던 시간을 존속시키고 일깨우고 느껴지게 하겠지. 그때가 언제일까? 다음 주? 다음 달? 내년? 모른다. 그 생각만으로도 마음에서 두려움이 출렁대고, 아직 기회가 있을 때 다 기억해야 된다는 조급증이 밀려든다. 하지만 월라 크랙에서 본 풍경 사진에 집중해서 공포감을 다독인다. 다시 거기에 오른 기분이다. 바람이 귓전을 때리고 발아래 촉촉한 이끼가 깔려 있다. 불확실한 미래는 미뤄두어도 괜찮다. 내버려둬도 다가올 테니.

난 일할 수 있어

네게 사는 게 쉽지 않았다는 걸 알아. 당시에는 모르고 지나기도 했지만. 항상 할 일이, 생각할 거리가, 작성할 목록이, 먹여야 될 입이 너무너무 많았지. 김이 나는 홍차를 앞에 두고 앉아 생각에 잠길 여유조차 없었어. 누군가가 등을 토닥여준 기억이 있는 싱글맘이 몇 명이나 될까?

애들 아빠는 두 아이가 일곱 살과 네 살일 때 떠났지. 지난했다는 걸 알아. 쓸쓸한 삶이었지. 딸들에게 이런 것을 감추려고 노력했지. 억지로 미소를 짓고 들키지 않으려고 무진 애를 썼지. 농담을 던져서 남에게 마음을 숨기고, 자존심이 강해서 내색하지 못했고, 딸들 앞에서도 아무렇지 않은 체했지만, 살기가 팍팍했던 게 기억나.

돈이 넉넉지 않아서 늘 알뜰하게 꾸려가야 했어. 크리스마스를 준비하려고 자질구레한 물건을 팔아야 했던 게 한두 번이 아니었어. 그래야 아이들의 산타 양말에 더 많은 선물을 넣어 줄 수 있었으니까. 넌 그런 형편을 부당하다고 느끼거나, 동정을 바라지 않았어. 대신 어려운 상황을 즐겼지. 12월 25일 새러의 환호성을 들으려고, 중고 자전거에 사포질해서 다시 칠했지. 딸들이 자는 동안 농장 놀이 도구를 직접 만들고, 판지에 은박지 연못을 만들어 붙여 완성했어. 매년 크리스마스이브에 딸들이 산타 꿈나라로 간 후에도 늦도록 자지 않고 다음 날의 '크리스마스 메뉴'를 적었지ㅡ칠면조와 곁들임 음식, 온종일 즐길 게임들까지. 이제 젬마와 새러는 크리스마스마다 항상 즐거웠다고 기억하지만, 그러기 위해 품이 많이 들었어. 나들이를 해도 창의력을 발휘해야 했지. 주로 이야기 놀이를 하러 도서관에 갔지. 책이 무료인데다 실내가 따뜻했으니까. 아이들도 먼 나라로 도망간 척하며 즐길 수 있었어.

난 늘 네가 돈이 없는 걸 좋아했다고 느꼈어. 삶을 도전으로 만들고, 더 열심히 생각하고 야무져야 되니까. 그게 네가 가장 좋아하는 두 가지거든. 지금 보니 아이러니하네.

생활에서 '미스터 맨' 책(영국에서 발간된 감성적인 교육 동화 시리즈ㅡ옮긴이)으로 못 고칠 게 없었지. 딸들이 문제를 겪을 때마다 너는 알맞은 책을 골랐지. 젬마는 늘 지나치게 소심해서 넌 『부끄럼 꼬마 아가씨』를 읽어주었어. 책이 너덜너덜해지고 이야기가 젬마의 마음속 깊이 박힐 때까지 읽고 또 읽었지. 새러가 걱정이 많아지자 『걱정 씨』를 꺼냈지. 이후 세상이 덜 무서워 보였어. 그 시절 너에게 맞는 '미스터 맨' 책이 있었으면 얼마나 좋았을까.

가장 힘든 시간은, 주말과 방학 때 딸들이 아빠와 지내러 갈 때였어. 나쁜 말이나 비난은 한마디도 하지 않았어. 결국 그 사람은 애들 아빠인 걸. 하지만 두 아이가 떠나면 집이 얼마나 썰렁하고 조용하던지, 심장을 빼서 가방에 담아 애들이랑 보낸 것 같았지. 애들이 곁에 없으면 근심이 극에 달했지. 애들 아빠가 떠난 후 너는 제대로 된 직장을 구할 수가 없었어. 무슨 일을 하건 애들 하교 시간에 맞출 수 있어야 했으니까. 최대한 시간을 쪼개 청소 일을 했지. 사람들에게 추천받은 덕에 그럭저럭 일자리를 얻을 수 있었어. 하지만 청소보다 나은 일을 할 자격이 있다는 걸 스스로 알았지. 애들이 어릴 때는 청소 같은 일이 처지에 맞았는데, 이제 애들이 커서 둘 다 학교에 다니니까 다른 일자리를 가져야겠다 싶었지.

그 힘들었던 시절, 네가 허공에 떠 있다고 상상하면서 문제와 거리를 두는 법을 터득했어. 거기서 자신을 내려다보면서 다른 길이 없는지 묻는 거지. 지금 똑같이 해보려 하지만, 그 시절과 달리 답이 나오지 않네…….

발을 끌고 침실로 들어간다. 속에서 잠이 달가닥대고 머리는 푹신한 베개를 찾는다. 침대 옆 협탁에서 인내하며 기다리는 소설책을 힐끗 보다 얼른 눈을 돌린다. 책은 예전에 잠들기 전에 몇 시간, 몇 분을 어떻게 보냈는지 일깨운다. 책갈피의 접힌 부분이 몇 주간 그대로인 걸 알면서도 다음 저녁때 읽지, 하고 혼잣말을 한다. 하지만 눈이 소설 옆의 다른 데로 향한다. 포스트잇에 '치과 예약할 것'이라고 적혀 있다. 한숨을 쉬면서 눈을 굴린다. 하긴 이런 걸 통째 잊은 게 놀랄 일이기나 한가? 몇 달간 나 자신에게 메모를 남겼지만 이제 그것도 소용없기 시작한다. 메모를 찾아보는 것을 잊으면, 메모한들 무슨 소용이 있나? 밤이나, 심지어 아침에 휘갈겨 써놓아도 점심때면 잊기 십상이고 집을 나서면서 잊는 것은 다반사다. 시계 옆에 메모지를 세워두면서, 내일은 잊지 않고 치과에 전화하겠다고 다짐한다.

다음 날 아침, 깨면서 메모를 의식한다. 바닥에서 한 움큼 집어 넘겨보면서 하루의 첫 요크셔 홍차를 마신다. 그때 주전자 옆의 약통이 눈에 들어온다. 어제 칸에 알약이 그대로 있다. 약 복용을 기억하는 것조차 어렵게 되고, 손에 든 메모지는 적어본들 소용이 없음을 증명한다. 홍차를 앞에 놓고 앉아 아이패드를 집는다. 어쩌면 해답이 여기 들어 있다. '일정 알림'이라는 아이콘이 있어서 '오후 7시 약 복용'이라고 입력한다. 시도해볼 가치가 있다.

그날 저녁 지친 몸으로 퇴근하지만, 아이패드에서 삐 소리가 나자 열어본다. '약 복용'이라는 문구가 뜬다. 주방에 가서 물을 따르고 약을 먹는다. 그때 아이디어가 떠오른다. 벽에서 달력을 떼어 아이패드에 중요한 날짜, 시간, 할 일을 입력한다 – 병원 예약, 친구의 방문, 약 먹기와 쓰레기통 내놓기 같은 일상적인 일들. 몇 주 후 10월 17일에 새러의 생일을 입력하는 것은 망설여진다. 그렇게 중요한 날을 잊을 리가 있나. 하지만 만약을 대비해 딸의 생일 저녁에 알람 설정을 한다.

그날이 다가오자 아이패드가 생일 카드 구입을 기억하라고 알려준다. 빙그레 웃으면서, 주방 조리대를 힐끗 본다. 거기에 메시지를 적지 않은 카드가 얌전히 놓여 있다. 이틀 후 다른 알람이 울린다. 이번에는 카드를 부치라는 알람이지만, 벌써 봉투에 이름과 주소를 적고 우측 상단에 우표도 붙였다. 홍차를 앞에 두고 앉으니, 한 모금 마실 때마다 몸에 온기가 퍼지고, 본능이 옳았다는 행복감이 번진다. 새러의 생일을 잊지 않았다는, 매번 사랑은 치매를 이길 수 있고 그러리란 확신이 밀려든다. 그런데 그 순간 뭔가 썰렁하면서 걱정이 되기 시작한다. 이맛살이 찌푸려지면서 의문이 생긴다. 애초에 알람을 설정하지 않았으면 과연 카드를 사놓았을까? 하지만 난 생일을 잊지 않는다는 사실을 되새긴다. 반드시 챙기는 일이다. 그날 아침 기억해두었다가 카드를 부친다.

10월 17일, 여느 날처럼 출근했다가 퇴근해서 식사 거리를 만든다. 라디오에서 노래가 나와서 콧노래로 흥얼대는데 아이패드에서 땡 소리가 난다. 힐끗 시계를 보니 오후 6시 30분이다. 아직 약 먹을 시간이 아니다. 당황스러워서 조리 도구를 내려놓고 아이패드를 여니, 일정란에 '새러 생일'이 라고 나온다. 배 속이 얼어붙는다. 그럴 리 없는데. 분명 착오일 거야. 내가 실수로 잘못 기입했음이 분명하다. 난 새러의 생일마다 아침에 전화해 축하 인사를 한다. 달력에서 날짜를 확인한 후, 음식을 놔두고 전화기를 든다. 새러의 전화번호를 누르는데 몸이 떨린다. 연결음이 울리고 딸이 전화를 받는다.

내가 말한다.

"정말 미안해. 어쩌다 이렇게 됐는지 모르겠다."

새러가 대답한다.

"괜찮아요. 엄마가 깜빡하신 것뿐이에요."

따뜻한 말투에서 진심이라는 걸 안다. 딸은 이해하고 미소 짓지만, 내 배 속에서는 냉기가 사라지지 않고 들러붙는다. 새러가 카드를 받았다고 말할 때도, 내가 전화를 끊는데도 그 느낌이 지속된다. 그 무엇도 슬픔을, 굴욕감을 없애지 못한다. 34년 만에 처음으로 딸의 생일을 잊었다. 나머지 364일보다 중요한 날인데. 이성적으로는 내가 아니라 병이 한 짓임을 알지만, 오늘 같은 날은 나와 병을 따로 생각하기 어렵다. 처음으로 치매가 넌덜머리난다. 그 병이 빼앗아간 것들 때문에, 앞으로 빼앗아갈 것들 때문에 밉다. 치매를 용서할 수 없다. 혹은 나 자신을.

즐거운 행사일은 얼른 되길 바라지만, 똑같은 미래인데도 더 암담하고 괴로울 수도 있다. 현재의 삶에 만족하는 사람은 별로 없다. 일상생활을 하면서, 늘 사소한 일을 걱정하고 안달한다. 까다로운 동료, 늦게 오는 버스, 우산이 없는데 구름 사이로 쏟아지는 빗줄기. 월요일에 출근하자마자 주말을 기다리지 않나? 혹은 시간이 얼른 흘러 기다리고 기다리던 휴가가 오기를 바란다. 그런데 발목을 잡는 일이 같이 다가온다. 이혼, 죽음, 진행성 질환. 오늘 하루밖에 없다는 진실을 가르쳐주는 일이 들이닥친다.

진단을 받은 후 매일매일 그 생각 – 너무 늦기 전에 모든 걸 기억해서 필름에 담듯 머리에 남겨야 된다는 생각 – 이 파고든다. 그 때문에 기억의 방을 만들었다. 사무실 책상 앞에 앉으면, 조급증이 파도처럼 밀려온다. 업무 관련 지식 – 나는 머릿속 서류함에 차곡차곡 쌓았지만, 동료들은 나를 통해 순식간에 얻는 정보 – 이 한꺼번에 밀려든다. 바로 그 파도가 부서져 모래밭에 정보를 뿌렸다가 다시 휩쓸어 망망대해로 가져갈 순간이 두렵다. 그 파도와 거기에 담긴 전부를 영원히 잃을까 겁난다.

책상 위의 서류철을 훑어보다가 공포에 휩싸인다. 5년 전부터 근무 배정 시스템이 오류 없이 작동되도록 정보를 수집 중이다. 그런데 다량의 정보가 이 서류철이 아닌 내 머리에 담겨 있다. 내 기억력이 점점 믿기 힘들어지는데, 언제 이 정보를 잃을지 모르지 않나? 다음 주가 될 수도 있을까? 다음 달? 내일? 최근 팀원들에게 내 컴퓨터를 보여주거나, 더 세분화된 배정 시스템을 작동해보라고 하면, 다들 어리둥절해서 쳐다본다.

나는 부하 직원에게 말한다.

"그 간호사는 야간 근무를 할 수 없다는 걸 기억해둬. 아이들이 어리거든. 어딘가 그 점을 기록해놔야 될 거야."

하지만 직원이 '팀장님이 있는데 뭐하러 그래요?'라고 생각하는 게 눈에 보인다. 내 후임 '도사'로 정해둔 직원이 있다. 내 자리를 이어받아 일을 잘할 후배이고, 나도 모르게 그녀를 회의에 자주 부르고 업무를 분담한다. 내가 할 수 있을 때, 팀장 업무의 세부 사항을 더 많이 알려준다. 후배는 기대만큼 일머리가 좋고 부지런히 메모하지만, 내가 보기에 그 정도로는 부족하다. 메모지나 볼펜 잉크가 부족한 느낌이랄까. 내가 없을 때 직원들이 알아야 될 사항을 다 알려줄 시간이 부족할 것 같다. 적어도 머릿속에 구름이 낀 날, 수평선이 뿌옇게 보이는 날, 팀원들이 알아둘 사항들이 있다.

버스에 앉아 집으로 가면서, 어깨에 내려앉는 잠을 쫓으려고 바깥 풍경을 내다본다. 내일은 어떤 날이 될까? 쾌청한 날일까, 안개 낀 날일까? 일기예보는 어떨까? 앞으로 1주간 이 병은 내게 느긋하게 다가들까? 오늘 이후는 생각하지 말자고 마음먹지만 그럴 수가 없다. 특히 지쳤을 때는, 피곤에 젖어 두려움을 밀어내지 못할 때는 더 그렇다. 늘 마음에서 세 가지가 꿈틀거리고, 한 가지 생각이 기어들면 나머지 둘이 냉큼 따라 나온다. 독립성을 잃을 두려움. 버스를 타고 출퇴근은커녕 시내 나들이도 못할까 겁난다. 버스 창으로 유령 같은 내 모습을 힐끗 보니, 다른 큰 두려움이 떠오른다. 경계를 넘어 내가 모르는 사람이 될까봐, 나를 '나'로 만드는 요소를 잃을까봐 두렵다. 나 아닌 다른 존재가 대신 결정해야 되는 때가 올까봐 겁난다. 그러자 자연스럽게 세 번째 두려움이 밀려온다. 너무 고통스러워 떠올릴 때마다 심장을 쥐어짜듯 아픈 두려움. 가장 사랑하는 두 딸의 얼굴을 잊는 일. 그러면 심장이 마구 뛴다. 생각이나 미래처럼 심장이 멋대로 날뛴다. 누구나 이런 두려움을 대면할까? 독립성을 잃을, 그러다 결국 생활 능력을 상실할 두려움을? 이런 두려움은 지평선 위의 점처럼 늘 멀리 있어서 눈을 가늘게 떠야만 보일 것 같았다. 그런데 치매가 나를 그쪽으로 내던졌다. 영원히 사라지기 전에 미래에 끼워 넣어야 된다는 조급증이 생길 만도 하다. 더디게 다가오는 작별이 될까, 불쑥 떨어지는 작별이 될까? 불확실성이 가슴을 공포로 채운다. 그때가 얼마나 빨리 들이닥칠지 모르는 것. 전에는 내 삶을 내가 통제한다고 생각했다. 오래 지난 후 은퇴해서 영국의 모든 섬을 직접 운전해서 돌아보는 그림을 그리지 않았던가? 이제야 제법 수입이 괜찮아서, 더블린과 파리에서 긴 주말을 보내는 해외여행을 계획하게 되지 않았나? 세상 구경에 나설 참이었잖아? 내가 누릴 줄 알았던 모든 시간에 무슨 일이 생긴 거야?

네가 지역신문에서 작은 광고를 샅샅이 뒤지느라 보낸 시간이 얼마나 될 것 같아? 매주 딱 맞는 일자리를 찾느라 구인란 전체를 손가락으로 짚으며 살피느라 잉크가 묻어 손끝이 까매졌지. 너는 청소부보다 나은 직장인이 될 수 있다는 걸 알았어. 딸들이 등교한 사이, 세면대와 변기를 닦는 것보다 괜찮은 일거리를 찾을 수 있을 것 같았지. 그런데 가족의 리듬과 맞는 일자리를 찾기가 퍽 어려웠지. 애들 아빠가 떠난 후 5년간 그렇게 지내면서 간신히 생계를 꾸렸지만, 분명히 그보다 나은 삶이 있으리란 걸 알았어.

그러던 어느 날 안성맞춤인 자리를 봤지. '밀턴케인스' 병원 물리치료실에서 파트타임 접수원을 구했어. 광고에 근무시간 조정을 보장한다고 나와 있었어. '오전이나 오후 근무 가능'. 지금은 참 부러운 적극적인 사고방식을 가졌던 때라 가능성을 마구 떠올렸지. 딸들이 저희끼리 등교하고 하교하는 책임과 독립성을 잘 받아들일 거라고 자신을 설득했어. 그 무렵 새러가 많이 커서 엄마가 조금 늦게 데리러 가도 젬마를 챙길 수 있었지. 너는 희망에 부풀어 지원서를 요청하려고 전화를 걸었어. 수화기를 들고 있는데 미소가 나왔고, 목소리에서 흥분을 감출 수가 없었지.

며칠 후 서류가 도착하자 너는 주방 식탁에 앉아 빈칸을 메우기 시작했어. '현재 직장' 칸에서 조금 멈칫했지만 늘 하는 대로 정면 돌파했지. '청소원'이 좋은 인상을 주지 않을까봐 걱정스러웠지만 숨겨봤자 무슨 소용이 있겠어. 현재 청소부인 사람이 왜 광고에 난 접수원직에 어울린다고 생각하는지 의아하겠지만…… 그렇게 적기 시작해서 네가 뛰어난 지원자인 이유를 다 적었어. 두 가지만 말하자면 기억력과 세세한 부분에 유의하는 점, 학습 속도가 빠르다는 사실. 지금과는 전혀 딴판이었거든. 하지만 병원 측은 답장을 보냈고, 너는 면접을 봤지. 거기에 취직해서 직급이 올라가고 승진하며 긴 세월이 지난 후, 당시 면접관에게 이유를 들을 기회가 있었어. 그녀가 다른 관리자들을 설득해서 너한테 기회를 주었다고 했지. 아이 둘을 키우는 싱글맘인 점이 네가 열심히 일하고 직장에 충실할 이유가 되리라 판단했다고 했어. 너는 딱 그렇게 했지. 넌 서른아홉 살이었고, 누군가가 생명줄을 던져준 셈이었어. 그 일자리가 NHS 20년 재직의 출발점이었고, 너는 직장에 충실한 나머지 일중독자라는 이름도 얻었지. 뇌졸중을 일으키자 업무 스트레스와 과로 때문이라고 했어. 하지만 인생에서 처음으로 넌 진정한 독립을 성취했고 그걸 유지하기로 굳게 마음먹었지.

기다란 좁은 방에 테이블이 있고, 난 끝에 앉아 나머지 참석자가 자리를 채우기를 기다린다. 흥분되어 얼굴에서 미소가 떠나지 않고, 오랜만에 헌신하고 남의 마음을 바꿀 수 있는 힘이 느껴진다. '알츠하이머 협회' 웹사이트에서 '치매 친구들' 프로젝트 관련 내용을 발견했고, 치매를 안고 사는 삶을 설명하는 비디오를 보고 – 나야 얘기 들을 필요 없는 환자지만 – 나도 친구가 되었다. 그런데 마지막 부분에 이런 설명이 있었다. '치매 친구들 챔피언'이 되면, 인터넷 바깥의 세상에도 이 개념을 전파할 기회가 있다고 했다. 지금 여기 그 교육을 받으러 왔다. 친구와 직장 동료에게 전파할 목적으로 지역 교육에 등록했다. 다른 교육생들이 조용히 방에 들어오고, 자기소개로 수업이 시작된다.

내가 참석자들에게 말한다.

"저는 리즈에 있는 '세인트제임스' 병원에서 근무하는데, 7월에 치매 진단을 받았어요. 우리 팀에 치매를 간단히 설명해서 이 질환을 알릴 방법이 필요해요. 치매에 걸린 사람이 교육을 진행하면 효과가 더 클 거라고 생각합니다."

테이블에 둘러앉은 사람들 모두가 나를 쳐다보며 침묵한다. 길게 느껴지는 짧은 순간에, 이 자리에 실제 치매 환자는 나밖에 없는 게 분명해진다. 또 아이러니하게도 다들 치매 정보를 더 많이 공유하는 방법을 배우러 왔으면서도, 이 자리에 치매 환자가 있을 줄 예상하지 못했다. 긴 세월 같은 시간이 지나고 다른 사람 차례가 된다.

마침내 주최자가 말한다.

"이야기해줘서 고마워요, 웬디. 네, 다음은 누구인가요?"

그녀가 교육을 진행한다. 각자 오늘 참석한 이유를 말한 후, 주최자의 설명을 듣고 배운다. 그녀는 치매의 이해를 도울 도구와 방법을 제시한다. 점심식사를 위한 휴식 시간에 사람들이 한 명씩 다가와, 내가 여기 온 이유에 감동했다고 말한다. 하지만 내 존재만으로도 흔히 갖는 치매에 대한 선입견이 깨진 걸 난 안다. 사람들은 나를 통해 치매가 나이와 무관하다는 사실을 상기한다.

우리는 다양한 정보 공유 기법을 배운다. 주최자가 치매에 대한 요점을 읽으면 교육생들은 빙고 카드에 빠진 단어를 기입하는 빙고 게임도 한다. 오후가 되자 내 신경이 곤두서기 시작한다. 내가 '치매 친구들' 교육의 일부를 진행할 차례다. 앞으로 나가는데 속이 덜덜 떨린다. 점심시간에 연설문을 쓰고, 꼭 기억할 핵심 단어마다 줄을 쳐두었는데도 긴장된다. 크게 심호흡을 하고 말을 시작한다. 좌중이 집중하자 점점 자신감이 생기고, 직장에서 오랜 세월 훈련받은 게 도움이 된다 싶다. 그간 받은 훈련이 분명히 아직 거기 어디에 남아 있다.

"시작하기 전에 어쩌면 제가 다른 선입견을 깨야 될 겁니다. '치매'라는 단어를 들으면 흔히 마지막을 연상합니다. 어쩌면 여러분도 그렇게 생각했을 겁니다. 그래서 치매 말기가 되기 전에 어떻게 시작되는지, 그리고 그 시작과 마지막 사이에는 삶을 이어갈 긴 시간이 존재한다는 것을 알려드리려고 제가 여기 앞에 서 있습니다. 우리 치매 환자들이 어떤 단계에 있든 우리를 포기하지 마세요. 우린 아직 나눠 줄 게 아주 많습니다. 우리는 다만 다른 방식으로 나눌 뿐입니다."

다들 아침에 처음 왔을 때보다 많은 걸 배워서 긴장을 풀고 앉아 있다. 내가 강연을 마치자 박수가 터져 나온다.

교육이 끝나자 많은 사람이 내게 다가온다.

한 사람이 말한다.

"이제 치매를 심하게 경계하지 않게 되었네요."

다른 사람이 말한다.

"치매 환자와 어떻게 대화할지 난감했는데 이제 안 그래요."

나는 '치매 챔피언'이 되어 다른 교육생들처럼 강의실을 떠난다. 여전히 치매에 적응하는 중이지만, 적어도 알츠하이머를 앓는 것이 어떤 뜻인지 알릴 수 있다. 마음의 준비가 되는 대로.

마지막 포스트잇을 구겨서 책상 밑 쓰레기통에 던진 순간, 동료가 사무실에 도착하는 기척이 들린다. 난 한 시간 전에 출근했고, 쓰레기통에는 전날 미리 써둔 메모지가 수북하다.

"어서 와."

　메모지를 쓰레기통에 밀어 넣느라 머리를 책상 밑에 넣고 동료에게 인사한다. 메모지가 보이면 안 된다. 메모가 필요하다는 사실을 들키지 않아야 업무를 계속할 수 있다. 죄책감이 드는 6개월의 비밀을 발 옆에 치워두고, 숨을 쉬려고 머리를 다시 든다. 최근 이중생활을 하는 기분이 점점 자주 든다. 주변 사람들에게 그들이 알아왔던 나의 모습을 그대로 보여주려고 애쓰는 내가 있고, 또 실수나 기본 업무 수행에 시간이 많이 드는 걸 한사코 숨기려는 새로운 내가 있다.

　다른 팀원들이 새로운 근무 배정 시스템을 익힌 반면, 나는 분류와 조합에 사용하는 각기 다른 색의 항목을 숙지하지 못했다. 퇴근 후 집에서, 아니면 다들 출근하기 전 복사기 소리만 나는 사무실에서 따로 익히는데도 이 모양이다. 착착 정리되지 않고 계속 아리송하다. 몇 주만 있으면 시스템이 실행되기 때문에, 혼동된다는 사실을 더 숨길 수 없음을 안다. 최악은, 동료들이 먼저 알아채서 내가 '도사'에서 업무도 감당 못하는 바보로 추락하는 상황이다. 나날이 통제력을 잃고 좌절감이 내면을 파고든다. 내가 새로운 시스템을 사용 못할지라도, 치매가 내 근무 배정 관련 지식을 다 빼앗아간 것은 아니다. 난 아직 완전히 불필요한 인력은 아니다. 하지만 비밀을 유지하고 있자니 불쑥불쑥 죄책감이 양심을 찌른다.

가능한 오래 업무를 계속하고 싶지만, 치매라는 사실을 숨기기가 나날이 더 어렵다. 솔직히 그게 업무보다 더 피곤하다. 늘 통화 상대가 누구인지 알아내려고 흐려지는 기억을 들쑤셔 실마리를 찾는다. 사무실에서 통화와 대화 소리가 시끄러워서 집중하기 어렵고, 예전 같으면 순식간에 처리했을 업무를 반복해서 살피느라 시간 낭비가 많다. 내가 전화를 받지 않는 경우가 얼마나 많은지 누가 눈치챘을지 걱정스럽다. 혹은 멀티태스킹 능력을 잃었다는 사실은 나만 알까? 사람들과 대화하기 두렵고 그게 사실이다.

사무실에 미소 띤 얼굴들이 북적대자 나는 주위를 둘러보면서 깨닫는다. 동료들에게 존경 아닌 동정 어린 눈길을 받거나, 상사들에게 능력을 의심받는 꼴을 당하기 싫다. 하지만 이런 상태로 얼마나 더 버틸 수 있을까? 치매가 내게서 결정권을 앗아가 곧바로 동료들에게 보이게 되기 전에 내 스스로 말해야 한다. 아무튼 수십 번 같은 생각이 날 때마다 그랬던 것처럼, 이번에도 생각을 굴린다. 병원에서 일하니, 계속 업무를 하도록 조언과 지지를 요청해도 되리란 자신감이 생긴다. 더구나 병원 측은 치매 환자를 배려하는 공간을 제공하려고 늘 노력한다.

모니터로 눈을 돌려 '메일 쓰기'를 새로 연다. 맨 위에 상사 셋의 이름을 입력하고, 자판을 두드리기 시작한다. 그 누구에게도 편안한 이야기가 될 수 없을 것이므로, 먼저 이메일로 진단 사실을 알리기로 했다. 그러면 상사들이 상황을 받아들이고 서로 의논할 기회를 가진 후, 나와 면담할 수 있다. 솔직하면서 일목요연하게 메일을 쓴다. 여전히 뭘 할 수 있는지, 뭐가 어렵고 어떻게 하면 더 수월해질 것 같은지 설명한다. 상사들이 원하는 것은 문제가 아닌 해결책임을 알기 때문이다. '보내기'를 누른다. 옆 사무실에서 직원들의 수다 소리가 나직이 들려온다. 물론 누가 뭘 알고 수군대는 것은 아니다. 며칠 후 상사들과 차례로 면담 약속을 잡는다. 사실을 알려 지원을 요청하는 손을 뻗은 것이 불안하면서도 안심되어 등을 기대앉는다. 이 일로 인해 모든 게 변하지 않기를 바라본다. 셋 중 누군가가 불쑥 전화하거나, 사무실로 찾아와 날 당황스럽게 만들까봐 퇴근한다. 그럴 일은 없겠지만 가능성을 남겨두지 않는 게 좋다.

이틀 후 첫 번째 면담을 하려고 직속상사의 사무실 문을 두드린다. 가슴이 어찌나 콩닥대는지 셔츠 밖에서 심장이 뛰는 게 보일 것 같다. 얼마나 긴장했는지 상사가 모를 거라고 내 마음을 다독인다. 사실 내가 들어가서 앞에 앉자 그가 나보다 더 머뭇대는 눈치다.

상사가 운을 뗀다.

"치매에 대해 잘 모른다고 인정해야겠군……."

나는 적으나마 아는 바를 설명하려 애쓴다. 처음에 뭐가 이상했는지, 직장에서 어떤 어려움이 있는지.

"언제부터 앓은 건가?"

그가 묻는다.

이번에 선뜻 대답하지 못하는 것은 치매가 아니라 그 질문 때문이다. 잠깐 입을 다물고, 상대의 입장이 되어 원만하게 대답하려 애쓴다. 그가 정확히 어떤 말을 듣고 싶은지 난 알고 있다. 내가 직장에서 언제까지 쓸모 있을지 알고 싶겠지. 이런 질문이 나오지 않기를 바랐지만, 그에 대비해서 미리 준비했다.

상사가 애쓰는 게 빤히 보여서 내가 먼저 차분히 말을 꺼낸다.

"저를 직원 건강관리과에 넘겨야겠지요? 저는 아직 은퇴할 준비가 안 됐습니다. 치매 진단을 받았지만, 그렇다고 갑자기 업무 능력을 상실하는 게 아니거든요. 계속 일하려면 좀 적응할 필요가 있을 뿐입니다. 어떻게 조치해야 도움이 될지 건강관리과에서 알겠지요."

나는 격일로 재택근무를 하겠다고 요청한다. 그러면 조용해서 집중할 수 있을 것이다. 상사는 동의하지만, 나오면서 보니 그는 미심쩍은 것 같다. 사무실 문을 닫으면서 그의 눈빛에서 그런 기미를 본다.

다른 사무실에 가서 문을 두드린다. 한 달 후 직원 건강관리 담당의와 첫 면담을 한다. 상사와의 면담처럼 긴장되지는 않는다. 나 같은 경우를 처리하는 게 이 의사의 업무다. 그녀는 내가 고려해보지 못한 사항을 챙기고, 더 오래 열심히 일할 수 있다고 힘을 낼 만한 제안을 하겠지. 지난 4주간 격일로 재택근무를 했고, 제법 도움이 되었다. 여전히 전보다 느리지만, 집중도가 훨씬 더 높아졌다. 팀원들은 내가 뇌졸중에서 회복하는 데 시간이 걸린다고 짐작한다. 난 아직 새 병명을 밝힐 준비가 되어 있지 않아서, 다들 그렇게 생각하도록 놔둔다. 직원 건강관리 담당의와 면담해서, 계속 근무하는 데 도움이 될 방법을 알아볼 때까지는 함구할 작정이다.

내가 문을 밀고 들어가자 여의사가 의자를 돌려 맞이한다. 그런데 내 눈이 쏠린 곳은 그녀의 미소나 연민으로 고개를 갸우뚱하는 몸짓이 아니다. 그녀 뒤쪽의 컴퓨터 화면이다. 집에서 '즐겨찾기'에 넣어두고 자주 들어가는 웹페이지가 보인다. 의사는 알츠하이머 협회의 웹사이트를 보던 참이고, 페이지 상단에 '치매 징후'라고 나와 있다. 그녀가 뒤쪽을 흘끗 보고 내가 뭘 쳐다보는지 알아차린다.

"아…… 제가……."

그녀는 황급히 화면을 닫고, 그것도 모자라 컴퓨터를 살짝 돌린다. 그리고 얼른 말을 잇는다.

"좋은 웹사이트를 발견했는데, 정보가 많네요……."

"네, 저도 잘 아는 사이트예요."

내가 대답한다.

"네, 그렇겠지요."

내가 서류철을 들고 앉자 의사는 당황하는 표정을 짓는다. 소위 전문가보다 내가 더 많은 정보를 안다는 생각이 들자 가슴이 철렁하지만, 그런 기분을 무시하려 애쓴다.

저번에 면담했던 나의 상사와 마찬가지로, 그녀도 치매 환자이면서 잘 살아가고 있는 사람에게 조언해본 적이 없다고 말한다.

"업무를 잘하려고 신경 쓰지 마세요."

의사가 어색하게 웃으면서 말한다.

그녀가 서류를 넘기기 시작하자 난 마주 앉아 언뜻 그것을 본다. 근무에 필요한 적응법과 관련된 내용은 없고, 건강상 사직과 보험공단 연금 관련 사항만 있다. 난 퇴직할 준비가 안 됐다고 소리치고 싶지만, 더 이상 참을 수 없을 때까지 입 다물고 앉아 있다.

의사가 내 서류를 쭉 살펴면서 말한다.

"건강상 사직을 고려해보셨어요? 필요한 서류는 제가 도와드릴 수 있는데요."

내가 작성한 서류는 내 폴더에 얌전히 들어 있다. 내가 들어오기도 전에 이미 결정이 난 것 같다. 서식에 기록하고 빈

칸을 채우는 의사를 난 지켜본다. 그녀는 펜으로 쭉쭉 쓰고 네모 안에 표시한다. 내 의견을 반영하려고 쳐다보지도 않는다. 아마 이런 방식이 내게 더 편할 거라고 짐작했을 것이다. 내가 결정하지 않아도 되니까. 다른 사람들도 건강상의 사직을 권했지만 난 그 생각을 떨쳐냈다. 난 아프지 않다, 건강하다. 도움과 조언이 필요할 뿐이다. 하지만 마음속에서 분노가 아니라 슬픔이 움튼다.

의사는 앞에 서류를 놓고 추천 사항을 기록하고, 난 무기력하게 앉아 지켜본다. 그녀가 특정 항목을 채우기 시작한다. 'NHS 고용 조건을 충족하지 못함……'

내 운명이 결정되었다.

아직 주택 융자금을 덜 갚아서 근무시간 단축은 고려할 수 없다. 급여가 줄면 각종 공과금을 내지 못하고, 따라서 의사의 권유대로 조기 퇴직이 최선이다. 적어도 퇴직금으로 잔여 주택 융자금은 상환할 테니까. 긍정적으로 보려고 애쓴다. 하지만 의사가 작성한 양식의 사본을 받아 나오는데, NHS에 걸었던 희망이 사라진다. 내가 소속된 NHS, 상사, 직원 건강관리 부서까지 모두 날 버렸다. 난 그들에게 받은 조언보다 훨씬 더 많이 조언할 수 있는 사람이다. NHS 직원인데도 필요한 지원을 받지 못한다. 그러니 다른 치매 환자들은 어떤 기회를 얻을까? 내가 가치 있는 기여를 할 수 있음을 안다. 난 아직 사직서를 쓸 준비가 되지 않았다. 이 자리에 오기까지 열심히 근무했고, 모든 것을 포기할 각오가 되지 않았다. 마치 바람에 대고 소리치고 울부짖는 것 같다. 난 아프지 않다. 내 말을 들어주면 좋겠다. 화가 나지만, 무엇보다 서글프고 위축된다.

내 자리로 돌아와, 상사들과 직원 건강관리 담당의와 면담한 후의 무력감을 떨치려고 애쓴다. 우리 팀이 출근하면서 사무실이 부산해지기 시작한다. '안녕하세요'라는 인사를 듣자 다시 마음이 따뜻해지고, 미지의 공간을 깊은 신뢰가 메운다.

팀원들에게 알려야 된다는 걸 안다. 다들 충격을 받겠지만, 도와주리란 걸 난 안다. 지난 몇 주간 어떻게 소식을 전할지 고심 중이다. 이메일은 너무 사무적인 느낌일 테고, 회의 도중 툭 던지는 건 너무 직접적이겠지. 우리 팀을 그렇게 대접하면 안 되지. 우리 팀은 성격이 다른 사람들로 구성되어 있다. 각자 특정 부분에 능통하다. 조용하고 꾸준히 돕고, 요란하지 않게 일을 완수하고, 요구받은 대로 적응하는 사람들이 있다. 항상 질문하고, 그들의 지식을 넓혀 더 베풀려고 단단한 각오로 일하는 사람들도 있다. 양쪽 모두 앞으로……몇 주 후? 몇 달 후? 아무도 모르는 그때가 되면 무척 필요할 것이다.

고개를 들어 컴퓨터 화면을 본다. 스크린 세이브가 되어 있고, 원색의 '치매 알기'라는 문구만 지나간다. 반복해서 화면을 가로지르는 문구를 빤히 본다. 고위 임원진의 요구로 자주 직원 컴퓨터 화면에 캠페인 메시지가 뜬다. 이번 달에는 우연히 치매 친화가 이슈다. 그걸 보자 떠오르는 게 있다. 몇 주 전 '치매 친구들' 교육에서 배운 빙고 카드와 놀이 기법. 나는 빙그레 웃는다. 팀원들에게 이 방식으로 소식을 전하면 되겠네.

1주 후 회의실에 서서 여덟 명의 눈길을 받는다. 신중하게 선택한 팀의 절반만 모여 있다. 나머지 절반은 사무실에 있고, 이따 따로 교육 시간을 가질 것이다. 사무실에서 소곤대는 소리가 들리긴 했지만, 팀원들은 여기에 모인 이유를 모른다. 다들 병원 방침의 일환인 치매 환자 친화 교육을 받는 줄 안다. 회의실은 내가 원하는 넓이보다 좁고 창이 닫혀 있다. 방 앞쪽에서 팀원들을 둘러보니, 갑자기 더위와 폐소공포증이 느껴진다. 네 명이 들어갈 방에 여덟 명이 끼어 앉아 있다.

"누가 뒤쪽 창문 좀 열어줄래요?"

두런대는 소리 때문에 난 크게 외친다. 그런 다음 말을 시작한다.

"지난 며칠간 컴퓨터 화면에 '치매 알기'라는 문구가 뜨는 것을 알 겁니다……."

몇 명은 고개를 숙이고 딴청을 피운다. 몇 명은 전혀 의식하지 못했다. 그래도 괜찮다.

"저기, 오늘 난 여러분에게 '치매 친구들' 교육을 해야겠다고 생각했습니다."

그들의 앞쪽 테이블에 빙고 카드가 놓여 있다. 카드에는 각기 다른 단어가 쭉 적혀 있다. '알츠하이머, 진행성, 잘 생활하다, 단기 기억'. 난 일부러 재미난 게임으로 시작한다. 내가 주요 어휘를 뺀 문장을 읽으면, 팀원들이 카드에서 적절하다고 생각하는 어휘를 지운다. 게임을 진행하면서 분위기가 가벼워지고, 줄을 채운 사람들이 '빙고'를 외치면 난 초콜릿을 준다. 미소가 떠오르고 웃음이 피어난다. 이게 내가 원한 방식이다. 카드를 전부 채우는 사람이 나올 때까지 게임은 계속된다.

"치매는 자연스러운 부분이⋯⋯."

나는 팀원들에게 나머지 문장을 채우라고 말한다.

"빙고!"

모두 합창하듯 외치고 우린 깔깔댄다. 남은 초콜릿을 내주고 앞에 놓인 메모지를 집어 든다. 내 손이 살짝 떨리는 게 의식된다. 나는 읽기 시작한다.

"치매를 앓는 사람의 기억을 내 키만 한 책꽂이로 생각해보면 좋겠습니다. 대량 생산된 싸구려 조립식 책꽂이입니다. 실제적인 기억이 담긴 책이 책꽂이에 가득 꽂혀 있습니다. 맨 위 칸 - 발꿈치를 들어야 손이 닿는 - 은 오늘 아침에 뭘 먹었나 같은 가장 최근의 기억이 들어 있습니다. 어깨 높이에는 50대쯤의 책이 꽂혀 있습니다. 언제든 원하는 때에 익숙하게 손을 뻗어 그 칸의 책을 꺼낼 수 있습니다. 힘들이지 않고 무리 없이. 무릎께에 꽂힌 책은 20대의 기억입니다. 그다음 발까지 몸을 굽히면 발가락 끝 옆에 유년기의 책이 있습니다. 치매가 생기면 책꽂이가 좌우로 마구 흔들리고, 늘맨 위 칸의 책이 가장 먼저 떨어집니다. 그러면서 다른 책을 위로 솟게 해서, 때로 가장 최근의 기억이 아래쪽에서, 젊은 시절의 칸에서 나온다고 생각되기도 합니다. 어쩌면 어린 시절의 기억은 선명하지만, 아침에 뭘 먹었는지 기억나지 않는 것도 그 때문입니다."

말을 잠시 멈추고 메모지에서 고개를 든다. 모든 시선이 나를 향한다. 팀원들은 숨을 멈추고 내가 말을 잇기를 기다린다.

"뇌에는 다른 부분이 있습니다. 허술한 첫 번째 책꽂이와 다른 책꽂이가 있지요. 이 책꽂이는 튼튼합니다. 이것은 감정의 책꽂이입니다. 치매가 이 책꽂이를 좌우로 흔들면……마치 다른 두 '나' – 전과 후 – 가 단단한 지면 아래서 충돌하는 두 개의 지질구조판인 것처럼…… 이 책꽂이가 더 튼튼하고 더 유연해서 거기에 꽂힌 책들은 더 오래 더 안전합니다. 친지가 최근에 다녀간 일을 잊는다 해도 – 왜냐하면 그 책은 사실들의 책꽂이에 꽂혀 있으니까 – 같이 있을 때 느낀 사랑과 행복과 편안함 같은 감정은 내게 남아 있습니다. 같이 있을 때 내가 한 일, 내가 한 말, 심지어 방문 사실을 잊을지라도 그들을 보면서 안전하고 행복하게 느낀 것은 압니다. 그러니 치매 환자들이 기억하지 못하는 것 같아도 방문을 중단하지 마세요…….”

거기서 말을 멈추고 침을 꿀꺽 삼킨다. 좌중을 둘러본다. 여덟 쌍의 눈이 일제히 나를 바라본다.

“여러분에게 이런 말을 하는 이유는, 내가 알츠하이머 진단을 받았기 때문이에요.”

다시 말을 멈추고, 팀원들이 내 말을 이해할 시간을 준다. 그러다가 덧붙인다.

“하지만 여러분에게 도움을 얻을 수 있단 걸 알아요.”

내가 이 말을 하자 여럿이 긴장을 푼다. 내가 피해자로 보이기 싫어하는 걸 팀원들도 잘 안다. 하지만 내가 그들을 빤히 쳐다보자 침묵이 흐른다. 몇 사람은 고개를 숙이고, 나머지는 연민 가득한 눈으로 고개를 갸우뚱한다. 다들 어떻게 반응할지 난감해한다. 난 그 마음을 안다. 나도 똑같았으니까.

난 환하게 웃으면서 말한다.

“내가 여러분을 충격에 빠뜨려 침묵하게 만든 걸 알아요. 자, 첫 그룹 모임은 이걸로 끝.”

첫 그룹에 내 병을 함구하라고 당부하고, 곧 두 번째 그룹이 회의실로 들어온다. 같은 교육이 진행되고, 내 병을 밝히면서 마무리된다. 이번에도 다양한 반응이 나오고, 다들 조용히 회의실을 빠져나간다. 팀장 한 명이 마지막까지 남아 있다가 나를 안아준다.

그가 말한다.

"아주 감동적이었어요, 웬디. 괜찮으신 거죠?"

나는 고개를 끄덕인다. 하지만 지금은 괜찮지 않은 것 같다.

책상으로 돌아가, 어떤 질문이든 답해주겠다는 이메일을 팀원 전체에게 보낸다. 퇴근한다. 내가 자리에 없어야 팀원들이 더 깊이 따지고 터놓고 대화해서 상황을 더 잘 받아들일 것이다. 나는 관리자들보다 팀원들을 훨씬 더 신뢰한다. 그들이 잘 받아주리란 걸 안다.

과연 실망스럽지 않다. 이후 며칠간 팀원들의 아이디어 덕분에 기운이 난다. 각자 색깔이 다른 포스트잇을 사용해, 내가 책상에 놓인 메모지를 보면 누가 썼는지 알게 한다. 더 확실히 하기 위해 색깔마다 이름을 써서 내 책상 위 화이트보드에 붙인다. 어떤 직원은 내가 재택근무를 할 때 팀원들이 아무 때나 전화하면 혼동될 거라고 짐작한다. 팀원들은 시간표를 짜서, 정해진 시간에 질문한다. 자기 시간에만 내게 조언을 구한다. 또 소소한 일도 있다. 평소 다들 내 사무실에 불쑥 들어오지만, 이제는 들어와 질문하면 즉답을 요구하지 않는 게 눈에 띈다. 내게 질문한 후 시간 여유를 준다. '언제든 시간 나실 때……'라는 말로 얼른 답을 생각해야 되는 부담을 덜어준다. 우린 내 치매를 두고 웃기도 한다. 농담은 언제나 병을 대수롭지 않아 보이게 한다. 며칠 후 난 다른 사람의 사무실에 들어가, 맡긴 일을 끝냈냐고 묻고 기다리는 중이라고 말한다.

그 직원이 쑥스러워하면서 대답한다.

"저, 저한테 맡기지 않은 것 같은데요."

나머지 직원들이 키득대기 시작한다.

"웬디가 그 일을 맡긴 걸 잊을 줄 알고 꾀를 피우지!"

누군가가 농담하자 나는 곤경에서 벗어난다.

"잘했어."

내가 웃음을 터뜨렸다. 다 같이 웃는다.

빛이 있다. 온통 어둠만 있는 게 아니다. 물론 여기서 보낼 시간이 곧 끝난다는 걸 알지만, 직원들은 내가 더 오래 머물 수 있게 도와준다.

'가치 있는' 사람이 될 거야

　우리 집으로 오는 집배원이 보인다. 1주 전만 해도 힘차게 걸었는데 발을 끌면서 다가온다. 그는 손수레에 실린 빨간 가방에서 우편물 뭉치를 꺼내 집을 쳐다본다. 나는 초인종 소리가 나기도 전에 현관으로 나간다. 집배원이 우편물 뭉치를 건넨다. 두꺼운 책이 끼어 있어 묵직하다.

　그가 한숨을 내쉰다.

　"또 부인에게 왔네요."

　며칠 전 처음 무거운 우편물을 건네면서 지은 미소는 사라진 지 오래다. 대신 등의 통증이 생겼겠지. 알츠하이머 협회 웹사이트에서 치매와 관련된 다양한 주제를 다룬 무료 안내서와 책자를 보내준다는 문구를 발견한 후, 매일 점점 우편물이 많아진다. 정보를 더 얻을 수 있을까 해서, 책자 목록을 통째로 살피면서 모든 항목에 신청 표시를 했다. 집배원이 돌아가자 나는 봉투를 차례로 뜯어 책자를 꺼낸다. '가정에서 안전하게 지내기', '자녀에게 치매 알리기', '미리 계획하기'. 거실 테이블에 책자를 쌓는다. 당장은 곁에 자료가 있는 것으로 족하다. 우중충한 날씨에 대비한 포근한 담요처럼.

며칠 사이 '오늘은 어떤 나?'라는 블로그를 시작했다. 새로운 정보를 찾아 모아둘 수 있고, 블로그가 내 기억 역할을 하는 게 가장 중요하다. 매일 밤 잠든 사이 뇌가 정보를 삭제해, 전날이나 다음 날이나 똑같이 기억이 없으니까.

여전히 나를 진단한 의료진에게 버림받은 기분이다. 때문에 더 많이 파악해서, 두려움 아닌 다른 감정으로 나를 채우고 싶어서 인터넷을 뒤진다. 점점 많은 페이지를 클릭해서 내용을 최대한 숙지한다. 물론 모든 새로운 정보에 매달릴 수밖에 없다. 테이블에 쌓인 책자를 힐끗 본다.

진단받은 후, 치매 관련 기사 제목은 다 똑같다. 기사를 하나씩 읽으면서, 신문마다 떠드는 기적의 치료제가 나올 조짐이 보인다는 생각에 설렌다. 비타민 E가 병의 진전을 늦출 수 있다기에 복용하기 시작했다. 찬장에 비타민을 쌓아두고, 매일 복용할 약이 담긴 통에 한 알씩 넣어두었다. 어느 날 비타민이 떨어지자 인터넷에서 더 많은 증거를 뒤졌다. 검색 대상을 타블로이드(주로 오락과 선정적인 기사를 싣는 대중지 - 옮긴이) 머리기사에서 연구 논문으로 바꾸니, 비타민 E의 효과가 실제로 증명되지 않았음을 알았다. 마지막 빈병을 쓰레기통에 버리고 다시는 비타민 E를 사지 않았다.

대개의 신문은 건강한 생활 습관이 알츠하이머 예방에 도움이 된다고 말한다. 옷장에 처박힌 낡은 조깅화를 떠올리면서, 그런 정보를 다 믿으면 안 된다고 되새긴다. 예전에는 정보가 희망을 주었지만 이제 머리기사 하나하나가 답답한 실망감을 안긴다. 여전히 치료법을 간절히 원한다. 희망을 갖는 게 잘못은 아니지만, 기대가 크면 십중팔구 실망도 크다. 그저 내일은 마음에 담아두고 오늘을 위해 사는 게 낫지 않을까? 그런데 딸들이 떠오른다. 그 애들도 치매 진단을 받게 되면 어쩌나?

내가 할 수 있는 일이 있을 거야. 다른 인쇄물에 눈이 간다. '뇌 기증 신청자 사망 시 대처법'. 의자에 앉아 몸을 뒤척인다. 지금 그런 생각을 하는 게 아니다. 죽어서 말고 당장 뭔가 하고 싶다. 집구석에 처박혀 치매가 머릿속에 쳐들어오기를 기다리기 싫다. 무릎에 노트북 컴퓨터를 올려놓고, 알츠하이머 협회의 세부 페이지를 입력한다. 그때 '참여하세요'라는 문구가 눈에 들어온다. 아직 기회가 있을 때 최대한 참여하고 싶다고 이메일을 쓴다. 자판을 치는데, 조급증이 차곡차곡 쌓이는 느낌이다.

며칠 후 이메일을 여니, 알츠하이머 협회가 전국적으로 치매 연구 데이터베이스를 구축 중이라는 안내문이 있다. 협회는 내게 요크셔에서 홍보 활동을 돕겠냐고 묻는다. 치매 연구가 암이나 심장 질환 연구보다 훨씬 뒤처진 걸 나도 절감한다. 더 많이 밝혀지면, 치매 환자뿐 아니라 가족, 간병인, 봉사자가 연구에 자원하는 기폭제가 될 것이다. 젬마와 새러를 다시 떠올리면서, 그 애들의 시대에는 치료법이 발견되기를 바란다. 그래서 무슨 일이든 즐거이 하겠다는 답장을 보낸다.

다음 주, 미디어 교육을 받으려고 런던행 기차에 오른다. 신문이든 TV나 라디오든 기자와의 인터뷰가 어떻게 진행되는지, 어떻게 대답할지 배우는 프로그램이다. 차창으로 세상이 휙휙 지나고, 집과 멀어지는 게 감사하다. 어떤 일을 하러 세상에 나올 기회가 고맙다. 나른하게 앉아 치매가 나뿐 아니라 많은 이들의 머리에 퍼지는 걸 방관하지 않고 치료에 기여할 수 있어 좋다. 사고로 팔다리를 잃거나 심장마비를 일으킨 이들을 생각한다. 그들은 연구를 통해 발전된 치료법의 도움을 받지만, 치매의 경우에는 어떤가? 똑같은 석학들이 치매 환자도 더 나은 삶을 살아가도록 기억, 언어, 인지 문제에 도움이 될 도구를 개발해야 한다. 그러면 알츠하이머를 안고도 '살아갈' 수 있다. 난 이 목적을 이루기 위해 도움을 요청받으면 기꺼이 나서겠다고 다짐한다.

몇 주 후 다시 런던행 기차를 탄다. '캐서린스 독'에 있는 목적지까지 가는 길을 인쇄한 지도와 지하철역부터 걸어가는 약도가 배낭에 들어 있다. 늘 그렇듯 일찍 도착해 템스 강변 벤치에 앉아 한적한 시간을 갖는다. 행인과 차량이 지나가고, 갈매기 떼가 지나는 끌배와 보조를 맞춰 날갯짓한다. 하지만 난 순간의 정적에서 평온을 얻는다. 내면이 잠잠해져서 가만히 주변 세상을 지켜볼 기회다. 한가하면 주머니에서 휴대전화를 꺼내 시간을 때우고, 나날이 관찰의 묘미가 줄어드는 시대다. 그런데 알츠하이머가 짧은 시간 속의 고요를 일깨워주니 얼마나 이상한가. 동시에 모든 순간을 잃기 전에 서둘러 만끽해야 될 것 같기도 하다. 그래도 몇 분만이라도 세상의 소리를 줄이면, 앞길에 대한 복잡한 심경이 차분해질 수 있다.

오늘은 '리서치(연구) 네트워크' 가입과 관련해 상세한 설명을 들으러 알츠하이머 협회 본부로 간다. 보통은 네트워크 회원이 되고 6개월 후에 가입할 수 있다. 하지만 몇 주 전 나는 네트워크의 리서치 관리자에게, 돕고 싶지만 오래 기다릴 수 없는 사정을 밝혔다. '6개월 후에 그럴 능력을 상실할지 모릅니다'라고 말했다. 다시 조급해진다. 내 '책꽂이' 인생이 어떨지, 확인할 길 없는 '유효기간' 날짜가 궁금하다. 직장 생활의 끝이 가까우니, 이런 자원봉사가 빈자리를 메울 것이다. 다행히 '리서치 네트워크' 관계자는 6개월 규칙을 감해주기로 한다.

'리서치 네트워크'는 새로운 연구나 치매 약품 실험을 하는 연구자와 '모니터 요원'을 연결해준다. 모니터 요원은 결과를 통고받고, 연구기금이 적절히 투자되고 배분되는지 평가한다. 더 중요한 것은, 모니터 요원이 되면 정기적으로 실험과 관련하여 연구진에게 설명을 들을 기회가 생긴다. 모니터 요원의 업무가 외로운 작업이기에, 연구진의 설명을 들을 기회는 색다른 요소다. 모니터 요원은 내게 딱 맞는 일 같다. 내 병든 뇌가 아직 쓸모 있다고 느끼고, 새로운 연구에 대한 정보를 처음으로 접할 기회니까.

본부에 도착해 회의실로 들어가니, 소란스런 분위기 때문에 일순간 정신사납고 불안하다. 홍차를 마시면서 구석 자리에 앉아, 둘러보면서 적응하니 말소리와 대화 내용이 들리기 시작한다. 곧 사람들이 다가와 인사를 건네는데, 물론 내가 치매 환자인 줄 아무도 모른다 — 연구원이나 간병인으로 보이겠지. 순간적으로 치매가 겉으로 드러나지 않는 병이라서 고맙다. 회의가 시작되자 모두 자리에 앉아 돌아가면서 자기소개를 한다.

"저는 치매를 앓고 있고, 연구 상황을 더 알고 싶어서 오늘 여기에 왔습니다."

내가 좌중에게 말한다. 다들 조금 길다 싶게 나를 호기심에 찬 시선으로 쳐다보고, 그러다 다음 사람이 말을 시작한다. 나처럼 다들 치매가 겉으로 드러나지 않는다는 사실을 잊고 있다.

돌아가면서 인사한다. 어떤 남자는 어머니를 간호한다고 소개하면서, 어머니가 '진짜 치매를 앓으신다'고 말한다. 그가 날 쳐다보자 내 경우는 '진짜'가 아니라는 말인가 하는 생각이 든다.

내가 그에게 말한다.

"저기, 치매는 어딘가에서 '시작'하는 겁니다. 중간과 끝이 있듯 시작 단계도 있고, 저는 시작 부근에 있을 거예요."

그는 처음 듣는 얘기인 듯 놀라서 나를 쳐다본다. 이상한 눈빛이라고 생각하다가, 문득 치매 초기에 진단받는 경우가 5퍼센트에 불과하다는 점을 떠올린다. 그러니 옆에 나와 같은 사람이 앉을 줄 예상 못했을 만하지. 내가 치매 환자에게 처음으로 가졌던 이미지를 연상하자 그의 반응이 납득된다.

그 마지막 담배를 기억해? 마침내 지금 아니면 영원히 못 끊는다는 걸 깨달았을 때를? 내가 그걸 기억해서 넌 놀랐겠지. 마음의 선택은, 마음이 꼭 붙든 기억은 이상하기도 하지. 파란 연기가 네 얼굴에서 피어오르는 마지막 광경이 아직도 눈에 선하거든. 어제 누가 다녀갔는지는 기억하지 못하면서 말이지. 담뱃갑 셀로판지를 벗기던 기억이 나는 거야. 뚜껑을 밀어 올릴 때 살짝 걸리지. 은박지를 벗기고, 매끈하고 하얀 담배 한 개비를 빼면 나머지가 낙낙하게 자리를 잡았지.

넌 대학 시절에 담배를 피우기 시작했는데, 엉뚱하게도 남에

게 금연을 권하려고 한 번 시도하다가 그리되었지. 너는 빠져
드는 성격이라서 오랫동안 끼고 살았어. 그러다 점점 공통점
이 없어지는 걸 알고 천천히 헤어졌지. 네게 담배는 '조그만
친구'였지만, 집에 아기가 있는데 흡연하는 게 죄스러웠지. 그
러다 가슴이 뻐근해졌고, 뛰어다니는 아이를 쫓아다닐 때면
점점 숨이 가빠졌어. 두 번째 아기를 염두에 두기 시작했고,
너는 그 또 다른 작은 존재가 네 세상으로 들어오기 전에 나
쁜 습관을 끊을 만큼 강한 사람이었지. 전에도 담배와 작별하
려고 해봤지. 금단의 고통을 줄이려고 천천히 물러났지만, 마
지막은 이전과 다르게 할 참이었어. 이전 시도보다 후다닥 이
별할 작정이었지. 너는 마지막 담배에 불을 붙이고 쭉 빨면서,
담배 끝이 밝은 주황색으로 타는 걸 봤어. 깊이 빨아들인 다음
허공에 연기를 쭉 내뿜었지. 그걸로 다였어. 끝. 너는 담배를
비벼 끄고 열아홉 개비와 함께 버렸지.

담배를 쓰레기통 바닥에 던진 후에도 한참 동안 담배 냄새가
맴돌았고, 목구멍 안쪽에서 쓴맛이 났어. 그 유혹적인 것들과
사랑을 끝내기 전에는 몰랐던 점이었지. 며칠이 지나자 음식
맛이 더 좋아졌고, 몇 주가 지나자 가슴 통증이 사라졌어. 새
운동화와 체육관 준비물을 구입했고 운동에 몰두했지. 니코
틴이 필요한 자리를 긍정적인 기분이 메웠지. 몇 년 후 10킬로
미터 경주를 완주하는 기쁨을 만끽하면서 달리기가 새 중독
대상이 되었어. 길에서 응원하는 친절한 얼굴들이 한때 폐를

채우던 연기보다 더 좋은 동반자였지. 하지만 이상하게도 마지막 담배가 중독처럼 잊히지 않고 그 기억이 내면에 꽉 달라붙어 있네. 이제 네가 바꿀 수 있는 많은 '마지막'이 언제일지 모르지. 삭제할 파일을 우리가 선택할 수 있다면, 마지막 담배를 다른 것과 맞바꿀 수 있다면…… 마지막 조깅, 마지막으로 구운 케이크, 아끼는 은색 스즈키를 마지막으로 운전하던 시간. 하지만 그때는 마지막일지 몰랐지. 치매는 경고 없이 들이닥치니까. 더 건강한 라이프 스타일과 맞바꾼 마지막 담배와는 다르지. 금연은 퇴직 후 오랫동안 건강하게 잘 지내게 해줄 변화였고, 너 스스로 내린 결정이었어. 누가 대신 결정해준 게 아니었다고.

일요일 오후, 집에서 텔레비전을 켜고 다림질을 한다. 애거사 크리스티의 살인 미스터리가 시작하는 참이다. 옛날 흑백영화인데 제목은 기억나지 않지만, 내가 좋아하는 작품인 걸 본능적으로 안다. 다림질할 세탁물에서 먼저 블라우스를 골라 습관처럼 한 눈은 다리미를, 다른 눈은 TV로 향한다. 화면에 새 인물이 등장한다. 적어도 내게는 새 인물이다. '저번 장면에 나왔던가?' 그 의문을 해결할 즈음, 인물들은 이미 거기에 없다. 다리미를 내려놓고, 양미간을 잔뜩 찌푸려 눈을 가늘게 뜨고 텔레비전을 본다. 이 새 인물은 누구지? 본 적이 있나? 뭔가 어긋난 기분이다.

가슴속에서 불안감이 솟아, 다리미에서 나오는 뜨거운 김과 함께 커진다. 그 순간 예전의 일요일들, 주말들이 기억난다. 잔뜩 쌓인 옷가지를 다리면서, 누구보다 먼저 '후던잇'(미스터리를 푸는 어린이용 게임 - 옮긴이) 문제를 풀었다. 내가 먼저 답을 내면 새러나 젬마는 '어떻게 알았어요?'라고 물어댔다. 하지만 이것은, 이 영화는 다르다. 따라잡을 수가 없다. 등장인물이 너무 많고, 줄거리가 너무 빨리 흘러가고, 너무 혼동된다. 리모컨으로 텔레비전을 끄고, 검은 화면을 멍하니 쳐다보며 서 있다. 화면에서 이지러진 내 윤곽선이 마주 본다. 평소에 긴장을 풀려고 보던 영화가 갑자기 매력이 없어진다. 이제 늘 그런 것 같다. 프로그램과 영화의 줄거리를 쫓아갈 수가 없고, 도중에 나오는 작은 단서를 다 잊는다. 시청하다가 불쑥 머릿속에서 이런 질문들이 들린다. '저 사람들은 누구지? 어디서 나왔지? 앞부분에 있었나?' 질문은 재빨리 다음 질문으로 이어지는데 물어볼 사람이 없다. 그제야 깨닫는다. 답답해서 한숨을 쉬는 사람은 바로 나라는 것을.

이상하게도 수십 번 본 영화는 그럭저럭 볼 만하다. 집중력이 요구되지 않는 영화, 중간에 노래가 나오는 가벼운 영화, 등장인물이 오랜 친구처럼 익숙하고 배경 장소가 직접 가본 느낌을 주는 영화는 볼 수 있다. 영화 속 사건이 이해되어서가 아니라 - 결국 매번 놀란다 - 보는 내내 익숙해서다.

세부 사항은 기억나지 않지만 결말은 감이 잡힌다. 그런 영화를 볼 때는 스트레스가 없고, 매번 처음 보는 것 같다. 어쩌면 그게 치매의 장점이다. 장점도 있다는 걸 알았다. 끝나지 않기를 바라는 드라마를 볼 때 그렇다. 내 경우는「그레이트 브리티시 베이크 오프」(영국 BBC에서 방영된 요리 경연 프로그램 – 옮긴이). 그 프로그램이 주는 현실도피 느낌을 싫어할 사람이 있을까? 완벽한 반죽이나 탄탄한 스펀지케이크를 만드는 정확한 분량 말고는 문제 될 게 없다. 거기서 최악의 잘못이라야 바닥이 설익은 정도 아닌가? 이제 내게 이 시리즈는 끝나지 않는다. 마지막 회가 되어도 우승자를 모르니, 홍차를 들고 TV 앞에 앉아 1화로 되돌아가 처음 보듯 참가자들을 만난다.

침대 옆 협탁에 소설책이 쌓여 있던 시절이 있었다. 그때는 밤마다 300쪽짜리 책이 카펫에 떨어지는 소리를 마지막으로 잠들었다. 하지만 지난 몇 달간 같은 책이 그대로 있다. 정확히 같은 책장이 접혀 있고, 등장인물은 멈춰버린 줄거리의 그 대목에 붙들려 있다. 나도 모르게 같은 페이지를 읽고 또 읽었다. 머릿속에서 줄거리가 제자리걸음이고 결국 포기하고 말았다. 독서를 포기하기는 힘들었다. 좋은 책에 푹 빠지면 행복하던 나였으니까. 그런데 소설 대신 읽을거리가 있을 터였다. 독서를 완전히 접지 않아도 될 뭔가가 있겠지. 모 아니면 도일 필요가 없잖아? 중간 지대가 있을 수도 있어. 그

때 이런 생각이 떠올랐다. 장편 대신 단편소설을 읽으면 되잖아. 단편은 별로 읽어보지 않았지만, 짧으니 감당하기 수월하고, 등장인물이 사는 공간이 고작 몇 페이지이니 머릿속에서 더 잘 정리된다. 마음에서 사라진 앞부분을 기억하려고 불안해할 필요도 없다. 이제 적응할 방도를 강구하니 다시 독서가 즐겁다.

치매가 뇌를 점령한 와중에, 대안이 될 행동이나 사고방식, 작업 방법을 찾으면 압박감이 줄고 새로운 기회가 열린 것 같다. 치매를 안고도 살길이 있고, 삶이 완전히 멈추는 마침표가 아니라 마지막 부분이 시작하는 쉼표일 수 있겠지. 장편 대신 단편소설을 읽으면, 줄거리 자체보다 표현을 즐길 수 있다. 시와, 딸들이 어릴 때 읽어주었던 동화의 묘미를 재발견하는 중이다. 잃어버린 게 있지만 얻는 것도 있고, 진행성 질환은 아주 특별한 방식으로 집중하게 한다는 걸 깨닫는다. 최근에 그런 생각이 자주 난다.

'치매 리서치에 참여하세요' 웹사이트에서 리서치 탭을 다시 클릭한다. 이번에는 임상 실험에 지원했다. 부작용은 상관없다 ─ 알츠하이머보다 나쁜 게 뭐 있다고? 그래서 상냥한 여성 둘이 집에 찾아와 거실에 앉고, 새러는 주방에서 차를 준비한다. 그들이 새러의 동석을 요청했지만 당시에는 이유가 분명치 않았다. 새러가 자리에 앉고, 김이 나는 찻잔을 놓고 이런저런 대화가 오가자 그제야 난 이유를 알아차린다. 그들은 신약 실험을 설명하려고 찾아왔다. 실험의 별칭은 MADEMinocycline in Alzheimer's Disease(알츠하이머 질환에서 미노사이클린).

"미노사이클린(여드름 치료제에 주로 사용되는 항생제 – 옮긴이)이 초기 알츠하이머 환자에게 2년간 플라시보(가짜 약)보다 큰 효과를 미치는지 알아보는 게 이 실험의 목적입니다."

한 사람이 새러에게 설명한다. 딸은 고개를 끄덕이지만 나를 외면한다. 설명이 이어진다.

"연구진은 약물이 인지와 신체 기능의 퇴화 감소에 효과를 발휘하는지 측정할 겁니다."

새러는 자세를 바꾸면서 나를 쳐다본다. 손님의 설명은 계속된다. 미노사이클린은 원래 여드름 치료에 쓰였지만, 소염 효과가 치매 치료에 유용할 수 있다는 결과가 나왔다. 그 약이 혈뇌관문을 지날 수 있기 때문이다.

"자, 서류를 보시지요."

다른 사람이 무릎에 놓인 서류를 뒤적이면서 말한다. 그녀가 처리할 문건은 전부 '보호자'용이고, 이제 새러를 부른 이유가 확실해진다. 나는 그들의 시선을 끌려고 허리를 쭉 펴고 앉는다. 이들은 내가 실험 참여를 직접 결정할 수 있다는 확신이 없다. 이해할 만도 하다. 이것은 의료진이 앞에 앉은 사람에게 실수하는 일례다. 그들은 앞에 있는 사람을 '환자'

로 일축하고 진단명으로 간주한다. 하지만 난 목소리를 내기로 작정한다. 질문 공세를 한다. 컨디션이 좋으면 뇌가 잘 돌아가기에, 왜 실험에 참여해 치매를 알고 능력을 향상시키기로 선택하는지 증명한다. 말을 많이 할수록 통제력도 커진다. 혼자 살기에 새러는 보호자가 아닌 딸의 자격으로 여기에 있다고 설명한다. 손님들은 민망한 표정을 지으며 사과한다. 그러더니 나를 보면서 설명한다. 그러자 이들에게 호감이 생긴다. 2년에 걸친 실험에 세 가지 옵션이 있다. 400밀리그램 투약, 200밀리그램 투약, 플라시보(가짜 약).

"난 플라시보는 원치 않는데요."

선택권이 없는 줄 알면서도 농담을 던진다. 가짜 약을 투약하려고 실험에 참여하는 게 아니다. 난 실험이 약물 효과를 증명해주기를 바란다. 내가 문건에 서명하고, 앞으로 새러를 보호자로 여기지 않기로 서로 합의한다. 그들이 떠난다.

3주 후, 리서치 관리자 리사가 약을 갖고 찾아온다. 그녀가 식탁 위에 첫 3개월분 실험용 약을 올려놓는다. 왠지 큰 상자에 담긴 약을 받을 때 내 손이 작아 보인다. 난 약상자를 돌려가며 설명을 읽는다. 이후 몇 주간 매일 약을 복용한다. 처음에는 약을 먹으면 머리가 더 맑아지는지, 기억력이 향상되는지 강박적으로 살핀다. 내가 먹는 약이 가짜 약인지 여부는 2년 후에나 밝혀지겠지만, 알약과 함께 뭔가 배 속에 자리 잡는다. 작은 씨앗 같은 게 자라기 시작하고, 리서치에 대한 호기심과 치매에 대한 지식도 점점 많아진다. 이 자체가 새로운 감정을 낳기 시작한다. 목적과 희망이 느껴지고, 다시 가치 있는 사람이 된 것 같다. 치매에게 빼앗긴 것들을 일부 되찾는 기분이다.

버스가 속도를 내서 달린다. 차창 밖으로 거리, 차, 행인이 획획 지나간다. 내 가슴팍에서 심장박동 외에 아무 소리도 들리지 않는다. 다시 귀를 기울인다.

"여기서 내릴 수 있을까요?"

내가 묻는다.

"아니요. 3킬로미터 더 가면 다음 정류장입니다."

다시 그 증세가 일어난다. 몸속 깊은 곳에서 초조감이 솟구친다.

알츠하이머 환자에게 주는 버스 패스가 생긴 후 점점 버스를 자주 탄다. 하지만 가끔 버스 앞에 적힌 번호를 혼동한다. 탈 버스 번호인 줄 알았는데, 나중에 보면 목적지와 반대 방향으로 간다. 버스에서 내려 머리를 흔들면서, 어쩌다 혼동했는지 생각한다. 지나는 버스 중 이 정류장에 서지 않는 노선버스도 있다. 그래서 오늘처럼 버스를 잘못 타면 하차 벨을 누른다.

"하지만 내려야 되는데요."

내가 기사에게 말한다. 겁먹은 기색이 역력한 목소리이고,

이미 머리는 상황을 파악해 얼른 대처하려 애쓴다. 버스가 어디로 가나? 3킬로미터는 얼마나 먼 거리인가? 어디서 내려야 되나? 어떻게 되돌아가지? 버스 통로에 서서 기사에게 내려달라고 간청하지만 소귀에 경 읽기다. 매번 버스가 과속 방지턱을 넘는 게 느껴진다. 똑바로 서려고 바닥을 힘껏 딛는다. 그때 한 청년이 내 시선을 끌려고 다정하게 미소 짓는 게 느껴진다. 그가 일어나서 내게 다가온다.

"괜찮으세요?"

청년이 묻는다.

내가 대답한다.

"아니요. 정류장을 놓쳤어요. 어떻게 돌아가야 될지 모르겠어요. 알츠하이머를 앓거든요. 가끔 버스 번호가 헷갈려요."

"염려하지 마세요. 돌아가는 버스를 탈 정류장을 알려드릴게요."

청년이 말한다. 그가 차분히 안심시킨다. 믿음직스럽다. 다시 자리에 앉으니 몸속의 뻣뻣한 기운이 조금 풀린다. 하지만 머릿속은 여전히 빙빙 돌고, 난 여전히 직접 생각하려고 버둥댄다. 여기가 어딘지, 어떻게 되돌아갈지. 마침내 버스가 정차하자 운전석에서 기사가 외친다.

"다음에는 더 신중하게 타세요!"

어리둥절하고 바보가 된 기분이다, 서글프기도 하고. 요크는 '치매 친화'를 내건 도시다. 대부분의 버스 기사는 친절하다. 아까 그 기사는 치매 교육이 있던 날 비번이었겠지. 청년이 집에 가는 버스를 탈 정류장을 알려준다. 난 고맙다고 인사한다.

"다음에는 버스를 제대로 타야 될 텐데."

내가 말한다.

"다음에는 친절한 기사를 만나셔야 될 텐데요."

청년이 대답하면서 손을 흔든다.

긴장해서 강연장으로 들어간다 – 방이 넓어 보이고 천장이 높다. 창이 없고 조도가 낮다. 수십 명의 목소리가 벽에 튕겨 나오고, 낯선 얼굴들의 바다가 펼쳐진다. 예전 같으면 당당하게 들어갔으리란 생각이 얼핏 든다. 옆에서 새러의 기척이 느껴진다. 새러의 간호학 강사도 우리를 지원하러 와 있다. 내가 처음 참가한 치매학회 행사로, 요크의 '세계 여성Women of the World, WOW 축제'의 일환이다. 또 치매를 앓는 다른 여성을 맞대면하는 첫 경험이다. 강연장을 훑어본다. 최소 80명의 참석자 중 치매 환자는 여섯 명뿐이다. 누가 치매 환자인지 알아내려고 얼굴과 옷차림을 살피다가, 어처구니없는 짓임을 깨닫는다. 내가 치매 환자로 보일까? 치매 환자처럼 생긴 사람이 여기 어디 있어? 이마에 도장 찍히는 질병이 아닌 것을. 치매는 보이지 않는 장애다.

주최 측 사람이 앞에 나와 인사한다. 그녀의 안내를 받아

앞쪽 자리로 가자 긴장이 풀린다. 나는 새러에게 끝자리에 앉아도 되냐고 묻는다. 갇힌 기분이 덜할 것 같다. 하지만 생경함 말고도 배 속 깊이 돌멩이 같은 게 박힌 이유가 있다. 의견을 공유해야 된다는, 나서서 강연해야 된다는 생각 때문이다. 낯선 면면과 넓은 실내를 돌아보니, 치매 환자로 사는 것을 솔직히 털어놓을 준비가 되었는지 염려된다. 청중은 어디까지 들으리라 기대할까. 예전의 나는 말을 하는 축이 아니라 듣는 축이었다. 몇 안 되는 평생 친구들은 언제든 몇 시간 동안 앉아 내게 고민을 털어놓을 수 있었다. 내가 잘 들어준다는 것을, 상대의 말을 되풀이하거나 내 얘기를 늘어놓지 않는 걸 알았으니까. 여기에 모인 사람들과 경험을 공유하는 게 버겁다.

조명이 흐려지고 전문가들이 무대 앞에 선다. 처음에 다루는 내용은 머리에 들어 있어서, 주변을 살피면서 느긋하게 앉아 있다. 내가 여기 있는 것만으로도 충분하다. 내용을 쫓아갈 걱정은 할 필요가 없다. 하지만 다음 강연자가 소개되고, 난 다시 정신을 바짝 차린다. 2006년 치매 초기 진단을 받은 아그네스 휴스턴이다. 나는 똑바로 앉아, 아그네스가 유창하게 풀어놓는 경험담에 귀 기울인다. 그녀는 10년 전에 치매 진단을 받았지만, 여전히 어찌나 침착하고 또박또박 말하는지 내 가슴속에서 희망이 부푼다. 아그네스가 연단에서 내려가자 나는 가장 열렬하게 박수를 보낸다. 그녀에게서 영감을 얻었다. 이제 더 집중한다. 다음 연사는 슈퍼마켓의 자율계산대(고객이 구입한 물품을 직접 계산하는 계산대 – 옮긴이) 폐지에 대해 말한다. 난 자율계산대가 맘에 든다고 소리치고 싶다. 촉박하게 서둘지 않고, 천천히 내 속도에 맞춰 계산할 수 있으니까. 하지만 소리치는 건 예의가 아니겠지? 머뭇대다 반응할 기회를 놓치고, 나 자신이 실망스럽다. 너무 긴장해서 소리가 나오지 않는다. 잔뜩 풀이 죽어 한숨을 쉰다. 아그네스라면 자기 목소리를 내겠지.

한 시간 후 치매 환자 여섯 명은 원탁회의가 열리는 방으로 초대받는다. 강연장보다 훨씬 낫다. 창문이 있고 대학교 정원과 푸른 잔디밭이 내다보인다. 각자 자기소개를 한다. 다양한 분야의 여성들이 모여 있다. 의사, 학자, 나 같은 여성. 각자 가진 이야깃거리가 다르지만, 내가 가장 최근에 진단받은 사람이다. 몇 명은 10년, 심지어 15년 전에 진단받았다. 그런데도 같은 탁자에 앉아, 자기 삶과 무엇이 어려웠는지를 청산유수로 말한다. 우리는 웃음을 터뜨린다. 특히 동병상련인 난관을 묘사할 때 다들 웃는다. '실제' 어떤 느낌인지 설명할 필요 없이 간략히 말해도 척척 알아듣는다. 머릿속에 떠오르는 게 있으면, 언제 사라질지 모르니 즉시 말해야 된다고 입을 모은다. 어떤 감정인지 다들 알기에 이번에도 웃음이 터진다. 대화할수록 희망이 커지고, 10년이나 15년 후에도 이들과 비슷할 수 있다는 생각이 든다. 더 많은 이야기를 공유하기로 마음먹고, 내 말에 고개 끄덕이는 이들을 보면서 공감대를 느낀다.

어느 시점에서 정부의 지원이 화제로 떠오르고, 다른 참석자가 발언한다. 그녀는 대처 총리가 어떻게 더 많이 지원할 수 있을지에 대해 말한다. 나와 두어 명이 서로 힐끗 쳐다보지만 - 데이비드 캐머런이 총리가 된 지 5년이나 되었다 - 아무도 고쳐주지 않는다. 그런다고 뭐가 달라질까? 그녀가 무슨 말을 하는지 다들 아는데. 대신 대화를 이어가고 편안한 분위기다. 방금 만난 사람들이 아니라 가족 같다. 상실과 방치, 우리를 이해 못하는 사람들도 언급되지만, 대개 웃음이 터진다. 그 방에서 주도권은 치매가 아니라 우리가 쥐고 있다. 점심식사를 하려고 해산할 때, 몇 달 만에 처음으로 강인해진 기분을 맛본다.

너는 공부머리는 없었어. 언제나 운동을 잘했지. 학교에서 여러 운동 팀의 주장이었어 - 테니스, 하키, 네트볼(축구공으로 하는, 농구와 비슷한 옥외경기 - 옮긴이). 네가 잘하는 건 운동밖에 없는 듯해서 그 방면에서 최고가 되자고 결심했지. 넌 도전을 좋아했어. 그건 변하지 않았네.

대학교에 진학할 만큼 똑똑하지 않아서 - 혹은 그런 평을 들었지 - 체육 전문대에 진학하라는 조언을 받았지. 처음에는 운동이 좋다는 이유만으로 학교가 좋았지. 그런데 집을 떠나 사니

가족 대신 친구가 필요했지만 뭔가 맞지 않았지. 파티가 즐겁지 않았고 사람들과 어울리기 힘들다 보니 별종으로 보였지. 살짝 그랬지만, 때로 그게 모든 걸 바꾸기도 하거든. 늘 너를 험담하는 여자애들이 있었어. 조금 틈을 보이면 왕따를 시키는 애들. 그런 경험을 해본 적이 없어서 감당이 되지 않았지. 전문대학을 자퇴했고, 오랫동안 사람들을 적으로 여겼지. 혼자 지내면 상처받지 않겠지 하고. 그때는 그게 논리적인 것 같았어. 하지만 그 당시 넌 어렸어, 아직 10대였으니까. 마음을 닫아버린 게 뭐 그리 이상할까? 내성적인 사람이, 감정을 나누지 않고 말수가 없어진 게 이상한가? 나와 너무 다른 사람인데?

다른 회의실에서 다시 토론회가 열린다. WOW 회의의 오후 일정이고, 이번에는 참석자들 중 치매 환자는 겨우 두 명이다. 나머지는 대학 강사, 연구자, 간호 전문가 같은 건강-간호 전문가다. 그런데 이제 난 기가 죽는다. 새러가 옆에 있다. 딸은 간호 '인력은행' 소속으로, 여러 요양원에 근무하면서 각각의 장단점을 파악하는 중이다. 우린 새러가 요양원을 점검하는 게 내가 들어갈 경우에 대비해서라고 농담한다. 하지만 여기서 테이블 앞에 앉아 있으려니 토론이 아주 실감난다. 새러는 참석자들에게 이제껏 관찰한 내용을 이야기한다. 딸의 의견 발표를 들으니 대견하다. 간호에 마음을 쏟는 게 보이고, 엄마 때문이기도 한 걸 안다. 하지만 이야기를 듣자니 속이 답답하다. 부실한 간호, 선택지 부족, 요양원의 학대가 언급될 때마다 답답한 증세가 심해진다. '이게 정말 내 미래일까?' 두렵고 기운 없고 무기력하다. 오늘 아침에 치매를 앓는 여성들과 토론할 때와 전혀 다른 감정이다. 그때는 치매를 앓지만 강인하고 유능한 사람이 된 것 같았다. 하지만 이제 우린 침묵한다. 둘러앉은 우리에게 씌워진 고정관념이 죽는 날까지 계속되겠지. 암담하고 무기력하게 컨베이어 벨트에 서 있다가, 사회가 정한 곳에서 벨트가 멈추면 우린 나가떨어지겠지. 그때 다른 치매 여성이 말한다.

"저기, 저는 이미 '디그니타스'(스위스에 있는, 안락사를 지원하는 기관 - 옮긴이)에 예약해두었어요. 나 스스로 감당 못하게 되면, 잘 돌보지 않는 요양원에 나를 맡기지 않을 작정입니다. 때가 되면 스위스에 있는 안락사 병원에 가서 생을 마감하려고요."

좌중이 적막에 휩싸인다. 나도 모르게 고개를 끄덕이며 공감을 표하지만, 그러다 새러를 힐끗 곁눈질한다. 딸은 고개를 숙이고 있다. 고개를 끄덕이는 걸 딸에게 들켰다고 생각하니, 죄책감이 폐부를 찌른다. 하지만 종일 들은 말 중에서 가장 강력한 발언인 것은 부인할 수 없다. 진행성 질환 환자가 살면서 가장 견디기 힘든 것이 통제력 상실이다. 치매를 안고 사는 길을 찾을 수 있다면, 치매를 안고 죽는 길을 찾을 권리도 있지 않을까? 오늘 이 대화가 머리에 남을 줄 몰랐다. 오전에 우리 여섯 명의 대화는 무엇을 '할 수 있는가'에 초점이 맞추어졌다. 하지만 오후에는 우리에게 결정권이 없는 것 같다 – '디그니타스'에 가겠다는 여성처럼 주장하지 않으면 결정권을 갖지 못한다. 이미 결정을 내린 그녀가 감탄스럽다. 내 장래가 낙심되고 절망스러워서, 소외감과 절망에 젖어 힘없이 회의장을 나서니 특히 그렇다.

며칠간 안락사 이야기가 반복해서 생각난다. 진지하게 고민해본 적 없는 문제지만, 그녀의 의견에 전적으로 동의한다. 암으로 세상을 뜨는 양친을 지켜보았고, 고통스러워하는 모습에 내가 아픔을 끝내드리고 싶은 마음이 간절했다. 하지만 내가 그 상황에 처한다는 상상은 해보지 않았다. 그 부인의 확신이, 스위스에서 나름의 방식으로 삶을 마감한다는 결정이 감탄스러웠다. 하지만 난 그러지 못할 것이다. 딸들에게 스위스까지 동행해달라고 부탁할 수가 없겠지. 딸들이 저희끼리 돌아온다는 생각을 하면 억장이 무너진다. 또 영국에서 안락사는 불법이라는 사실이, 결정권을 하나 더 빼앗겼다는 사실이 – 이번에는 모국의 법에게 – 난감하다. 이런 생각을 하면, 통제력이나 권한을 잃었다고 느끼면 공포감이 일기 시작한다. '만약' '이럴 때는 어떻게'라는 생각이 속에서 치밀어 입 밖으로 말할 때면 그렇다. 눈물이 차오를 때. 겁날 때도 그렇다. 경계를 넘어 모르는 사람이 되면 그때는 무슨 일이 벌어질까? 나 자신은 아무것도 모르는 은총을 누릴까? 내 전부인 새러와 젬마의 고통스런 얼굴을 알아보지 못할까? 안락사가 이 모든 상황에서 우리를 구제하련만.

분홍색 자전거를 타고

　머리카락이 바람에 나부끼고, 발아래서 땅이 스르르 움직인다. 오른편으로 나란히 흐르는 강물을 보고, 맞은편에서 획획 다가오는 얼굴을 본다. '안녕하세요' 하며 인사를 나누고, 난 살짝 비틀대지만 이것은 자유로 느껴진다. 독립적이고 원래의 나 같다. 다시 조깅하는 느낌이다. 아스팔트에 닿는 게 발이 아니라 새 분홍색 자전거 바퀴인 것만 다를 뿐. 집 밖에 나와 싱그러운 공기를 마시니, 치매가 없는 곳으로 들어온다. 그 공간과 드넓은 하늘만 있다.

　햇살 좋은 날 새러와 산책에 나섰다가, 로웬트리 공원에서 자전거 축제 광고판을 봤다. 강변길을 걸어 공원에 들어가니, 화려한 천막 아래 판매용 자전거가 진열되어 있었다. 구입하려는 의사 없이 어슬렁어슬렁 걷던 중 그게 눈에 들어왔다. 화사한 분홍색 자전거. 앞에 구식 대나무 바구니가 있고 가죽 안장과 핸들은 갈색이었다. 딱 이거다 싶었다.

"정말 사려고요?"

새러가 물었지만, 난 대답하고 말 새도 없이 자전거 값을 치르고 분홍색 벨과 어울리는 헬멧까지 골랐다. 분홍색을 좋아하지 않았지만, 화려한 분홍색이면 잃어버리거나 했을 때 내 자전거를 금방 찾을 터였다.

오늘이 정식으로 자전거를 타러 나온 첫날이다. 처음에는 조금 흔들거렸지만, 몇 분 달리자 자전거의 리듬에 적응되고 브레이크를 조절한다. 세상이 쓱쓱 지나가자 운전면허를 포기하기 힘들었던 기억이 난다. 한데 자전거를 타니 속상한 마음이 지워지고, 멀리 갈수록 자신감이 커진다. 운전을 못하게 된 경위가 떠오른다. 차가 너무 빨리 달려서 기기를 조작할 여유가 없었고, 교차로 앞에서 어떻게 할지 몰랐다. 하지만 자전거는 그보다 속도가 느려서, 머리로 생각할 시간 여유가 더 많다. 교차로에 가까워지자 브레이크를 잡는다. 다 순조롭게 풀린다. 그런데 우회전한 순간, 뭔가 연결이 끊긴다. 정신을 차리니 내가 아스팔트 도로에 엎어져 있다. 자갈돌이 살에 박혀서 찌르고, 순간적으로 오리무중이다. 다치고 넋이 나가서 길바닥에 웅크리고, 자전거는 저 앞에 팽개쳐져 있다. '어쩌다 이렇게 됐지?' 일어나서 자전거를 일으키면서 주위를 둘러본다. 다행히 사방이 조용하고 오가는 차가 없다. 운이 좋았다. 자전거를 끌고 절뚝대며 집으로 가면서, 어찌 된 영문인지 거듭 생각한다. 도로가 파였겠지. 거기에 바퀴가 빠져서 내가 균형을 잃은 거야.

며칠 후 다시 안장에 올라타야 되는 것을 안다. 다시, 이번에는 더욱 조심스럽게 나아간다. 헬멧 아래로 산들바람이 느껴지고 세상이 윙윙 소리를 내면서 지나가자 자신감을 되찾는다. 저번에는 '틀림없이' 도로가 문제였다. 그 교차로에 가까워진다. 아스팔트 도로를 훑어보지만 아무것도 보이지 않는다. 우회전하려다가 같은 일이 벌어진다. 어디선가 연결이 끊긴다. 배선에 결함이 있는 것처럼. 일어나서 길옆으로 비킨다. 이번에도 다행히 지나는 차량이 없다. 뇌에 무슨 문제가 있기에 우회전을 못할까? 차뿐 아니라 자전거도 마찬가지다. 새 분홍색 자전거를 바라본다. 두 번 넘어지는 바람에 벗겨진 칠 자국을 보니 가슴이 철렁 내려앉는다. 틀림없이 치매를 이길 방법이, 이 자유를 계속 누릴 방도가 있을 텐데.

며칠간 자전거는 그대로 서 있고, 난 자전거 생각을 하다 문득 방법을 떠올린다. 좌회전만 해서 집에서 상가 사이를 오가는 길을 선택하면 될 것 같다. 크게 한 바퀴 돌면 가능하다. 헬멧을 쓰고 자전거 핸들을 잡고, 도로로 올라가 자전거에 탄다. 안장 너머로 다리를 넘기려니 순간 망설여진다. 불안이 엄습하지만 무시한다. 밀려드는 두려움을 일일이 신경 쓰다간 죽을 때까지 손발이 묶일 것이다. 자전거를 밀면서 달려 나가고, 전처럼 가벼운 느낌이 귓전을 스치고 세상이 쓱쓱 지나간다. 자전거 타는 사람들이 인사를 하고, 화끈한 자전거 색깔에 놀란 사람들이 고개를 끄덕인다. 처음 좌회전할 곳에 접어들어 쉽게 돈다. 두 번째, 세 번째 좌회전도 척척 해낸다. 상가에 도착해서 다시 좌회전으로 한 바퀴를 마무리하고, 다시 집으로 향한다. 집에 가까워지자 가슴이 쿵쾅대고 머리로 피가 솟구친다. 불안이 아니라 승리감 때문이다. 안장에서 내려와 자전거를 벽에 기대 세운다.

자전거를 더 많이 타야겠다. 가서 장미 묘목과 흙 두 부대를 사서 바구니에 균형 잡히게 담고, 흔들흔들 집으로 오리라. 딸들이 보고 그만두라고 하면 안 되는데. 야외 활동을 더 많이 하고, 더 많은 자유와 독립을 누려야지. 내내 환하게 웃으면서 다닐 것이다. 또 알츠하이머를 이겼다는 걸 알기에.

구깃구깃한 지도를 손에 들고 거리로 접어든다. 거리 끝에서 끝까지 쳐다본다. 다 똑같아 보인다. 아무튼 내가 찾는 간판이 없다. 그러자 폐에 산소가 빠듯하고 목구멍이 조인다. '크게 심호흡해'라고 중얼댄다. 이번에는 더 천천히, 거리를 쭉 올라갔다 내려온다. 그런데도 찾는 카페가 거기에 없다. 다시 팸플릿을 확인한다. 오늘 아침 치매 지원 모임에 오려고 설레며 집을 나섰다. 흥분되면서도, 특히 혼자 걸어가야 된다는 생각에 조금 불안했다. 집을 나서기 전 진청색 파카를 걸치고, 배 속의 단단한 불안덩이에 지퍼를 채우고, 추위를 막으려고 털 달린 후드를 썼다. 도와주는 사람 없이 걸어서 여기 도착했는데 길을 잃는다. 다시 팸플릿에서 지도를 확인하고, 도로 표지판과 번지수를 본다. 25번지에서 끝나는 것 같다. 그럴 리 없는데. 다시 걸어서, 아파트로 개조한 고층 건물과 검은 철책을 두른 조지 시대 주택단지 앞을 지난다. 이 거리엔 카페가 없다. 다시 거리 끝까지 올라가는데, 뒤쪽에 다른 도로와 만나는 지점이 있는 게 생각난다. 길을 건너니, 과연 같은 거리이고 올려다보니 간판이 있다. 안도감이 폐부에 퍼지지만, 손에 땀이 차고 아둔해서 카페를 잘못 찾았다는 생각이 든다. 허둥대고 안절부절못하며 카페에 들어서지만, 미소 띤 얼굴이 맞아준다.

"에밀리예요."

에밀리가 인사하며 손을 내밀고, 나를 사람들에게 소개한다. 지도를 치우고, 길을 잃어 혼란스러웠다고 시간을 끌며 설명한다. 고개를 드니, 다들 힐난하거나 나무라는 기색 없이 날 쳐다본다. 여기는 안전한 곳이란 사실이 기억난다. 내가 치매 때문이 아니라 골목이 이상하게 생겨서 헷갈렸다고 이해해주는 사람들이다.

자리에 앉으니, 데미언이 홍차를 준비해준다. 그는 알츠하이머 협회에서 일했고 에밀리는 정신건강 간호사였는데, 두 사람은 요크에 더욱 많은 치매 지원이 필요해서 이 모임을 만들었다. 뜨거운 홍차가 목으로 넘어가자 긴장이 풀린다. 외투를 벗고 테이블을 둘러본다. 몇 명 안 되고 내가 최연소 자다. 나머지는 60세에서 80세 사이이고, 어떤 부인이 유독 조용해 보인다. 그녀는 무릎을 내려다보면서 말을 듣긴 해도 혼자만의 생각에 잠겨 있다. 나도 오늘은 듣기만 하겠다고 마음먹지만, 사람들이 이야기를 시작하자 WOW 축제에서 느낀 따뜻함이, 가족 같은 정이 느껴진다. 아직 적응 안 된 새 뇌를 안고 사는 것을 잘 아는 선배들이니까. 하지만 다른 일면도 있다. 데미언과 에밀리는 치매 외에 다른 화제를 다루려 한다. 그들은 요크가 치매 친화 도시가 되게 도와달라고 부탁한다.

데미언이 시안 사본을 나누어 주면서 설명한다.

"지자체에서 관광객용 요크 지도를 새로 만들고 싶어 합니다. 치매를 앓는 분들이 길을 더 쉽게 찾을 수 있게 제안하실 게 있는지 알아봐달라고 하네요."

구부정하게 앉아 있다가 나도 모르게 똑바로 앉는다. 시안을 집어 들고 찬찬히 살핀다.

누군가가 말한다.

"사진이 필요하겠네요. 그러면 자신이 어디에 있는지 알아보기 쉬울 거예요."

나는 고개를 끄덕인다.

다른 사람이 말한다.

"명확한 '현재 위치' 표지판도 있어야지요."

나는 고개를 끄덕인다. 그러다가 입을 연다.

"네, 확실히 그렇지요."

듣기만 하기로 작정한 것치고 말을 많이 한 셈이다. 요청 받으니 기분이 좋다.

이후 두 시간이 그렇게 흘러간다. 데미언이나 에밀리가 여러 사안에 대한 의견을 묻는다. 누군가가 잘못 말하거나 횡설수설해도 아무도 탓하지 않는다. 마음 놓고 긴장을 풀고 말할 수 있고, 다들 말을 들어준다. 헤어질 무렵, 다음 모임까지 한 달이 너무 길게 느껴진다. 나는 웃으면서 새로운 친구들에게 작별 인사를 하고, 모임 내내 입 다문 부인이 미소로 답한다.

돌 깔린 요크 거리를 걸어 집으로 가면서 관광객들에게 스콘과 잼을 파는 커피숍을 지나는데, 유용한 제안을 할 수 있어 행복하다. 좁은 통로를 걸으면서 다른 감정도 느낀다. 오늘 두려움을 이겨서 만족스럽다. 처음에 카페를 못 찾는다거나 혼자 걷기 무섭다는 이유만으로 포기하지 않아서 흡족하다. 나 자신을 계속 밀고 나가야 된다. 계속 자원봉사를 하고, 어떤 일이든 '좋다'고 수락하고, 새로운 사람들을 만나야 한다. 큰 용기를 내면 어떤 좋은 일이 기다릴지 모르니까.

나는 어제를 잃어버렸다. 어제가 어떻게 됐는지 모른다.

치매를 앓으면서 상태가 나쁜 날은 어떤 경험을 하느냐는 질문을 받지만, 기억나지 않는다. 내가 거기에 없는 것만 같다. 아마 치매에게 지는 날을 인정하기 싫어서일까. 그런 날, 침대에 누워 이불을 귀까지 끌어올린다. 바깥세상이 전혀 이해되지 않기 때문이다. 둥둥 떠서 의식 속을 드나드는 것 같다. 어느 순간 세상이 명확하고 내가 뭘 하는지 분명히 알다가, 이내 의미를 잃으면서 방금 뭘 했는지조차 말하지 못한다. 그런 날이면 머릿속 병이 '느껴진다'. 치매는 거기에 있는 좋은 것을 갉아먹고, 섬뜩한 임무를 다하려고 뇌세포를 더 요구하고, 기억을 계속 훔쳐간다. 그런 날은 머리가 내 것이 아닌 것처럼 뿌옇고 부어오른 느낌이다. 사실 머리는 치매에 넘어가서 내 것이 아니다. 전에 '치매 친구들' 교육 때 들은 비유가 있다. 이 병은 매년 상자에서 크리스마스트리 전구를 꺼내는 것과 비슷하다. 전선 뭉치를 풀고 엉킨 부분을 펴서 플러그에 꽂아 상태를 확인한다. 전선에 달린 작은 전구들이 켜졌다 꺼지고 아예 켜지지 않는 전구도 있지만 어느 전구가 그럴지, 언제 어느 전구가 고장이 날지 예상할 수가 없다.

상태가 나쁜 날, 텔레비전 화면이 꺼지기 시작할 때처럼 흐릿해서 더 이해하기 어려워진다. 안개가 내려앉고 어리둥절해서 눈을 뜬 순간부터 명확한 게 없다. '여기가 어디지?' 침대 옆에 놓인 메모지 속 내 글씨가 낯설기 짝이 없고, 잠든 사이 누군가가 살그머니 들어와 써놓은 어휘 같다. 그런 날이면 아무것도 도움이 되지 않는다. 마치 밤사이 잠결에 뇌가 비워지고 재부팅되어, 공장에서 출시할 때처럼 세팅된 것 같다. 매일 아이패드와 휴대전화 알람이 약 먹을 시간이라고 일깨워준다. 매일같이 하루 두 번 하는 단순한 일이지만, 상태가 나쁜 날은 알람이 울리면 그게 뭔지 모른다. 매번 그렇다. 알람이 없으면 약 복용은 물 건너간 일이다. 그런 날은 내가 엉킨 목걸이 줄 같다. 한자리에 몇 시간이고 앉아 꼬인 매듭을 풀려고 끙끙댄다. 뇌에게 가장 간단한 말을 시키려고 애쓴다. '오늘이 무슨 요일이지? 전화기에 알람 설정을 해두었나? 힌트를 얻을 옷가지를 내놓았던가?' 차분할 때는 참을성 있게 앉아 목걸이를 풀면서, 현실을 파악하거나 안개가 걷히기를 기다릴 수 있다. 하지만 목구멍에 공포가 치밀면, 그게 심장을 삼켜서 박동이 더 세고 빠르고 소란해지면, 내가 지고 말면 이 '목걸이'가 답답해진다. 그래서 목걸이를 바닥에 팽개치지 않으려고, 생각이 구슬처럼 흩어지게 하지 않으려고 안간힘을 쓴다.

늘 차분한 생각이 열쇠다. 안개에서 주의를 돌리게 할 것을 보면서 기다려야 한다. 기억의 방에 걸린 사진을 본다. 방긋 웃는 얼굴, 언덕, 호수, 딸.

보지 못하거나 이해되지 않는 것만 문제가 아니다. 볼 수 있는 것도 문제다. 난 실제라고 여기지만, 그런 날은 뇌가 무단이탈해 날 속이려고 기획한 환영일 뿐이다. 어느 날 아침

아래층에 내려가 뒷마당을 내다보았다. 헛간이 사라지고 휑한 콘크리트 바닥만 남았다. 울타리에 타일 모양의 카펫이 깔려 있었다. 도둑들이 정원에서 헛간을 끌어냈다. 내 논리적인 뇌는 그렇게 합리화하려 했다. 그런데 더 논리적인 뭔가가 끼어들었다. 헛간이 사라지는 게 가능한가? 그럴 수가 있어?

그 순간 겁에 질릴 수도 있었을 것이다. 경찰에 전화해 범죄 신고를 할 수도 있었겠지. 하지만 대신 머리가 날 놀리는지 의심하며 더 열심히 주시했다. 30분 후 다시 가보자고 나 자신을 다독였다. 그때도 헛간이 거기에 없으면, 실제 상황이라고. 나중에 헛간은 거기에 있었다. 당연하지. 하지만 이런 일이 빈번하다. 또 소리도 있다. 거실에서 의자에 느긋하게 앉아 있으면, 총소리가 내 몸을 뚫고 지난다. 당장 똑바로 고쳐 앉으면, 등골이 찌르르하고 심장이 쿵쿵댄다. 하지만 밖을 내다보면서, 길에 쓰러진 시신과 도망치는 사람을 찾아보지만, 아무 일 없이 다들 자기 볼일을 본다. 총소리는 내 머릿속의 일시적인 끊김 현상일 뿐이다. 문을 두드리는 소리가 나는데 열면 아무도 없는 것과 비슷하다.

그런 나쁜 날에는 조용히 앉아 있어야 된다. 앉아서, 정원에 새가 날아들어 모이를 먹는 광경을 구경한다. 이런 혼란스런 순간에 새를 믿으면 정상으로 돌아온다. 내 눈과 귀를 믿을 수 없는 때도 있다. 본 것이 거기에 없을 때도 있고, 들은 소리가 그렇지 않을 때도 있다. 겁먹지 말고 그냥 기다릴 것, 그러면 괜찮아진다. 이성이 그날을 이겨야 된다.

나쁜 날 기억할 점은, 내일은 더 나을 거라고 말하는 것이다. 이상한 건 내가 아니라 머리를 공격하는 이 잔인한 병이다. 적어도 난 나쁜 날과 좋은 날을 판독할 수 있다. 잠에서 깨어 '오늘은 어떤 나일까?'라고 묻는다. 적어도 아직은 그 차이가 구분되고, 그것은 고마운 일이다.

지원 모임에 다시 참석하려고 '태너 로우'에 다시 가고, 이번에는 쉽게 카페를 찾는다. 지난번 여기 왔던 내가 잘 찾도록 지도에 볼펜으로 표시해두었다. 오늘 아침에는 두려움이나 망설임 없이 활보한다. 참석자들을 기억하지 못할지라도, 함께한 시간이 편안했던 사실은 기억한다. 이번에는 테이블에 둘러앉자 세상의 관심을 끌도록 모임의 이름을 정하기로 한다. 여러 사람이 제안한다 – 평소 잘 나서고, 늘 먼저 의견을 발표하는 이들이고, 이제 나도 거기에 속한다. '좋아요'라고 말하는 게 새로운 나에게 적합하다는 걸 알았다. 어떤 일, 결정, 의견 제안에 함께하는 게 흐뭇하다. 이번과 처음 모임 사이에 모임이 한 차례 더 있었고, 그때 나는 더 많이 말했다. 처음에 말없이 앉아 있던 부인은 두 번째 모임에서도 조용히 앉아 무릎 위의 손만 쳐다보며 입을 다물었다. 하지만 그녀는 오늘도 여기 와 있다. 소속감이 좋아서겠지. 그 마음을 이해할 수 있다.

테이블 이쪽저쪽에서 의견이 나온다. 생각을 짜내고 이리저리 의논하는데, 그때 작은 목소리가 들린다. 다들 고개를 돌린다.

"'마음과 목소리'는 어때요?"

평소 말수 없는 부인이 말한다.

"마음에 드네요."

내가 말하자 그녀의 얼굴에 뿌듯한 표정이 번진다. 그녀의 성취감이 느껴진다. 그녀의 가슴이 여기서 의미 있는 한 사람이 되었다는 느낌으로 차오름을 알 수 있다. 내 앞 의자에 앉은 그녀가 허리를 쭉 편다.

만장일치로 우리 모임의 이름이 '요크 마음과 목소리'로 결정된다. 거기에 간단한 어구를 덧붙인다. '마음을 열고 나아가기'. 우리한테 잘 어울리는 이름이다.

「스틸 앨리스」를 만나다

　식탁에 앉은 나와 손님 사이에 검은 소형 비디오카메라가 있다. 새러가 도와주려고 같이 있는데도 짐 – BBC 방송국 기자 – 은 카메라 사용법을 서너 차례 반복해서 알려준다. 나는 설명을 다 받아 적는다. 내가 같은 질문을 여러 번 했을 텐데도 짐은 무척 참을성 많고 상냥하다. 덕분에 나는 차분해지고, 가운데에 놓인 검은 물체가 덜 무섭다. 처음에 그가 온갖 전선과 버튼이 달린 물건을 탁 내려놓자 지금보다 두 배쯤 무서웠다. 내가 전원 스위치 위치를 다시 적는 사이 – 모든 걸 기억하기로 작정하고 – 새러가 짐에게 줌이며 편집이며 스필버그 감독이나 알 만한 복잡한 사항을 묻는다.

　두 사람의 대화가 소강상태로 접어들자 내가 끼어든다.

　내가 말한다.

"저기, 전원을 켜고 끄는 방법을 다시 가르쳐주겠어요?"

이때가 2015년 1월이고, 짐은 할리우드 영화 「스틸 앨리스」가 곧 개봉되기 때문에 나를 찾아왔다. 영화에서 주인공 줄리안 무어는 초기 알츠하이머 진단을 받았다. BBC의 「빅토리아 더비셔」 프로그램은 영화 개봉에 맞춰 단편영화를 제작하려고, 치매를 앓는 우리 세 명에게 비디오카메라를 주고 한 달간 일상의 단면을 기록하게 한다.

알츠하이머 협회는 내게 이런저런 인터뷰에 응할 의사가 있는지 묻는 이메일을 자주 보낸다. 가능하면 모든 요청에 응한다. 언제까지 이 새로운 경험을 누릴 수 있을지 몰라서, 모든 기회를 붙잡는다. 겁나는 일이라도, 아니 겁나는 일은 '특히' 응한다. 그런 과정을 통해 짐과 연결되었다. 이 단편영화에서 난 알츠하이머 초기 상태를 보여주는 역할을 맡는다. 키스 올리버는 중기를, 크리스토퍼 드바스라는 사람은 아내 베로니카의 촬영에 힘입어 후기 상태를 보여준다.

짐이 떠나자 그가 두고 간 장비가 식탁에서 나를 노려본다. 난 더 찬찬히 쳐다보고, 조심스레 버튼을 만진다. 기계가 살아나자 난 화들짝 놀란다. 크게 숨을 쉬면서 '지금 아니면 절대 못해'라고 나 자신을 타이른다. 카메라를 들고 집 안을 돌면서 마이크에 대고 말하고, 냉장고 문에 달린 달력을 찍는다. 달력에는 그 주에 할 일이 적혀 있다. 난 촬영하는 줄 안다. 그런데 녹화를 마치고 '재생'시키고서야 '녹화' 버튼을 누르는 걸 잊었음을 깨닫는다. 다시 녹화를 시도하고, 이번에는 마이크가 엉뚱한 방향으로 돌려졌지만 카메라가 한결 손에 익는다. 제대로 못 찍으면서도 점점 자신감이 붙는다.

세 번째는 원하는 것을 다 촬영한다. 칸마다 요일 스티커가 붙은 약통. 거기에 담긴 초콜릿처럼 예쁜 색 알약. 기억의 방과 나를 차분하게 만드는 사진. 그 방에 보관하는 추억 상자에 올려놓은 두 딸의 첫 신발. 나는 카메라에 대고 가장 큰 두려움 – 딸들을 알아보지 못하는 날이 오는 것 – 을 밝힌다.

나는 카메라에게 털어놓는다.

"딸들에게 '너희가 방에 들어왔는데 내가 못 알아보는 날이 올 거야'라고 말했어요. 너희 이름을 모르더라도, 분명히 서로 감정의 끈을 느낄 거라고. 또 내가 알아보지 못해도 딸들을 여전히 사랑한다는 걸 알아달라고 당부했지요."

카메라를 내려놓는다. 어떤 부분, 가슴 깊숙한 두려움을 털어놓기가 생각보다 어렵다. 잠시 여유를 갖고 몇 차례 얕은 숨을 쉰 다음, 이 영화가 치매를 제대로 알리는 데 도움이 될 거라고 되새긴다. 다시 스위치를 켠다. 최대한 정직하게 말한다. 4주 후 짐이 필요한 대목을 선택하리란 걸 안다.

다음 날 카메라를 배낭에 담은 뒤 버스를 타고 출근한다. 동료들이 오기 전에 촬영하려고 아주 일찌감치 일어난다. 도착하니 사무실은 어둠에 싸여 있고, 창문에 아직 마지막 밤

기운이 어려 있다. 사무실에서 길을 잃은 순간을 촬영하고 싶다. 문밖에 나서자 거기가 어딘지 아득히 잊었던 그때를. '녹화' 버튼을 누르자 빨간 불이 반짝이기 시작하지만, 멘트를 할 순간에 할 말을 잊고 만다. 다시 책상으로 가서, 걸으면서 읽을 수 있게 대사를 간단히 적는다. 다시 시작한다. 저번 날처럼 안전한 내 사무실을 나서서 복도로 들어선다. 텅 빈 복도에 울려 퍼지는 내 목소리를 듣자 심장이 뛰기 시작한다. 그때 상황이 재연되는 것만 같다. 뷰파인더에 맺힌 작은 이미지가 그날을 불러온다. 경험해보지 않은 두려움이 오장육부를 쥐어짜던 그날. 다시 내면에서 상실감이, 몸과 마음이 겉도는 기분이 든다. 소름이 돋는다.

복도에서 잠시 멈춘다. 원고를 보고 읽는데도 심장이 쿵쾅대면서 볼펜으로 적은 문구를 빼앗겠다고 위협한다. 조심스레 한 걸음 떼고 다시 한 걸음 옮기고, 이것도 저번 날의 재연이다. 문 두 개를 지나서 안전유리문이 달린 화장실로 들어간다. 연분홍색 칸으로 들어가, 저번 날처럼 잠깐 거기에 머문다. 녹화를 중단하고 한두 번 심호흡을 하니, 관자놀이에 피가 쏠린다. 캠코더가 대기 모드여서 작게 윙윙대는 소리가 난다. 화장실에서 나와 다시 복도에 들어서니 고맙게도 바람이 시원하고 거기가 어딘지 알아볼 수 있다. 이날은 저번 날과 '다르다'.

서둘러 책상으로 돌아가 캠코더를 도로 가방에 넣지만, 이 영화가 미칠 영향을 이제야 알 만하다. 그러자 불안감 대신 권한을 위임받은 기분이다. 난 늘 아주 개인적이고, 사적인 것을 남들과 나누지 않는 편이었다. 하지만 이제 공유를 통해 여론을 바꿀 수 있다는 걸 안다. 흔히 치매 환자라고 하면 누워 지내는 노인을 연상한다. 전에는 나 역시 그런 이미지를 떠올렸지만, 이제 그것을 바꿀 수 있다. 치매에 말기뿐 아니라 초기와 중기가 있다는 사실을 알려줄 수 있다.

몇 주가 지나자 알츠하이머 협회는 또 메일을 보낸다. 이번에는 「스틸 앨리스」가 극장에서 상영되기 전에 협회를 대신해 리뷰를 할 수 있겠냐고 묻는다. 당연히 그러겠다고 답한다. 영화는 특급 배송으로 도착하고, 집배원이 건넨 뽁뽁이 봉투에 DVD가 들어 있다. 50세의 언어학 교수가 치매 진단을 받는 내용이다. 나는 우편물을 움켜쥔다. 영화를 보기가 쉽지 않을 것이다. 이미 동명의 소설을 세 번이나 읽었다. 알츠하이머를 앓는 덕에 매번 처음 읽는 책 같지만, 정확한 묘사가 감탄스러워도 - 책장을 넘길 때마다 내가 가장 두려워하는 일들이 펼쳐진다 - 너무 버거워지면 책을 덮으면 그만이다. 그런데 영화의 경우, 책에서 공감한 주인공과 그녀의 급격한 퇴행이 생생해서 보고 있기 힘들 것이다.

어쩐지 영화를 이른 오후 햇살이 창으로 쏟아질 때 보는 게 더 안전할 것 같다. DVD를 플레이어에 넣고 타이틀 화면이 나오기를 기다린다. 무릎에 메모패드와 펜이 있다. 첫 장면이 나오자 '메모해야지'라고 중얼댄다. '거리를 두고 볼 거야'라고 장담한다. '개인적으로 받아들이지 말고 전문가답게 굴어.' 도입부에서 앨리스는 대학 캠퍼스에서 조깅을 한다. 나도 조깅하던 기억이 나서 빙긋 웃는다. 옷장에 처박힌 조깅화가 떠오르자 마음에 슬픔이 고이지만, 어느 결에 앨리스는 정지했고 세상이 그녀의 통제를 벗어나 빙글빙글 돈다. 익히 알고 있는 건물인데 갑자기 알아보지 못한다. 그녀의 공허한 얼굴, 어리둥절한 표정이 내 눈에 들어온다. 곧 비슷한 경험이 사무실 복도로 나를 데려간다. 볼펜을 쥔 축축한 손에 힘이 풀리지만, 영화에서 눈을 뗄 수가 없다.

몇 장면 지나 앨리스가 강의를 한다. 한 단어가 꼬이지만, 내가 그랬듯 아무렇지 않게 넘어간다. 난 화면을 응시하면서, 마치 내 생활을 베낀 듯한 장면들을 지켜본다. 꼼짝할 수가 없다. 숨결을 도둑맞기라도 한 것 같다. 숨을 쉰다는 것이 이처럼 나를 사로잡는 것에의 집중을 방해하는 불편한 것인 듯하다. 숨을 참는 줄도 모르다가 마침내 길고 깊은 한숨을 내뱉는다. 종업식 날이라 창밖에서 학생들이 재잘대는 소리가 들린다. 학부모가 아이를 차에 태워 집으로 가고, 보행자 횡단음이 들린다. 하지만 내 눈은 화면에 고정된다.

나비 모양의 서류철이 시선을 사로잡는다. 앨리스는 경계를 넘어 다른 인물이 될 경우, 삶을 영위할 방법을 기록해 서류철에 보관한다. 하지만 그녀의 딱한 딜레마가 화면에 펼쳐진다. 언제 경계선 밖으로 떨어질지 어떻게 알까? 다들 그 순간을 분별할 거라고 생각하고 싶다. 뭔가 결정하는 의식이 일깨워준다고 믿고 싶다. 하지만 내가 가장 두려운 일이 화면에서 재연된다. 앨리스가 본연의 상태일 때 적은 지침을 실행하려는 장면에서, 미래가 빨리 감겨서 날 찾아온 것만 같다. 앨리스는 애쓰지만, 잔인한 시간은 그녀를 돌아오지 못할 곳으로 데려간다.

잠시 후 화면에서 앨리스는 치매가 악화되고, 작은딸을 몰라본다. 그 대목에서 내 호흡이 가빠지고, 머리통이 비어서 어깨에서 떨어질 것 같다. 이런 순간에 대해 읽은 적이 있다. 전에는 이 애달픈 상황이 잘 상상되지 않았지만, 이제 눈앞에서 그 아픔이 펼쳐진다. 내 눈이 앨리스에게 머문다. 그녀가 딸을 그렇게, 멍한 눈으로 빤히 쳐다본다. 주인공 줄리안 무어가 제대로 표현했다. 그제야 그녀가 연기 중이라는 사실을 상기하면서 영화에서 빠져나온다. 어떻게 이렇게 제대로 표현했을까? 주인공은 딸을 똑바로 보지만 제대로 '보지' 않는다.

영화가 끝나고 크레딧(영화나 드라마의 말미에 나오는 제작 관계자 명단 – 옮긴이)이 올라가고 플레이어가 DVD를 밀어낸다. 여전히 메모패드는 무릎 위에 있고 손에 볼펜을 들었지만, 메모지는 백지상태다.

홍차가 필요하다. 의자에서 일어나니 몸이 뻣뻣하고, 일련의 이미지가 떠오른다. 모든 감각이 둔하다. 창밖을 내다보니 정원에서 새가 작은 발로 총총 뛰어다닌다. 그 광경을 바라보니, 마침내 뇌가 내게 돌아온다. 영화를 다시 봐야 되겠기에 DVD를 다시 플레이어에 넣고, 메모패드와 펜을 들고 앉는다.

영화가 시작되고, 지적이고 유복한 여성이 가족과 생일을 축하하는 장면을 다시 보면서 적는다. '영화는 알츠하이머가 나이, 성별, 지성, 재산, 인종과 상관없이 상대를 고르는 현실을 포착한다.' 하지만 몇 장면이 지나자 앨리스의 눈이 다시 내 시선을 빼앗는다. 상태가 나쁜 날, 젬마와 새러는 내게서 이런 눈을 볼까? 그러자 마음이 스치듯 나아가, 내가 공허한 표정으로 헤매는 날의 이미지가 뇌 속으로 달려든다. 딸들은 그런 눈빛을 알고, 그들을 마주 보던 본래의 내 눈을 잊는다. 문득 공포에 사로잡힌다. 난 딸들의 간병을 받고 싶지 않다. 내가 그들의 엄마가 되고 싶을 뿐이다……. '난 아이들의 엄마가 되고 싶다'고 적는다. 영화 장면이 휙휙 지나고, 나는 다시 집중한다. 마지막 문장 밑에 네 단어를 적는다. '강력한, 충격적, 노골적, 불가피'. 그때 내가 알아차릴 새도 없이 플레이어가 DVD를 뱉어낸다. 두 번째 영화 관람이 끝나자 창문을 올려다본다. 차가 지나가고, 아직 환하다.

차를 한 잔 더 만들어서 다시 영화를 본다. 이 영화에 이다지도 매혹되는 것은, 진단 전 단계부터 부지불식간의 퇴화를 실감나게 포착해서다. 끝없는 날들에 – 똑같이 설명을 찾고 두려워하는 – 던지는 답 없는 질문이 기억난다. 영화는 기억을 무차별적으로 빼앗기는 양상을 그린다. 또 아무리 사랑하는 사람도 알아보지 못할 수 있다는 것을 보여준다. 하지만 감정이 남는 것은 확실하다. 사랑하는 이의 이름이 사라져버려도 감정은 남는다. 하긴 그 깊은 사랑이 사라질 리 없겠지. 사랑은 내면에 고스란히 머물 것이다. 딸들에게 이 말을 해야겠다고, 확실히 알려줘야겠다고 메모한다. 전에 해본 생각일까?

누구나 소중한 것을, 감성적으로 가치 있는 물건을 잃어버린 기분을 기억한다. 나이 많은 사람이라면 살면서 여러 번 겪는 일이고, 어린아이라면 가장 속상한 경험일 것이다. 알츠하이머 환자들은 매일 이런 일을 당한다. 다만 없어지는 게 물건이 아니라 가장 소중한 기억, 나를 만드는 사연이다. 그러나 감정까지 잃지는 않기에, 텅 비어버린 슬픈 눈 뒤에 사랑이 단단히 남아 있을 것이다.

영화를 한 번 더 본다. 앨리스의 퇴행이 너무도 현실적이고, 사연이 진부하지 않게 감성적으로 그려져 감동받았다고 메모지에 적는다. 치매에 대한 대단한 통찰력, 병의 현실, 병이 개인과 주변 사람들에게 미치는 영향이 담겨 있다. 내 경험이 놀랄 만치 고스란히 펼쳐진다. 그게 마음 아프지만 그만큼 용기를 얻는다.

세 번째로 플레이어가 DVD를 밀어낼 즈음, 밤이 깊었고 화면이 비었다. 나는 어둠 속에 홀로 앉아 있다.

알츠하이머 협회가 메일로 다른 요청을 하고, 나는 '알겠다'고 답한다. 이번에 전보다 더 열성적으로 메일을 주고받는 이유는, 내가 「스틸 앨리스」의 런던 시사회에 초대받아서다. 나는 혼자 런던에 가서 일찌감치 시사회장에 도착한다. 어디로 가야 되는지 미리 파악하면, 치매 증상이 일으키는 공포에서 벗어날 수 있기 때문이다. '커전 시네마'를 찾지만, 문이 잠겨 빗장이 걸려 있고 안쪽이 어둡다. 몇 시간 뒤에나 배우들이 도착하겠지만, 아무튼 내가 가야 될 곳이 파악되었다. 난 멋진 낙타색 코트를 입고 메이페어(런던의 한 지역 – 옮긴이)의 거리를 거닌다. 특별히 구입한 코트의 깃에 '치매 친구들'의 물망초 배지가 당당히 꽂혀 있다.

근처 카페를 찾아서, 자리에 앉아 홍차를 마시면서 사람들을 구경한다. 회의 전에 들어왔다 나가는 직장인, 런던 지도를 손에 든 관광객. 쇼핑 나온 친구들이 테이블과 의자 사이를 넓혀 큰 봉투를 내려놓고 앉는다. 봉투에 디자이너 이름과 로고가 찍혀 있다. 내가 요크셔 사무실에서 멀리 떠나 여기 런던의 카페에 혼자 있다니 믿을 수가 없다. 치매라는 눈사태 속에 파묻힌 내성적인 나. 이 병은 매일 심술궂게 새로운 기회를, 새로운 경험을 열어주고 난 양손으로 꽉 잡는다. 치매가 인생이 짧다는 사실을 통감하는 선물도 주기 때문이다. 차를 마시면서, 병든 뇌에 맞서면서도 이상하게 그게 고마워서 빙긋 웃는다. 진행성 질환이라는 끔찍한 것도 장점이 될 수 있을까?

오늘의 일정으로 관심을 돌린다. 먼저 크리스토퍼와 베로니카 부부를 만날 예정이다. 크리스토퍼 역시「빅토리아 더 비셔」촬영에 참여했다. 또 치매 지원 활동가 앤지와 그녀가 지원하는 길리언을 만난다. WOW 축제와 '요크 마음과 목소리'에 참여해봐서, 치매 환자를 만나면 마음이 편한 걸 안다. 여배우 줄리안을 만나기 전에 그들과 만나니 마음이 진정될 게 분명하다. 이 영화 전에는 이름도 모르던 배우이지만 새러는 들떠서 할리우드 스타로, 자기가 좋아하는 배우라고 말했다. 그래서 배낭에 소설책 두 권을 넣어 왔고, 딸들에게 사인을 받아주겠다고 약속했다.

마침내 카페의 벽시계가 극장에 다시 갈 때가 됐음을 알린다. 또 한 번의 새로운 경험, 또 한 번의 혼자 방에 들어가는 일이 앞에 있다. 코트 속을 파고드는 불안한 기운을 모른 체할 수 없다. 극장에 도착하니 아까와 다른 분위기다. 몇 시간 전처럼 한가하지 않다. 아무도 극장에 들어가지 못하게 막아 놓았고, 파파라치와 촬영용 발판이 도로를 꽉 메웠다. 그 뒤쪽으로 빨간색 바닥이 힐끗 보인다 - 배우들이 밟을 레드카펫이다. 잠깐 서서 지켜보자니, 오늘 아침에 그리도 피하고 싶었던 공포감이 커지기 시작한다. 어떻게 저기 들어가지?

가방에서 휴대전화를 꺼내, 받아둔 번호를 누른다.

내가 말한다.

"사방에 기자와 카메라맨이 있네요. 어떻게 들어가야 될지 모르겠어요."

전화를 받은 사람은 나를 안심시키며 거기에 그대로 있으면, 관계자가 나와서 나를 찾겠다고 말한다. 과연 잠시 후 인파 속에서 미소 띤 얼굴이 손을 흔든다.

"이쪽이에요, 웬디!"

나는 그녀를 따라 레드카펫 위를 걷는다. 유명 인사의 하이힐에 어울리는 바닥을 투박한 가죽 단화를 신고 걷는다. 극장에 들어서니, 난장판 같은 바깥과 다르다. 안도의 한숨을 쉬고, 젊은 여성을 따라가 다른 참석자들을 만난다. 우린 언론사 구역에서 만나고, 여기저기서 기자들과 텔레비전 진행자들이 수선스럽게 돌아다닌다. 그들은 멘트를 연습하거나 대스타와의 만남에 대비해 메모하느라 바쁘다. 난 알츠하이머 협회의 초대로 참석한 새로운 친구들과 나란히 앉는다. 다들 주변 상황을 주시하면서, 모든 게 흥미진진하다고 수시로 감탄한다. 난 차를 마시면서, 한 잔의 차가 주는 편안함에 집중한다. 주변 분위기에 적응되자 미소가 나온다. 소란스러워서 아무 말도 알아들을 수 없기에, 치매 환자들은 대화하거나 어색한 분위기를 메울 필요 없이 조용히 앉아 구경하면서 행복에 젖는다. 그때 창문에서 불빛이 반짝인다.

"줄리안이 도착했나 봐요."

누군가가 말하자 내 몸에서 퍼덕대는 느낌이 든다.

줄리안이 검은 뱀피 무늬 드레스 차림으로 들어서자 취재진이 우르르 몰려간다. 그녀가 여기저기서 인터뷰하는 사이, 나도 불려가 라디오 4 방송사의 「투데이」 프로그램과 인터뷰한다. 자리로 돌아가니, 사람들이 방에서 나가기 시작한다. 기자들은 기삿거리를 확보해서 만족해하며 상영관으로 가고, 줄리안은 우리 차지가 된다. 감탄할 만큼 정상적이고 수수해서, 우리와 평생 알던 사람처럼 대화한다. 또 각자 이름을 기억해줘서 우린 특별한 사람처럼 느낀다. 줄리안이 역할을 맡으려고 조사한 사연을 말하고, 우린 그 일화를 곧 잊을 걸 알기에 고개를 끄덕이면서 웃는다.

내가 말한다.

"칼자루를 줄리안이 쥐고 있어요. 줄리안은 이 만남을 기억하겠지만 우린 다 까먹을 테니."

우리가 웃음을 터뜨린다.

줄리안이 묻는다.

"제가 제대로 연기했다고 보세요, 웬디?"

"제대로 포착한 한 가지는 눈빛이었어요. 줄리안의 눈은 치매를 앓는다고 말해주더군요."

내가 대답한다.

그러자 그녀는 그 말을 듣고 행복해서 미소 짓는다.

줄리안이 묻는다.

"어떻게 살아가세요?"

"순간을 위해 살아요. 이제는 계획을 세우지 않지요. 다가오는 하루하루를 그냥 즐겨요."

줄리안이 고개를 끄덕이고, 순간적으로 난 다시 묘한 감정에 휩싸인다. 알츠하이머가 선물이라도 되는 것 같다. 이 병이 주는 가혹한 가르침에서 누구라도 배울 게 있는 것 같다.

줄리안은 서둘지 않고, 우리가 가져온 책자에 기꺼이 사인해준다. 개개인과 사진을 찍은 후, 단체 사진을 찍자고 제안한다. 그녀는 한 사람씩 이름을 부르며 작별 인사를 한 후, 시사회장으로 안내된다.

그날 저녁 집에 돌아와, 줄리안 무어의 채널 4 방송 인터뷰를 보는데 기자가 내 이름을 말한다. 줄리안은 눈을 반짝이면서 함박웃음을 짓는다.

"웬디를 만났죠! 대단한 분이에요! 전에는 1년 계획을 미리 세웠다더군요. 지금은 그러지 않지요……. 웬디는 다음 주 계획을 세우고, 지금 일어나는 일을 생각하고 현재에 감사해요. 그리고 살아 있지요. 어찌 보면 누구나 그게 필요하겠지요. 우리가 가진 것을 꼭 붙드는 거예요. 왜냐면 우리가 제대로 아는 것은 그거 하나니까요."

치매에게 빼앗기기만 하지 않고 받을 수도 있다는 생각을 다시금 한다.

며칠 후 아침에 깨어 이메일과 전화 문자를 확인한다. 줄리안 무어가 영국 아카데미 시상식에서 「스틸 앨리스」로 여우주연상을 받았다. 뿐만 아니라 수상 소감에서 나를 언급했다. 모든 게 현실이 아닌 듯하다. 할리우드 스타가 전 세계인 앞에서 내 이야기를 하다니. 방 저쪽으로 가서 줄리안에게 사인 받은 책을 집어 표지를 넘긴다.

'웬디에게, 당신을 알게 되어 정말 행복해요. 사랑과 감사를 담아서, 줄리안.'

2개월 후 나는 런던의 여러 거리를 종종거리며, 호텔과 BBC 스튜디오 사이를 왔다 갔다 한다. 내일 아침에 어느 길로 갈지, 어떤 건물을 찾아야 되는지 확인하기 위해서다. 같은 코스를 두 번 걸어갔다가, 해 지기 전에 샌드위치와 음료를 사들고 호텔로 돌아온다. 햇빛이 잦아들고 불빛이 환해지자 대도시가 불안하고 혼란스럽게 느껴진다. 밤이 되자 건물들이 낮 풍경의 그림자 유령으로 변한다. 그러니 안전한 호텔 창문 앞에서 풍경을 보는 게 더 좋다. 「빅토리아 더비셔」에 방영할 캠코더 녹화 영상을 보려고 런던에 와 있다. 원래 「스틸 앨리스」 개봉에 맞춰 방영할 예정이었지만 몇 주일 미뤄졌다. 녹화된 영상을 본 후 스튜디오에서 출연진에 대한 인터뷰가 있을 예정이다. 하지만 드디어 키스 올리버를 만날 기회가 생긴 게 가장 흥분된다. 유튜브에서 그의 비디오를 보고, 치매 판정 후에도 삶이 있다고 믿게 되었다. 내일 그 산 증인이 되는 게 우리의 역할이다.

이튿날 아침 BBC 방송국에 도착하니, 알츠하이머 협회의 홍보 담당인 케이티가 안내석에서 웃으며 기다린다. 키스와 부인 로즈메리도 와 있다. 부부와 포옹하니 벌써 친구 같다. 치매 환자 두엇이 더 있고, 다들 출연자 대기실로 안내된다. 배우자나 자녀가 환자인 출연자를 에워싸고 편안한지 챙기고, 코트를 벗기고 옷매무새를 살핀다. 또 각자 찻잔을 들고 있다. 난 출연자들에게 동행이 있는 것을 의식하지만, 그 점과 내 사정을 견줄 새도 없이 케이티가 따뜻한 찻잔을 내민다. 그러자 생각이 수증기처럼 날아간다.

우린 차례로 스튜디오로 안내받아, 옷 안에 마이크를 찬다. 키스와 나는 알츠하이머 협회의 수석 이사인 제레미 휴스와 나란히 소파에 앉는다. 감독이 카운트다운을 하고 방송이 시작된다.

"이제 13분간 여러분은 치매를 안고 사는 삶을 다룬 놀라운 필름을 보실 겁니다……."

빅토리아가 카메라에 대고 말하고, 나는 앉아서 출연자들과 필름을 시청한다. 짐의 요청으로 몇 시간짜리 영상을 녹화했지만 ─ 내용이 전혀 기억나지 않는다 ─ 몇 분으로 요약될 필요가 있다는 걸 알았다. 비디오가 시작되고, 내가 직장인 병원 복도로 나가서 방향감각을 잃은 장면이 나온다. 필름을 보니 그 순간으로 돌아가고, 나도 그러니 시청자는 더 잘 이해하겠지. 이제 키스의 비디오가 나온다. 그는 욕실에서 바구니에 담긴 물품을 세면서 꺼냈다가 다시 담는 습관을 통해 그날 면도를 했는지 확인한다. 크리스토퍼가 치매의 어느 단계에서 '달'이라는 단어를 기억하지 못하는 장면이 나온다. 하지만 그건 중요하지 않다. '달'이 하늘에 떠 있는 아름다운 것임을 크리스토퍼가 아는 것으로 족하지 않은가. 일상생활과 관련된 단어를 전부 기억할 필요가 있을까?

인터뷰가 금방 끝나고, 키스와 나는 이구동성으로 생방송이 그리 즐거운 일은 아니라고 말한다. 하지만 우리가 실천하거나 참여하는 모든 행위가 변화를 가져온다는 걸 잘 알고 있다.

방송국을 떠날 때 짐이 DVD 두 개를 준다. 하나는 최종 편집본이고, 다른 하나에는 내가 녹화한 필름이 전부 담겨 있다. 내가 두 딸과 식탁에 둘러앉아 수다를 떠는 장면도 있다. 장차 언젠가 – 언제일지 아무도 모르지만 – 딸들은 DVD를 보면서 위로받을 것이다. 오래전에 나를 떠난 기억이 거기에 있으니까.

방송국에서 나와 요크셔의 집으로 돌아간다. 오늘의 경험은 치매를 앓는 덕분에 누리는 또 다른 멋진 기회였다. 알츠하이머의 장점 목록을 만들어도 되겠네. 심지어 도움이 될 것 같은 걸.

준비되지 않은 작별

첫 출근을 하던 날이 기억나니? 회색 줄무늬 정장에 단정한 흰 블라우스를 입은 네 모습이 지금도 눈에 선해. 당시 넌 서른아홉 살이었고, 그날이 남은 인생의 첫날로 느껴졌지. 그때까지 그해가 최고의 해였어. 자동문을 지나 물리치료실로 들어가면서 초조하지 않고 신나기만 했지. 대기실은 북적댔고, 거기 안내석 뒤에 네가 쓸 새 의자가 있었어. 첫날 오전에는 어떤 업무를 하는지 지켜보기만 했고, 오후가 되자 전화를 받았지. 전화를 받고 '물리치료실의 웬디입니다. 무엇을 도와드릴까요?'라고 응대할 수 있는 게 얼마나 뿌듯하던지. 이제 난 전화기를 쓰지 못하지만—너무 혼란스러워, 사람들의 말이 너무 빨라서—너는 항상 상대방을 응대하면서 여러 일을 한꺼번에 하곤 했지. 수화기를 어깨로 받치고 컴퓨터에 예약 날짜

를 입력하면서, 앞에서 기다리는 환자에게 미소 지었으니. 나라면 못할 일들이 너한테는 식은 죽 먹기였지. 전화벨이 쉴 새 없이 울렸지만 넌 허둥대지 않았어. 너는 기억력을 자랑했지. 심지어 환자가 몇 달 만에 와도 이름을 척척 기억했거든. 동료들은 감탄했지만, 너는 이름을 기억하면 친근감이 커지고 환자가 대접받는다고 느끼는 걸 알았지. 기억력은 네 장점이었고, 그래서 넌 절대 잊지 않는 것을 임무로 삼았지.

마지막은 어느 결에 아프게 온다. 살면서 긴 작별에 맞는 사람이 아니었다. 그런데 매일 나다움을 조금씩 잃는 병에 걸리다니 아이러니하다.

2015년 3월, 이날 마지막으로 사무실에 출근한다. 우리 팀은 내가 요란 떠는 걸 싫어하는 줄 안다. 그래서 아침 일찍 직원들이 출근하기 전, 팀원 한 명이 카드와 선물을 모아 내게 전달한다. 난 사무실에서 두 시간만 머문다. 더 있으면 너무나 마음 아플 것이다. 예전에 저녁마다 그랬듯이 간단히 인사하고 떠나지만, 이번에는 돌아오지 않는 게 다르다. 그런 식으로 떠나는 것은, 무심해서가 아니라 너무도 마음이 쓰여서다.

이제 복도에 나오니, 서늘한 공기가 폐부를 채우지만 여전히 배 속이 묵직하다. 이중문을 지나 다음 문으로 향하고, 걸음을 옮길 때마다 사랑했던 20년의 커리어에서 점점 멀어진다. 가슴이 먹먹하다. 치매 환자가 직장 생활을 계속하게 해주는 시스템이 아니다. 치매를 앓는 우리는 적응하고 변화하지만, 시스템은 그러지 못한다. 나 없이도 세상이 돌아가고 잘해나갈 우리 팀이 대견하지만, 이제 내가 필요치 않는 관리 시스템이 원망스럽다. 커리어 덕에 가치 있는 존재로 여기며 살았지만, 이제 하잘것없는 존재가 되었다.

이날을 기억도 하기 싫다. 그러고 싶지 않다. 아마 여기 쓸 말이 별로 없는 것도 그 때문이겠지.

작별 인사를 할 준비가 안 됐다.

'하프페니 레인'에 있는 호스피스 병동에 가는 일은 결코 즐겁지 않았지? 이번 면회가 마지막일지 몰라서 항상 슬픈 마음으로 주차장에 들어갔지. 어머니의 몸을 파먹는 암이란 놈은 얼마나 잔인하던지. 양쪽으로 두 딸의 손을 잡고 문들을 지나 안으로 들어가면 달라졌지. 아이들이 불안하고 이상해서 평소보다 손을 꽉 잡는 걸 넌 느꼈어. 딸들이 네 눈치를 봤기 때문에 넌 강해져야 했지. 호스피스 병동은 심란한 곳이 아니었어. 그곳 환자들이 잘 살아온 것처럼 잘 죽을 자격이 있다고 말없이 속삭이는 분위기였지.

어머니의 병실은 컴컴한 복도 끝에 있었어. 정말 그랬을까? 아니면 기분에 불과할까? 하지만 일단 병실에 들어가면, 창밖에 목련과 벚나무가 빼곡한 아름다운 정원이 있었지. 봄 햇살이 쏟아지면, 예쁜 분홍빛 꽃송이가 맺힐 터였지. 어머니가 다시 꽃피는 계절이 올 때까지 살지 알 수 없었지만. 불치병의 손아귀에 붙잡히면 시간을 다르게 재야 되지. 암은 급속도로 퍼졌고, 어머니가 맨 먼저 잃은 것은 눈이었어. 신문 읽기 같은 소소한 일을 아쉬워하셨지. 너는 평소처럼 현실적으로 대처해서, 어머니가 쓰던 안경을 안경사에게 가져가 한 눈에만 맞게 손봐달라고 부탁했어. 항상 길은 있는 법이지 - 넌 그렇게 말했어. 어느 날 병실에 도착해, 딸들은 '할미'를 얼른 포옹하면서 '안녕하세요'라고 인사하고 냉큼 텔레비전 방으로 갔지. 만화영화 소리가 어머니 병실까지 웅얼웅얼 들렸어. 그날 어머니는 기력이 없어서, 정신이 들었다 나갔다 했지.

"학교 이야기 좀 해주렴, 새러."

어머니가 침대 옆자리를 두드리면서 미소 지으려 애쓰셨어. 다시 물으셨지.

"어떤 활동이 가장 좋으냐?"

너는 새러가 문간에 있나 싶어서 힐끗 어깨 너머를 봤지만, 아무도 없었지. 어머니는 기대에 차서 너를 바라봤어. 어머니에게 착각했다고 말해줄 수 있었지만, 어머니의 다갈색 눈이 순간적으로 생기를 띠었어. 어른이 아이에게 말할 때 눈이 반짝이잖아. 어머니의 눈빛을 흐리멍덩해지게 할 수 없어서 너는 장단을 맞추었지.

"재밌었어요, 할미."

처음에는 조심스럽게 새러 흉내를 냈지. 하지만 어머니가 고개를 끄덕이면서 팔을 뻗어 네 손을 잡고 웃는 눈빛을 보이자 너는 계속 말했지.

"그림이랑 덧셈이 재밌어요."

"운동장에서 친구들이랑 놀았니?"

어머니가 물으셨어.

"네."

넌 거짓말을 했지.

그러자 어머니의 시선이 너를 지나쳐 다른 곳으로 향했고, 얼굴이 기쁨으로 환해졌지.

"저게 보이니, 새러?"

어머니의 시선을 좇았지만, 병실은 아무 일도 없이 잠잠했어. 살아 있는 증표는 창에서 나부끼는 망사 커튼뿐이었지.

"뭐가 보이는데요?"

네가 물었지.

"병사들."

어머니가 대답했어. 그 생각으로 얼굴이 생생히 살아났지. 어머니가 계속 설명했어.

"저 언덕을 넘어서, 전쟁터에서 집으로 행군하는구나. 병사들의 노랫소리가 들리니?"

어머니의 마음을 아프게 할 수가 없었어. 그럴 필요가 있나? 현실을 상기시킨들 뭐가 좋다고? 그래서 어머니의 장단에 맞추고 모르핀을 더 주입했지. 달리 할 일이 없었어. 뭐 때문에 어머니를 더 혼란스럽게 만들겠느냐는 생각이 들었지. 그래서 너는 거기에 같이 앉아서, 집으로 돌아오는 병사들을 지켜봤지. 그러면서 어머니는 다시 스르르 잠드셨지.

부리나케 깨서 혹시 알람 소리를 못 들었나 걱정하다가, 그제야 일찍 일어날 필요가 없음이 기억난다. 요즘 침대 옆에 놓인 시계는 조용하다. 밤잠을 설친 후, 이제 곧 동이 터서 검은 하늘이 파래질 거라고 걱정할 필요가 없다. 이게 막 퇴직한 후의 생활이고, 적응하는 데 시간이 걸린다. 다시 베개를 베고 눕지만 시계에 눈이 간다. 새벽 4시 30분. 몸은 여전히 예전 스케줄에 맞춰져 있고, 신체 리듬까지 치매에게 빼앗기진 않았다. 무슨 요일이지? 천천히 생각이 난다. 수요일.

퇴직 직후에는 앞으로 썰렁한 수요일이 계속될 것 같았다. 다른 요일도 마찬가지고. 하지만 다른 상황이 벌어지고 있다. 오늘은 멀리 안 가도 되어 다행이다. 가까운 리즈에서 연구 행사가 있고, 난 '치매 리서치에 참여하세요'가 벌이는 귀한 일을 설명할 예정이다. 비교적 가까운 지역 나들이는 기분 전환이 된다. 마지막 출근 이후 장거리 여행을 다양하게 많이 했다. 브래드퍼드 대학교에서 박사과정 학생들을 도왔고, 웨스트 오브 스코틀랜드 대학교의 행사에서 강연하고,

치매 진단 후의 근무와 관련된 사회조사 연구에도 참여했다. 또 여러 번 런던을 오가면서 알츠하이머 협회 '리서치 네트워크'와 회의했다. 그 밖에 여러 행사에서 내가 받은 진단에 대해 이야기했다. 직장에 다닐 때보다 다른 방식으로 더 바쁘고, 더 다양하고 도전적으로 지낸다.

적응하기 힘든 것은 썰렁한 하루하루가 아니라 허전한 내면이었다. 처음에는 그게 뭔지 짚어내지 못하다가 알게 됐다. 머릿속에 그럭저럭 남아 있는 업무, 근무표와 직원들, 처리할 일 목록과 관련된 모든 정보가 이제 쓸모없었다. 그 빈자리가 영 익숙해지지 않았다. 하지만 점차 끝없이 초대받는 간담회, 치매에서 배운 많은 정보, 치매를 – 또 새로운 나를 – 더 이해하게 도와준 모든 것이 빈자리를 채운다. 연구가 앞으로 나아가는 것 같다. 세상이 치매를 이해하려고 노력하는 것을 매일 더 잘 알게 된다. 내가 '치매 연구 참여 챔피언'이 된 것도 그 때문이다. 이것은 자원자와 연구자를 연결하는 새로운 데이터베이스에 가입하라고 독려하는 프로그램이다. 치매 환자용으로 개발된 앱의 노상 실험에 나서기도 했다. 이 앱에는 누군지 잊을 경우에 얼굴 인식을 포함해 기억을 돕는 다양한 항목이 들어 있다. 또 이기적인 이유가 참여하도록 하는 동기가 된다. 연구에 참여하는 이유는, 딸들과 이후 세대를 위해 미래를 바꾸는 데 기여하고 싶어서다. 장차 치매가 공허가 아닌, 치료에 대한 희망으로 꽉 차기를 기대한다. 그래서 요양원이 치매를 더 잘 알아서 간호 여건이 개선되기를 바란다.

퇴직하면서 소소한 변화가 생겼다. 영국인의 오락인 일기예보에 몰두하는 우스꽝스런 짓을 한다. 전에는 주말 날씨가 좋을지 알아봤지만, 이제는 주중 날씨가 좋아 정원에서 새가 모이 먹는 걸 볼 수 있을지 확인한다.

배에서 꼬르륵 소리가 나는 것도 전에 없던 일이다. 출근할 때는 아침에 샤워하고 옷을 입고 새벽 5시 반 버스를 타느라 정신없었다. 이제 아침에 토스트 한 쪽이나 죽에 홍차를 곁들일 여유가 있다. 몸에 '배꼽시계'가 장착되어서 아침 설거지를 끝내기도 전에 점심에 뭘 먹을지 궁리한다.

동료들은 '퇴직하면 시간이 많을 거예요'라고 말했지만 현실은 그렇지 않다. 오히려 예전에 어떻게 일할 시간이 있었는지 모를 정도다. 베개를 베고 이불을 턱까지 끌어올린다. 몇 시간 더 졸다가 일어나 준비하면 된다.

네가 치매 진단을 받기 오래전, 치매 환자를 만났던 일이 기억나? 너는 업무의 일환으로 병동들을 자주 방문했지. 주로 직원들을 만났지만, 어느 날 노인 병동에서 평소보다 오래 머물렀어. 간호사들은 한 환자가 소란을 일으키고 진정되지 않는다고 푸념했지. 너는 근심스런 눈빛으로 구석에 앉아 있는 노인을 보았어. 그는 동요한 기색이 역력했고, 누구든 말을 들어주면 아내가 어디 있느냐고 물어댔지. 너와 간호사의 대화는 소음에 묻혔고, 너는 어느 결에 노인에게 다가가 옆에 앉았지. 네가 그에게 말을 붙이기 시작했지.

"아내분이 어디 계실 거라고 생각하세요?"

네가 상냥하게 물었지.

"모르겠소."

노인은 대답하면서 초조하게 입술을 깨물었어. 그게 감정에 복받치지 않기 위해 그가 할 수 있는 최선이었지.

그래서 너는 부인에 대해 물었고, 그가 대답할 때 파란 눈에 불이 켜진 것 같았어. 다시 눈이 반짝이기 시작했고, 노인은 상상 속에서 아내를 되살리며―아주 잠깐―미소 지었지. 네가 사진을 보여달라고 했지만, 그는 사진을 한 장도 갖고 있지 않았어. 혹시 노인이 계속 아내 이야기를 하는 게 그 때문일까? 마음으로 떠올리는 이미지 말고는 아내를 '볼' 방법이 없어서? 그래서 너는, 간호사에게 일러서 보호자에게 그녀의 사진을 가져오게 했어. 알고 보니 부인이 한참 전에 세상을 떠났지만, 노인은 그 사실을 기억하지 못했어. 아니면 적어도 그 순간에는 기억하지 못했지. 그녀가 죽었다고 말해봤자, 그 사실을 일깨워줘봤자 노인을 다시 나락에 떨어뜨려 아내를 애도하게 만들 뿐이었지. 그러니 그가 아내를 그렇게 보도록 놔두는 게 낫지 않을까? 병원 밥과 시든 꽃과 시작하지만 끝이 나지 않는 카드게임의 틈바구니에서 그가 다시 한 번 생의 저녁

172

을 아내와 함께하게 두면 좋지 않을까?

다음에 다시 그 병동에 가니, 그의 침대 옆 탁자에 사진 한 장이 놓여 있었지. 노인은 너를 기억하지 못했지만 그래도 괜찮았어. 사진 속의 아름다운 여인이 누구냐고 묻자 그는 활짝 웃으면서 자랑하듯 아내라고 말했지. 그러고는 그녀를 다시 살려내서 말하기 시작했어. 노인은 아내가 면회 온 적이 없다는 사실을 잊었고, 간호사들은 그녀가 어디 있느냐는 질문을 받을 때마다 부인에 대해 물어서 노인의 관심을 돌렸지. 그러면 그는 다시 만족했어. 아내가 진짜 존재했거든.

노인에게 사랑하는 아내가 죽었다고 계속 말하는 건 잔인한 일이겠지. 노인이 기억하지 못하면 그에게 그녀는 죽지 않은 거니까.

침대에서 벌떡 일어난다. 식은땀이 난다. 눈을 깜빡이면서 다시 본다. 자면서 악몽을 꾸었다. 요새 이런 일이 빈번하다. 무시무시한 장면이 나를 의식 속으로 끌어당겨, 기괴하고 무서운 것을 보게 한다. 저번 날은 곰이 피가 담긴 양동이를 들고 달리는 장면이었다. 시간을 확인하니 새벽 3시. 더 잘 수가 없다. 이게 요즘 생활이어서, 수면 시간이 몇 시간 안 된다. 낮에는 두통이 심해서 나른하고 피곤하다. 전에는 푹 잤고 알람이 울려야 깼지만, 이제 몇 시간 동안 커튼 틈으로 바깥세상을 본 후에야 잠든다. 눈꺼풀을 닫지만 그 뒤의 눈은 깨서 이리저리 쳐다본다. 자도 고작 한 시간이나 될까, 선잠을 자느라 꿈속에서 깨어 있는 것 같다.

노트북 컴퓨터를 열어 '불면과 치매'를 검색하니, 수천 개의 결과가 뜨지만 이유를 설명하는 자료는 없다. 치매 증세에 대해 블로그를 쓰기로 한다. 혹시 내 커튼의 바깥세상에서 설명을 듣게 될지 모르니까.

다음 날 아침에 깨니 답글 수십 개가 달려 있고, 현재 도네페질을 복용 중이냐는 질문이 많다. 10년 전에 소개된, 알츠하이머의 진행을 늦추는 효과가 기대되는 약이다. 1년 전에 이 약을 복용하기 시작하면서 딸들과 보내는 시간이 늘어날 거라는 희망을 가졌다. 하지만 새벽 3시, 지상에서의 시간이 더디게 흐르는 이 시간, 잠들기를 간절히 바라는 걸 보면 '기적의 약'은 효과보다 부작용이 크다. 누군가가 밤에 복용하라는 권고를 따르지 말고 아침에 복용하라고 권유한다.

어느 여성이 이런 글을 올려놓았다.

'처음 아침에 약을 먹은 날 밤에 머리가 더 차분해지는 것을 느꼈고, 그날 밤에는 2년 만에 처음으로 꿈에 시달리지 않고 잤어요. 첫날 밤에 깨지 않았고, 뭐가 현실이고 뭐가 꿈인지 정신없이 생각해야 했지요.'

조언에 따르기로 하고, 그날 밤 처음으로 악몽을 꾸지 않는다 - 꿀잠까지는 아니어도 전보다 훨씬 낫다. 다른 이유 때문에 기분이 좋다. 도네페질 복용을 중단하고 싶지 않다. 도네페질은 경증 치매 환자의 증세를 완화하거나 제어하는 약물로 알려져 있다. 하지만 최신 연구는, 투약을 중단한 환자는 1년 후 요양원에 갈 확률이 두 배라는 결과를 보여준다. 약이 애초에 기대한 것보다 훨씬 더 오래 효과를 발휘하는 것 같고, 연간 요양원 입소 비용은 수만 파운드나 되지만 도네페질의 1년 치 약값은 고작 20파운드. 그러니 복용하는 편이 훨씬 낫지. 나는 최대한 오래 집에서 살고 싶다. 그러니 양쪽을 저울질하면, 1년 더 집에 머무는 대가로 밤잠을 설치는 정도는 흔쾌히 감수하겠다.

빗속에서 요크를 돌아다니는 특별한 맛이 있다. 추적추적 내리는 빗속에서 유명한 '샴블 마켓'(상점, 카페, 노점상이 있는 장터 - 옮긴이)을 걷는다. 빗물이 흘러 돌길이 번들거리고, 수백 년 된 목조건물 상점이 오밀조밀 늘어서 있고, 길이 좁아 내 빨간 우산이 상점 입구에 걸리지 않는 게 이상할 지경이다. 이곳은 정육점 거리로 유명했지만 오래전 일이다. 하지만 지금도 푸줏간의 돌 도마가 상점 바깥 창가에 남아 있어서, 여름이면 관광객들이 거기에 기대서서 시원한 음료수를 마시며 쉬어간다. 그런데 오늘 분위기는 다르다. 다들 비를 피하느라 나오지 않아서, 난 한적한 거리를 천천히 걷는다. 이 길은 원래 사람들의 왕래가 많고, 나는 이곳 골목들을 누비며 다니는 데 익숙하다. 특히 오늘은 관광객이 적어 내 흔들리는 걸음걸이에 거치적대지 않아서 좋다. 길 끝에서 오른쪽으로 돌아 킹스 광장에 접어드니, 거리 악사가 비 맞은 생쥐 꼴인 관중에게 연주를 들려준다. 다들 빗물에 머리가 달라붙고 발이 젖는데도 열심히 듣고 있다.

나는 잠시 멈추고 빙그레 웃는다. 그런데 다시 고개를 드니 내가 서 있던 곳이 사라져버렸다. 빙그르르 돌면서 건물들을 훑어보지만 생소하기 짝이 없다. 흔들리는 나무, 벽돌 건물과 조지 시대의 나무틀을 댄 작은 창이 보이지만 도무지 알 수 없다. 여기가 어디지? 근처의 사람들을 둘러보지만, 마주 보는 멍한 얼굴들 모두 낯설다. 공포가 솟구친다. 가슴 밑바닥에서 두려움이 차올라 숨도 쉴 수 없다. 크게 심호흡하려고 애쓰지만, 호흡이 가쁘고 갑작스러워 현기증이 난다. 어디로 가야 될까? 여전히 거리 악사는 노래하고 너무 시끄럽다. 기타 소리가 탕탕 울릴 때마다 머리에서 생각이 떨어져나간다. 덜컥 겁이 난다. 길을 잃었다.

탁 트인 공간을 찾느라 이리저리 비틀대며 인파 속을 지나간다. 광장에서 사방으로 좁은 골목이 뻗고, 자갈돌이 깔린 이상하게 생긴 골목은 처음 보는 길 같다. 이제 두려워서 움직이지 못하고 거기서 얼어붙는다. 눈으로 훑으며 낯익은 것을, 실마리를 찾아본다. '여기 어떻게 왔지? 어디서 왔더라?' 비. 실내로 들어가야 한다. 그때 사람들 머리 위로 카페 간판이 보인다. 눈에 익은 파란 간판. 뭔가 나를 안전한 그곳으로 이끈다. 광장을 가로지른다. 차가 경적을 울린다. 나는 화들짝 놀라지만 계속 길을 건넌다. 실내로 들어가야 된다. 앉아서 생각하며, 안개가 걷히기를 기다려야 한다. 어쩌다 안개가 이렇게 불쑥 내렸을까? 밝은 대낮에 차를 몰고 짙은 구름 속으로 들어가는 것처럼.

카페에 들어가 구석 자리를 찾아 앉는다. 빗물이 신발 안으로 흘러든다. 안개 사이로 육감이 파고들어, 여긴 안전하다는 걸 안다. 창밖을 보니 여전히 묘연한 풍경이 거기에 있다. '다른 곳을 봐'라고 혼잣말을 한다. 빨간 가방에 손을 넣어 신문을 꺼낸다. 신문을 넘기면서, 단어나 기사나 그림 아닌 인쇄된 부분만 훑으면서 기다린다. 세상이 또렷해지기를 기다린다. 시간이 지나기를 기다린다. 소리를 듣기까지 시간이 얼마나 흘렀을까? 밖에서 거리 악사가 연주한다. 창밖을 보니 거기에 그가 있다. 악사 뒤로 낯익은 초콜릿 가게가 보인다. 그 옆 비스킷 가게, 길모퉁이 빵집. 광장이 다시 또렷이 보이기 시작한다. 나는 가까스로 미소를 짓는다.

확신이 생길 때까지 카페에 조금 더 앉아 있다. 커피를 마시면서, 익히 잘 알면서도 잠깐 잊었던 광장을 내다본다. 어쩌다 그런 일이 생겼을까? 뇌 속이 누전된 거지. 두 눈 사이에서 뭔가 끊어진 거야. 치매가 과거와 현재와 미래를 빼앗아갈 수 있다는 사실이 의식된다.

해가 구름 사이를 뚫을 즈음, 카페에서 나온다. 다리를 질질 끌고 익숙한 거리를 지나 집으로 돌아간다.

공포를 갖고 태어나는 사람은 없지. 살면서 경험을 통해 공포
가 쌓이는 것뿐이야. 네가 어쩌다 동물을 무서워하게 됐는지
지금도 기억나. 지금 보면 어처구니없는 일 같지만, 너는 애완
동물을 키워본 적이 없고 그런 생각은 해보지도 않았어. 어릴
적 어느 날 네가 씽씽카를 타고 가는데, 큰 검은 개가 이빨을
드러내고 짖으면서 쫓아왔지. 네가 느낀 공포는 평생 동물을
무서워할 만큼 컸어. 그 후 너는 개를 산책시키는 사람을 피해
길을 건넜고, 고양이도 마찬가지였어─정원 담에 느긋하게 앉
은 고양이 앞을 지날 때면 뒷목의 털이 곤두서곤 했지. 젬마가
고양이 몇 마리를 키우자 넌 겁을 냈고, 젬마는 네가 다니러
갈 때마다 고양이를 밖에 내놓았어.

너는 눈이 노란 예쁜 검은 고양이 빌리 때문에 무척 조심했지.
젬마네에 갔을 때 빌리가 방에 들어오면 너는 즉시 긴장해서
예민해졌어. 그 녀석도 아는 것 같았어. 고양이들은 모두 아
는 것처럼 너를 슬슬 피했지. 서로 싫어했을까, 아니면 존중한
걸까? 고양이가 가까이 있지 않으면 상관없었지. 너는 지금의
나와 얼마나 달랐는지. 그때 내가 중재자 역할을 할 수 있었으
면 좋았을 걸……. 저번 날 난 젬마 대신 빌리를 돌봐줬어. 그럴
때마다 빌리가 내가 다가갈 때 지팡이와 발소리를 알아듣는
다는 확신이 들어. 현관 열쇠를 돌리고 문을 열면, 한 번도 빠

짐없이 녀석이 앉아서 날 기다리거든. 너였으면, 그 큰 눈망울이 올려다보면 문지방을 넘지 않으려고 했겠지. 배 속에서 불안감이 올라왔을 거야. 하지만 나는 빌리를 보면 스트레스가 다 날아가거든.

빌리가 주방으로 들어와, 내 발 앞에서 사뿐사뿐 춤을 추다가 햇살이 드는 타일 바닥에 자리를 잡는다. 고양이가 털썩 앉고, 내가 귀 뒤를 긁어주자 흡족해서 가르랑댄다. 비스킷을 밥그릇에 부어주니, 빌리가 일어나서 시끄럽게 씹어 먹는다. 젬마는 빌리를 다이어트 시키느라 비스킷 몇 개만 허락한다. 젬마는 최근 빌리의 체중이 급격히 늘어난 이유를 의아해한다. 수의사까지 체중 이야기를 했다나.

홍차를 준비하고, 주전자의 물이 끓을 즈음 빌리가 꼬리로 내 다리를 감는다. 빈 고양이 밥그릇을 힐끗 쳐다본다.

"아이고 빌리, 내가 밥 주는 걸 잊었니?"

고양이가 서러운 눈망울로 올려다보고, 저절로 꺼지는 주전자 끓는 소리 속에서 그르렁대는 소리가 들린다. 비스킷 몇 개를 밥그릇에 넣는다.

매일 아주 많은 기억이 사라지지만, 난 빌리와 뭘 하는지 안다. 난 앉아서 차를 마시고, 빌리는 금색 술이 달린 빨간 끈을 찾으러 돌아다닌다. 내가 빌리의 크리스마스 선물을 포장한 끈인데, 녀석이 좋아하는 장난감이 되었다. 빌리가 사라지고, 난 계단 옆에 앉아 노란 눈으로 '여기 있어요'라고 말하는 녀석을 찾는다. 우린 다락방으로 올라가고 – 더 널찍하다 – 나는 빌리가 발로 잡도록 끈에 매듭을 짓는다. 고양이가 흥미를 잃을 때까지 우리의 놀이는 계속된다. 나중에 나는 의자에 앉는다. 빌리가 다가와 곁에 앉고, 우린 정원을 내다본다. 고양이가 곁에 있는 것만으로 내 마음이 차분해진다. 빌리가 무릎 위로 올라오면, 난 부드러운 털을 쓰다듬는다.

예전의 나라면 그러지 못했겠지만, 동물에게서 많이 배운다. 이런 성격 변화, 즉 뇌의 일부가 유연해져서 가만히 앉아 지켜볼 여유가 생겼다. 동물이 그러지 않던가. 동물은 단순하게 산다 – 그 순간에 집중해서 살고, 그게 나와 빌리의 공통점임을 깨달았고 현재 감사한 점이다. 이제 많은 두려움을 떨쳐냈다. 치매보다 무서운 게 있을 수 없어서겠지. 그래서 미지의 세계를 안고 매일 살아가는 것이 더 이상 아무것도 무섭지 않을 거야. 고양이도, 어둠도, 치매도.

잠시 후 현관문 열리는 소리가 나자 우린 퇴근한 젬마를 맞으러 아래층으로 내려간다. 다 같이 주방에 모이고, 찻물이 끓는 사이 빌리는 내 무릎 위에 앉고 젬마와 나는 하루 일을 이야기한다. 20분쯤 지났을까, 빌리가 내 무릎 위에서 내려가 빈 밥그릇을 쿵쿵대면서 물끄러미 올려다본다.

내가 말한다.

"아이고, 내가 밥 주는 걸 잊었나 보네."

젬마는 과연 그럴지 의심하는 눈으로 빌리를 쳐다본다.

"수의사가 체중을 줄여야 된댔어요. 다이어트를 시키는데도 그대로인 걸 보면, 틀림없이 누가 먹이를 주는 거예요. 빌리를 봐줄 때 비스킷 몇 개만 주는 거 맞죠?"

"아 그럼, 당연히 그러지."

내가 대꾸하면서 밥그릇에 비스킷 몇 개를 담자 빌리는 좋아서 가르랑댄다.

치매와 '함께' 살기

　나는 담당의 앞에 앉아 있고, 그는 내가 방금 치른 간단한 암기력 테스트 결과를 적는다. 난 맞은편에서 그가 뭐라고 쓰는지 읽으려 하지만 헛수고다. 마침내 의사가 등을 기대앉으며 한숨을 쉰다.

　"지난번보다 조금 더 악화되었네요."

　그가 말한다. 치매가 진행성 질환인 줄 알면서도 가슴이 내려앉는다.

　발을 질질 끌며 진료실에서 나오는데, 병든 뇌에 또 실망해서 속상하다. 테스트의 어느 부분, 혹은 어느 문제가 어떻게 틀렸는지 모르겠다. 기억나는 것은 '악화'라는 말뿐이다. '악화'라는 말을 베개에 묻고 잠든다.

　물론 호전되지 않을 줄 알지만, 의사의 어휘 선택과 언어 사용이 무척 중요하다는 생각을 자주 한다. 담당의가 '이번에는 26점이네요. 일치시키는 부분이 문제였나 봅니다. 어떻게 하면 그 부분을 도와드릴 수 있을까요?'라고 말했다면 절망이 덜했으려나?

그가 '악화'라는 부정적인 단어를 쓰지 않으면, 난 기능을 상실한 뇌 일부를 극복할 수 있다는 희망을 볼 것이다. 또 여전히 작동하는 부분을 믿고 각오를 다질 것이다. 예를 들어 매일 아침 '단어 퍼즐'을 푸는 게 도움이 된 것 같으니 계속하겠다고 다짐하겠지. 무력감이 아니라 용기를 느낄 텐데. 이겨내려 노력할 수 있을 텐데.

남들처럼 나도 진단을 받을 때 '저희가 해드릴 수 있는 게 없어서 아쉽습니다'라는 말을 들었다. 그 상실감과 두려움과 무력감이 똑똑히 기억난다. 이후 며칠, 몇 주간 '아쉽다'라는 어휘만 생각났다. 그 말이 너무나 부정적이고 너무나 끔찍했다. 의사는 해줄 수 있는 게 없어서 '아쉬워'했다. 대신 다르게 말했으면 어땠을까. '네, 치매로 진단되었습니다. 환자분이 적응하도록 도와줄 사람들과 연결해드리겠습니다. 요령과 방법을 배우실 수 있을 겁니다.' 그런 말을 들었다면 즉시 희망을 가질 수 있었을 텐데.

몇 주 후 간호학교 학생들 앞에 서서 특강을 한다. 다들 공책과 펜을 챙겨 양손을 무릎에 올리고 진지하게 앉아 있다. '치매'라는 낱말을 들으면 맨 처음에 뭐가 연상되느냐는 질문으로 강의를 시작한다. 나는 화이트보드 쪽으로 몸을 돌리고 학생들의 답을 받아 적는다. '실성', '노망', '짐', '시달림', '노년', '산송장'……

내가 동작을 멈추고 좌중을 둘러본다.

내가 말한다.

"여러분의 대답을 듣고 내 기분이 어떨지 상상해보세요. 내가 늙어 보이고 머리가 좀 희끗한 줄 알지만, 그거야 염색을 안 해서고요……. 롭 교수님과 다르게 말이지요!"

롭은 움찔하는 시늉을 하고 모두 웃음을 터뜨린다.

"하지만 넓게 보면 나는 치매에 걸리기에는 상당히 젊지요. 내가 '시달리는' 것처럼 보이나요? 내가 '무거운 짐'으로 보여요?"

몇 사람이 불편하게 발을 움직이는 소리가 들린다. 화이트보드에 단어를 죽 쓴 다음, 다시 학생들 쪽으로 몸을 돌린다. 어떻게 긍정적인 언어가 긍정적인 행복을 끌어내고, 부정적인 언어가 상대를 위축시키는지 설명한다.

내가 말한다.

"여러분이 상사에게 매일같이 멍청하다는 말을 들으면, 위축되어 그렇게 믿게 될 거예요. 여러분이 우리에게 치매에 시달리는 '환자'라고 계속 말하면, 우리도 그렇다고 느낍니다. 치매 진단을 받은 것은 나쁜 일이지만……. 하늘이 무너지는 소식이지요……. 거기가 부정적인 언어를 멈추고 긍정적인 언어를 시작할 수 있는 지점입니다. 누군가가 매일매일 '고생한다'고 말하면, 여러분은 결국 고생한다고 믿게 됩니다. 우린 매일 당면한 난관을 이겨내려고 '안간힘'을 씁니다. 하지만 도움을 받으면 그런 안간힘이 자주 승리합니다."

강의실에 있는 사람들이 모두 내게 완전히 집중한다. 나는 '시달린다' 대신 '안고 산다'로 바꿀 수 있다고 말한다.

"우리 앞의 상당한 난관을 부인하거나 축소하는 게 아닙니다. 단지 그 말이 더 듣기 좋다고 말하는 겁니다."

내 말에 학생들이 고개를 끄덕인다. 그들도 동감한다.

진단을 받은 당시를 회고하고, 불가능 대신 가능을 생각하는 적극적인 관점으로 변한 과정을 설명한다.

"할 수 없는 것보다 할 수 있는 일에 집중하고 싶지만, 그러려면 때때로 여러분의 도움이 필요합니다."

늘 '치매에 시달리는 사람들'이라고 지칭하는 미디어 역시 도움이 안 된다고 설명한다. 또 처음으로 구글에서 '치매'를 검색하자 나타난 침대에 누운 노파 사진 같은 이미지도 얼마나 기를 죽이는가. 이제껏 참석한 지원 모임에 대해서도 말한다. 치매에 걸린 배우자를 데려온 아내나 남편은 늘 배우자 대신 말을 하고, 배우자가 치매에 '시달린다'고 표현한다. 내가 말할 기회가 되면 늘 '저는 시달리는 게 아니라 치매를 안고 살고 있습니다'라고 말한다. 한번은 그렇게 말했더니, 남편이 대신 말했던 부인이 고개를 들고 나와 눈을 맞추었다고 학생들에게 말한다. 그녀의 머리에 씨앗이 뿌려졌다. 치매는 '끝'이 되어야만 하는 것이 아니다. 내 경우가 그렇다.

지난 몇 달간 누군가가 있어야 될 옆자리가 비었다고 자주 느꼈다. 누구나 마음 구석에, 자기를 챙겨주는 사람과 말년을 보내는 그림을 갖는다. 자녀에게 각자의 삶과 가족이 있을 줄 알지만, 아무도 혼자 마지막을 맞는 상상을 하지 않는다. 침실을 둘러보면서 배우자가 없어 아쉬웠던 적이 없다고 말하면 거짓말이다. 「스틸 앨리스」 시사회에 모두 동반자가 있는 것 같았다. 거기에 온 치매 환자 모두가 그날 먹을 약이나 음식을 기억해서 챙겨줄 사람과 동행했다. 그런데 다른 일면도 있다. 난 남편이나 아내의 퇴행을 지켜보는 배우자의 힘겨운 얼굴을 봐왔다. 나라면 남편이 그런 압박에 시달리는 게 싫었을 것이다.

하지만 다른 점도 있다. 동거인이 있으면 물건의 위치가 바뀌고, 집이 정리되거나 어질러지는 게 당연하다. 그게 내게는 도움이 되지 않는다. 난 무척 깔끔한 사람이었지만, 이제 서류를 치우지 않고 그대로 둔다. 눈에 띄지 않으면, 그 문건은 없는 것과 마찬가지다. 주방 조리대에 1주일간의 스케줄과 관련된 문건이 잔뜩 있다. 발언해야 되는 회의, 연구위원회나 자문단을 만나러 런던이나 다른 도시에 갈 일정. 이제 난 치우지 않는다. 만약 어지르는 사람과 살아서 물건이 평소와 다른 자리에 있으면, 계속 발이 걸려 넘어질 것이다. 내게 기억을 일깨워주고, 대신 기억해주고 곁에 있을 사람이 없는 것은 사실이다. 같이 웃거나, 나쁜 상황일 때 가만히 안아줄 사람이 곁에 없다. 하지만 내 망각이 상대를 속상하게 할까 걱정할 필요가 없어서 좋다. 내가 배고프지 않은데 식사하라고 채근하거나, 내 말을 바로잡아주거나, 내가 말끝을 흐리면 마저 말할 사람이 없어서 다행이다. 힘든 하루를 보낼 때 옆에서 위로한다고 수선을 떠는 사람이 없어 좋은 면도 있다.

그렇다, 내 머릿속 그림은 예전에 그리던 퇴직 후 풍경과 다르다. 하지만 독립적인 기질 – 그것이 여태껏 치매를 관리했다 – 의 소유자라서, 시간이 더 걸린다는 이유만으로 할 일을 남에게 맡기기 싫다.

그러니 내 옆의 빈자리는 이유 있는 빈자리다.

너는 뒷문 밖 낮은 담장에 앉아 있었지. 홍차 잔을 들고 앉아서, 대지를 뚫고 나온 여름 꽃을 구경했어. 싱글맘으로 사는 게 아직은 몹시 생소했고, 유난히 외로운 날도 있었어. 생각에 잠겼다가 누군가의 목소리에 정신을 차렸어.

"찻잔을 들고 이쪽으로 올래요?"

고개를 드니, 담장에 난 구멍으로 환하게 웃는 줄리의 얼굴이 보였어. 몇 달 전, 그녀의 남편 테리는 나무 담장에 구멍을 내서 아이들이-줄리의 두 아들과 너의 두 딸이-두 집 뒷마당을 오갈 수 있게 했지. 다 같이 훈훈한 대가족이 되었고, 어떤 날은 그게 네게 필요했지. 가족의 일원인 느낌. 줄리와 테리 피그레이드는 나름의 고민이 있었지. 맏아들 제이슨이 몇 년 못 살 거라는 진단을 받았고, 당시 말을 하지도 듣지도 못했어. 너는 찻잔을 들고 담장 안으로 들어가, 행복하게 휠체어에 앉아 있는 제이슨에게 '안녕'이라고 수화를 했어.

피그레이드 부부는 그들이 네 가족에게 얼마나 큰 의미였는지 알았을까? 그게 궁금해. 크리스마스마다 너희끼리 보내겠다고 해도, 그들은 무시하고 식탁에 너희 세 식구 자리를 마련했지. 다들 다닥다닥 붙어서 팔꿈치를 부딪치며 칠면조구이 만찬을 즐겼어. 다른 음식을 먹고 싶은 사람을 위해 줄리의 악명 높은 카레도 식탁에 올라왔지. 다 함께 있으면 더 재미있었지. 두 집이 스페인으로 휴가를 간 적도 있고-당시 두 딸이 일곱 살과 네 살쯤이었지-너희 세 사람은 처음 비행기를 타는 게 가장 신났지. 칠흑 같은 밤에 착륙했고, 테리는 렌터카 열쇠를 너한테 내밀었어.

그가 말했어.

"차를 두 대 빌렸어요. 나랑 웬디 말고 운전할 수 있는 사람이 없으니."

긴장하고 말 시간이 없었어. 너는 깜깜한 밤에 운전석에 앉아,

테리의 차를 따라 영국과 통행 방향이 반대인 도로를 달렸지. 그렇게 두 집이 빌린 빌라로 가는 내내 너는 겁이 나서 운전대를 움켜쥐었지만, 차에서 내려 트렁크에서 짐을 꺼낼 때는 도전한 게 즐거웠지.

영국으로 돌아온 후, 줄리에게 운전을 가르쳐주었어. 운전 교습은 위험과 실수로 얼룩졌지만, 대부분 웃음이 넘쳐났지. 2차선 도로에서 넌 우유배달차를 추월하라고 줄리를 설득했고, 그녀는 기어를 4단이 아닌 2단에 넣고 자신감을 잃었고, 시속 35킬로로 느릿느릿 달리면서도 둘은 키득댔지.

누군가가 있어야 할 자리를 메워준 친구들이었지. 웃고 말을 들어주는 친구, 네가 울면 휴지를 내밀고 차를 끓여주는 친구였어. 세상이 동굴 같았던 시절, 두 딸의 생활을 재미있게 만들어준 친구들이었고, 덕분에 동굴을 지나 환한 데로 나왔지. 너는 더 강해졌어. 더 좋아졌고. 더 행복해졌고. 친구가 전부였으니까.

요크로 이사한 후 크리스마스에 상점에서 너와 줄리 사이가 고스란히 적힌 티백을 발견했어. 티백 껍질에 이런 문구가 있었지. '예전처럼 그대와 앉아 수다를 떨 수 없으니, 차를 끓이세요. 나는 당신을, 당신은 나를 생각합시다.'

앞쪽 정원에서 돌 밑에 숨은 잡초를 뽑는다. 그때 평소처럼 길을 내려오는 이웃 짐이 보인다. 나는 짐이 집 앞을 지나기를 기다린다. 쇠스랑을 내려놓고 무릎으로 땅을 밀고 일어나, 미소로 짐을 맞을 준비를 한다. 그런데 그사이 짐은 길 건너 맞은편 보도를 걷는다. 어리둥절해서 잠깐 흙을 돌아다본다. 어제도 이런 일이 있었고, 그 전날도 그랬다. 평소에 짐은 쾌활한 미소를 지으면서 손을 흔들거나, 멈춰 서서 영국인답게 날씨 이야기를 나누곤 했다. 그런데 지난 며칠간 그런 인사가 없었고, 어제는 분명히 나를 보고도 못 본 체했다.

땅에 난 초록색 잡초 몇 줄기를 뽑으려는데 문득 떠오르는 게 있다. 며칠 전 지역신문에 내 글이 실렸다. 치매 진단을 받았고, 그 후 의식을 환기시키기 위한 활동을 하는 내용이다. 짐은 그 신문을 구독한다. 그게 외면하는 이유일 수도 있나? 난 알아야 한다. 일어나서 바지의 흙을 털고, 정원 문을 빠져나가, 길 건너의 짐에게 다가간다.

"짐?"

내가 부른다.

그는 고개를 푹 숙인다. 그냥 지나가려 하지만, 내가 아주 명랑한 말투로 인사를 건넨다.

짐도 마지못해 인사를 하지만, 멈추고 대화할 의사는 없는 눈치다.

"내가 뭘 잘못해서 화가 난 거예요?"

내가 어리둥절해서 묻는다.

그러자 그가 걸음을 멈춘다. 내 시선을 피하려고 딴 곳을 바라본다.

"제가…… 지역신문에서 부인을 봐서요."

짐이 말한다.

난 웃음을 터뜨린다.

"드디어 유명해졌지요! 기자가 사진을 더 잘 찍었으면 10년은 젊어 보였을 텐데!"

짐은 불편한 기색이다.

내가 묻는다.

"그게 나랑 말하지 않는 이유예요?"

그가 한숨을 쉰다.

"무슨 말을 해야 좋을지 몰라서요."

"사진이 아주 흉하지는 않았어요, 그렇죠?"

나는 분위기를 가볍게 하려고 웃는다.

그가 자기 발을 물끄러미 보더니, 체중을 옮겨 싣는다. 그를 어색하게 만들고 싶지 않다.

"그렇게 분홍색 자전거를 타시는데 어떻게 치매에 걸릴 수 있지요?"

그가 묻는다.

이번에 난 슬쩍 눙치고 넘어가지 않는다. 짐이 이해하지 못하는 걸 알고 기본부터 설명하기 시작한다.

내가 말한다.

"치매는 어디선가 '시작'되겠지요. 환자 모두 말기는 아니란 뜻이에요. 내가 여정의 초입에 있는 대표적인 예고요. 난 짐이 기사를 보기 전날과 다른 사람이 아니에요. 그날 우린 수다를 떨었잖아요."

그가 고개를 끄덕인다. 천천히 어딘가 빠져드는 사람 같다. 짐은 신문을 사러 가고, 이번에는 생각에 잠겨 더 느리게 걷는다.

하지만 다음 날 아침, 짐은 내 집 앞에서 길을 건너지 않는다. 아니, 신문을 겨드랑이에 끼고 곧장 다가오고, 우린 온갖 이야기 – 특히 날씨 – 를 주고받는다.

"괜찮으세요?"

짐이 전보다 조심스럽게 묻는다.

내가 미소 지으면서 대답한다.

"그럼요, 고마워요."

그는 만족해서 가던 길을 간다.

누구에게나 이렇게 쉽게 설명되면 좋을 텐데. 내 진단 사실을 알고 홀연히 사라진 친구가 한둘이 아니다. 평생 사귄 친구도 있어서 마음이 아리다. 이메일을 보내도 답이 없기에 처음에는 바쁘겠거니 짐작하고 다시 메일을 보냈다. 이번에도 묵묵부답. 두어 달에 한 번씩 꾸준히 연락하던 친구들이 있었는데, 어느 결에 소식이 없다. 크리스마스나 생일에 받는 카드가 줄고, 통화와 SNS 연락도 줄었다. 죽마고우가 이제 휴대전화 문자나 이메일을 주고받으려 하지 않는다. 어느 순간에 알아차린 게 아니라 차츰 깨달은 양상이다. 모두 어디로 가버렸을까?

그렇게 자취를 감춘 친구들이 있는가 하면, 곁에 머문 이들도 있다. 그들은 공감과 사랑을 듬뿍 주고, 현실적인 해결책까지 주었다. 피그레이드 부부는 내 블로그에서 잠에서 깨면 무슨 요일인지 모른다는 대목을 읽었다. 그들은 내가 다니러 가자 시간뿐 아니라 연월일이 나오는 커다란 협탁용 시계를 선물했다.

이메일에 블로그 이름을 기재해서, 내 메일에 답하지 않는 사람도 내 안부를 알게 했다. 예전처럼 내가 그들의 소식을 모르는 게 아쉽긴 하다. 아주 친한 친구에게 다시 연락을 받는 데 18개월이나 걸렸다. 그는 외식하자며 데리러 와도 될지 물었다. 내가 여전히 문장을 제대로 구사하는 걸 알자 그는 긴장이 풀려 어깨를 늘어뜨렸다. 그는 '치매'라는 단어를 언급하지 않지만 – 지금까지도 – 다시 연락한다.

다른 두 친구는 직접 연락하지는 않지만 블로그를 계속 본다고 인정했다.

'네가 긍정적이고 활동적이지 않을 거라 짐작하다니, 우리가 어리석었나 봐.' 그들은 다시 연락하기로 마음먹고 그런 글을 보내왔다.

하지만 난 여전히 나다. 여전히 나지만 뇌가 병들었다. 치매의 어떤 점이 사람들에게 그렇게 겁을 줄까? 자기도 겪을

지 몰라서 무서운 걸까? 죽을 날이 온다는 사실과 대면하니 혼비백산 달아나는 것일까? 나를 보면 무슨 생각이 나기에? 내가 무슨 겁을 먹게 만들기에? 단지 미래 때문일까? 내 뇌의 퇴화는 결국 누구나 겪을 일이라서? 다만 내 뇌가 열 배쯤 빨리 퇴화되는 것뿐이라서? 하지만 내가 다시 맞아들이지 않으면 그들은 치매의 진실을 배우지 못한다. 그래서 그 사람들을 다시 받아들인다. 그래야 한다. 가장 가까운 친구들도 이해 못 시키면 세상 사람들을 교육시키는 게 무슨 소용일까. 짐처럼 그들은 알츠하이머 진단을 들으면서 요양원에서 누워 죽음을 기다리는 나를 상상했다. 하지만 처음에 나도 똑같은 이미지를 떠올렸으니 친구들을 탓할 수 있나.

내 말이 변화를 일으켰지만, 입으로 한 말이 아닌 글로 쓴 말이었다. 치매는 정확한 표현을 입 밖에 내는 능력을 빼앗아간 것 같다. 찾는 어휘를 척척 떠올려 문장을 마무리하기가 더 어려워졌지만, 자판을 두드릴 수 있는 뇌의 영역은 아직 온전하다. 전국을 누비면서 회의에 참석하고 임상시험을 감독한 후, 사람들을 도우려고 아는 지식을 블로그에 올린다는 글을 읽고 친구들은 감탄한다.

"직장 생활을 할 때보다 지금 더 바쁘네요."

여러 친구가 그렇게 말했고 정말 그렇다.

난 과거를 잃는다는 사실을 잊으려고 지금 분주히 지낸다. 기억을 만들어내고 블로그에 안전하게 기록해둔다. 그러면 현재에 몰입해 새로운 개인사를 엮을 수 있다. 미래가 어떨지 모르기 때문이다. 하지만 친지는 과거를 간직한 이들이고, 치매가 훔쳐갈 수 있는 것을 지켜주는 수호신이다. 그들이 어떤 사건을 나와 다르게 기억하더라도 현장에 있었으니 내게 알려줄 수 있다. 또는 내 말을 들어줄 수 있다. 그러므로 내 인생을 지켜본 이들과 가까운 게 더 중요할 듯하다. 결국 치매가 생기기 전에 내가 어땠는지 가장 잘 알려줄 수 있는 사람들이니까.

물론 나와 친구가 되면 좋은 점이 더 있다. 나한테 무슨 말이든 해도 된다. 가장 비밀스런 인생사를 털어놓는 친구들에게 나는 늘 말한다.

"나한테 말한 비밀은 안전해. 방에서 나갈 때면 난 까맣게 잊을 테니까."

아직 '배울' 수 있다

너는 소란스럽고 북적대는 도시를 좋아했지. 사이렌 소리가 계속 요크 성벽과 정지한 차량 사이를 누비고, 세상은 소음으로 생생하게 살아 있었지. 모든 소리는 네 주변 환경에 활력을 주는 실마리였어. 너는 그 일부가 되어 살아 있다고 느꼈지. 넌 샴블 지구의 돌길을 걷는 관광객들의 발소리를 듣고, 그들의 대화와 수다에 귀를 기울였어. 한낮의 혼돈 속에서 엿보는 그들의 생활상에 싱긋 웃거나 깔깔대곤 했지. 거리가 북적댄다는 사실이, 네가 인파 속에서 골목을 지난다는 사실이 좋았어. 길을 건널 때 누비고 지나가는 자전거들이 좋았고, 넋 놓고 길을 건너는 관광객을 경적 소리로 놀라게 하는 차량들이 좋았어. 사람들은 요크 민스터(대성당)의 첨탑과 뾰족한 꼭대기를 올려다보다가 경적 소리에 화들짝 놀라곤 했지. 도시 생

활밖에 몰랐지. 도시 아닌 곳에 사는 것은 상상할 수가 없었어. 모든 게 지금의 내게는 얼마나 남의 일 같은지.

현관문을 나서니 거기에 그것이 있다. 사방에서 나에게 다가든다. 귓전을 때리는 게 아니라 쾅 부딪히며 귀로 들어가 뇌 속으로 굴러 들어간다. 내가 침을 삼키자 그것은 밑으로 내려가 배 속에서 덜컹대며 돌아다닌다. 사방이 시끄럽고 전보다 훨씬 요란하다. 지금까지 의식하지 못했지만, 최근 집을 나서는 순간 위축되는 것을 깨달았다. 내가 모르게 세상이 밤새 볼륨을 크게 올린 것 같다. 리모컨을 들고 다시 볼륨을 줄일 수 있으면 좋을 텐데.

대문 밖으로 나와 보행자 횡단 신호를 누른다. 신호등의 빨간색이 꺼지고 초록색이 깜박대기 시작하자 길을 건넌다. 그러면서 잔뜩 찡그린다. 삐삐 소리가 점점 크게 들리고, 찢는 듯한 소리가 배 속 깊이 파고든다. 양손을 올려 귀를 막는다. 구청에서 신호음 스피커를 조정했을까? 정말로 내가 잘 때 신호음이 크게 들리게 해놓았을까? 계속 걸음을 옮기지만, 곧 다른 게 나타난다. 멀리서 파란 불빛이 보인다. 걸음을 멈추고 보도로 올라서는 찰나, 구급차가 쌩 지나간다. 구급차가 앞을 지날 때 난 몇 걸음 물러서고, 소음 때문에 숨이 막힌다. 구급차가 다급히 도로 위쪽으로 사라진 지 한참 지났는데도 여전히 소음이 몸을 찔러댄다. 왜 갑자기 소음이 이렇게 괴로울까?

집에 도착하자 집이 주는 평온이 고맙다. 컴퓨터 앞에 앉아, 검색창에 '민감해진 청력과 치매'를 입력한다. 놀랍게도 수많은 결과가 올라온다. 한 페이지씩 넘기며, 치매 진단 이후 세상이 더 시끄러워진 경험을 읽는다 – 하나같이 치매 환자의 글이다. 의료진의 설명은 없다. 읽을수록 점점 가슴이 내려앉는다. 의자에 등을 기댄다. 이 증상의 의미를 안다. 사랑하는 이 도시를 떠나야 된다는 것. 영원히 살 거라고 장담했던 집을 두리번댄다. 곧 벽에서 그림을 다 떼고 책을 상자에 담아야 될 것이다. 한때 나의 평화로운 오아시스, 분주한 도심 한가운데서 느끼는 한가함은 이제 필요 없다. 여기가 너무 시끄러울 따름이다.

이후 며칠간 요크를 질주하는 사이렌 소리가 점점 커지는 것 같다. 내가 사이렌 소리를 더 많이 의식해서겠지. 동네의 좁은 도로는 4톤짜리 구급차를 염두에 두지 않고 조성되었다. 그래서 구급차가 돌길과 수백 년 된 성곽 길을 천천히 지날 때, 난 고막이 찢기는 것 같아서 걸음을 멈추고 귀를 막는다. 관광객의 말소리가 밀려들고, 이제 대화 소리는 머리에서 벌들이 윙윙대는 소리가 되어 생각을 끊는다. 아이의 울음소리가 너무 쩌렁쩌렁하고 귀 따가워 길 가운데서 멈춰 선다. 내가 요크를 사랑한 이유였던 모든 게, 도시의 풍성한 이야기와 분위기를 끌어내는 배경음악이었던 것이 이제 요크를 떠나야 되는 이유가 되었다.

그런데 어디로 가나? 읽어본 치매 관련 글마다 발병 후 이사하면 불안정해질 수 있다고 말한다. 그래서 이사 생각은 마음 구석으로 밀어둔다. 대신 귀마개를 구입한다. 폼으로 만들어서 귀에 맞게 모양이 잡힌다. 바깥에 나가도 세상이 조용하다. 눈 내리는 겨울이 연상된다. 거리에 목화솜이 깔린 것 같고, 복슬복슬한 흰 담요 밑에서 나직한 소리가 들리는 듯하다. 그런데 귀마개가 다른 문제를 유발한다. 달리는 자전거 앞을 막을 때처럼 중요한 상황에서 소리를 못 듣는다. 그러다 자전거와 부딪힐 뻔한다. 나는 설명하려고 미안해하면서 귀마개를 뺀다. 소용없다. 소음을 막아주면서 어떤 소리는 들을 수 있는 장치가 필요하다. 며칠 후 진분홍색 귀마개를 찾아내고, 이게 도움이 되지만 충분하지 않다. 몇 주일이 지나면서 요크가 천천히 극에 달하고, 더 이상 모르는 체할 수 없다. 소리를 막을 수가 없다. 문제는 요크가 아니다. 변한 것은 나다.

인터넷에서 집을 찾기 시작한다. 요크의 더 조용한 지역에 나온 매물을 뒤지지만 전부 예산 밖이다. 직장이 없으니, 집 매매 대금에서 돈을 남겨야 새집을 꾸미고, 장차 치매로 인한 난처한 상황에 대비할 수 있다. 매일 부동산 검색을 단념하고 노트북 컴퓨터를 닫을 때면, 묵직한 검은 감정이 배 속 깊이 박힌 것 같다. 이런 변화에 대비되지 않았다. 내가 자청한 일이 아니었다. 신중하게 그린 미래의 이미지를 빼앗아간 치매가 원망스럽다. 이 병이 거기에 들어와 나도 모르는 새 그것을 뽑아낸 것 같다. 그런데 할 수 있는 일은 순응밖에 없다.

이번 주에 난 젬마와 애인 스튜어트가 사는 집으로 간다. 요크에서 50킬로미터 떨어진 한적한 작은 마을이다. 빈방에 짐을 풀고, 아래층의 텔레비전 소리에서 벗어나 잠시 평화를 누린다. 여기서 머무는 방은 개조한 다락방으로, 종종 빌리가 내 무릎을 파고든다. 새와 자연이 내다보이고, 창밖에서 나무가 산들바람에 살랑댄다. 소음이라곤 바스락대는 나뭇잎 소리, 찌르레기나 지빠귀가 얼핏 찍찍대는 소리뿐이다. 아주 힘든 점이 없다. 몽상에 젖어 즐겁게 주말판 신문을 사러 마을 상점에 내려간다. 가게에서 만나는 사람들은 무척 다정하다. 주민끼리 서로 잘 아는 인상을 준다. 이런 지역은 소소한 부분을 공유하는 방식으로 공동체를 지탱하겠지. 주민들은 현관문을 걸어 잠그지 않고, 망사 커튼만 치고 생활한다. 이런 면이 안전하게 느끼게 한다.

그때 아이디어가 떠오른다. 빌리를 무릎에서 내려놓고, 노트북 컴퓨터를 찾아 이 마을의 매물을 검색하기 시작한다. 젬마가 이사를 가도 나 혼자 여기서 행복할 수 있을지 고심하는데, 예산을 초과하는 매물 목록이 떠오른다. 낙심해서 한숨을 내쉬고 다시 컴퓨터를 닫는다. 소속감이 없는 느낌이 마음에 어색하게 자리 잡는다. 모든 게 이전에 계획되었으려나? 어디로 가는지 – 어디 있는지조차 내가 몰랐던 걸까? 나는 백지상태로 남아 있다.

이후 몇 주간 마을에 더 자주 내려가고 그때마다 같은 의문이 떠오른다. 내가 여기서 행복할 수 있을까? 동네의 고즈넉한 분위기가 더욱더 깊이 다가온다. 오리연못 옆, 나무 데크 산책로에 서서 모이를 던진다. 마을 상점에서 작은 봉지에 든 모이를 판다. 여기서는 오리까지 보살핌을 받고, 빌리처럼 오리도 내게 상당량의 먹이를 얻어먹을 것이다. 더 여러 장점이 보이기 시작한다. 상점, 우체국, 근처 시내와 요크를 오가는 직행버스. 도시를 포기하지 않아도 된다. 버스를 타면 종착지에 도심이 있으니.

며칠 후 요크로 돌아오고, 새러가 집에 와서 찬장 정리를 도와준다. 새집을 구하기 전에 이사를 준비하기로 한다. 이번에는 닥쳐서 부랴부랴 짐을 싸지 않을 셈이다. 몇 달 전에 정리를 끝내야지. 우린 주방부터 시작해, 유효기간이 지난 통조림이나 양념을 버린다. 나는 통조림에 적힌 유효기간을 재차 확인하고서야 버린다 – 예전 같으면 통조림을 버리는 일은 없었을 텐데. 정리하면서, 우린 오랜 세월 여러 번 이사한 사연을 이야기한다. 나는 조리 도구가 든 찬장부터 정리한다.

"'하이드 클로스'('close'는 막다른 길 – 옮긴이)의 정원 기억나니?"

내가 찬장에서 치즈 강판을 꺼내면서 묻는다.

"거기 덤불 밑에 잔디밭이 있는 줄 아무도 몰랐을 걸요."

새러가 대답한다. 딸은 내가 잡초를 걷어내는 데 꼬박 1주일이 걸렸던 걸 기억한다.

나는 찬장에서 다른 치즈 강판을 끄집어낸다.

"창문 꼴은 또 어떻고! 너랑 젬마가 작은 칫솔을 들고 닦아야 했던 게 기억하니?"

다른 치즈 강판을 찾아, 강판 더미에 던지고 의아하게 쳐다본다.

우린 찬장 안쪽을 정리하면서 계속 수다를 떤다. 국자, 나무 주걱, 사과 씨를 빼는 도구도 있다. 치즈 강판이 또 나온다.

내가 치즈 강판 더미 쪽으로 몸을 돌리면서 말한다.

"이상하네, 이미 세 개나 나왔는데."

새러와 나는 웃기 시작하지만, 찬장 맨 안까지 정리하니 치즈 강판 열 개가 조리대에 쌓여 있다. 우린 그걸 쳐다보면서, 언제쯤 내가 치즈 강판이 없다고 믿고 사들였는지 의아해한다.

내가 말한다.

"가장 이상한 건 내가 치즈를 별로 좋아하지 않는다는 거야. 강판에 간 치즈는 말할 것도 없지."

우리는 킬킬대면서, 자선단체에 보낼 봉투에 강판 더미를 담는다 – 강판 아홉 개가 들어가니 봉투가 불룩하다. 이사한다는 게 별로 언짢지 않다. 새러가 옆에서 같이 웃어주니까. 난 해낼 수 있다. 적당한 집을 찾는 대로 이사할 것이다.

사람들은 이사를 겁내지만, 너는 항상 정리하고 쓰던 물건을 새 자리에 놓을 기회로 봤지. 새 출발할 기회로. 몇 주에 걸쳐 슈퍼마켓에서 상자를 가져오고, 아이들이 잠자리에 들고 한참 후에야 한숨 돌리고 앉아 처리할 일 목록을 작성했어. 이삿짐을 쌀 때는 전문가 솜씨를 발휘했지. 갈색 소포용 테이프로 상자를 봉했어. 한 번에 하나씩 체계적으로 짐을 쌌고, 상자의 양쪽 옆면에 검은 사인펜으로 물건이 있던 자리의 힌트를 적었지. '책상 오른쪽' 정도면 충분했어. 기억력이 좋아서 상자에 뭐를 넣었는지 꿰고 있었거든. 계속 상자를 꾸려서 방구석에 차곡차곡 쌓았지. 망치와 스크루드라이버, 주전자와 티백 같이 우선 쓸 물품은 한 상자에 담고 '주요 물품'이라고 표시했어. 마지막에 싸고, 새집에서 맨 먼저 풀 짐이었지.

계약 절차가 완전히 마무리될 때까지 딸들에게 함구했지. 혹시 일이 어긋날 경우에 대비한 거지. 처음 이사할 때는 속상할 수도 있었을 거야. 온 가족이 살던 집을 떠나 '하이드 클로스'의 작은 집으로 옮겼으니까. 모퉁이를 돌아 조용하고 막다른 길에 있는 집이었어. 하지만 근처에 다양한 사탕을 파는 멋진 가게가 있다는 말로 딸들이 이사를 기대하게 만들었지. 이사 갈 집에는 더블 침대가 들어가는 방 두 칸과 작은 창고 방이 있었어. 그게 곤란할 수도 있었겠지만, 넌 젬마가 오밀조밀한 분위기를 좋아하는 걸 알았지. 창고 방을 완벽한 공간으로 바꿀 계획을 세워두었기에, 새러가 큰 방을 쓰겠다고 주장해도 젬마의 마음을 끌 수 있었어. 넌 작은 방을 둘러보면서 문이 안쪽으로 열리는 걸 알았고, 이사하자마자 '주요 물품' 상자에서 스크루드라이버를 꺼내 문을 손봐야 된다고 기억해두었지.

이삿날 딸들은 '주요 물품' 상자를 사이에 두고 운전석 뒷자리에 앉아, 새집에서 경험할 모험에 대해 재잘댔어. 아마 너는 주머니에 든 할 일 목록을 골똘히 생각하느라 그 대화를 듣지 못했을 거야. 차례로 처리할 자질구레한 일을 세세히 정리해두었지. 찬장 닦기, 페인트 자국 지우기, 카펫 바닥 진공청소. 하나하나 처리하면서 목록에서 지워나갔지.

이삿짐 인부들이 도착한 무렵, 딸들은 계단을 오르내리며 빈방을 돌아다녔고 너는 집을 찬찬히 둘러보았어. 먼지가 잔뜩 낀 창으로 잡초가 무성한 정원을 보자 원예용 가위를 들고 나서고 싶어 조바심이 났지. 하지만 그 일은 미루어야 했어. 이삿짐 상자가 들어오자 딸들은 기대하면서 자기 보물을 찾으려 했지. 넌 살던 집에서 모든 짐을 체계적으로 싸서, 이삿짐 인부들이 수월하게 작업할 수 있게 했지.

이사 때마다 푼 짐을 둘러보고, '주요 물품' 상자부터 열기 시작했지. 주전자에 물을 끓이고, 상자 밑바닥에서 티백을 꺼내 머그잔에 넣고, 늘 쓰는 플라스틱 컵에 주스를 따라 이사를 자축했지. 그 후 짐을 정리하는 데 그리 오래 걸리지 않았어. 딸들이 돕고 싶어 안달하자 넌 '주요 물품' 상자에서 칫솔과 세제를 꺼냈지. 처음에 아이들은 어리둥절해서 너를 올려다보았고, 너는 침실 창과 구석에 낀 검은 때를 보여주었지. 작은 일은 작은 손으로! 칫솔로 때가 말끔히 닦이는 걸 보자 딸들은 감탄했고, 얼마 후 완전히 집중하여 재잘대지도 않았어. 자기 방 창문을 가장 깨끗하게 닦으려고 최선을 다했지. 아이들이 그 일을 하는 동안 넌 찬장 닦기, 진공청소기 돌리기, 페인트 자국 지우기, 침대 정돈을 했지. 할 일 항목이 줄고, 목록이 점점 까맣게 지워지자 만족스러웠어.

저녁 무렵, 가장 큰 상자를 풀고 텔레비전을 설치했어. 별식으로 포장 음식을 주문해서 먹으니 벌써 진짜 집처럼 느껴졌지. 이틀만 지나면 몇 년간 산 기분이 들겠다 싶었지. 앉아서 쉬려는데 한 가지 일이 더 기억났어. 젬마 방의 문짝을 떼서 다시 달아야 했지. 스크루드라이버를 다시 꺼내 들고 위층으로 올라갔어.

저번 날 같은 일이 다시 벌어졌다. 머릿속 병이 나를 속였다. 젬마네서 빛이 어슴푸레할 때 고개를 드니 어머니가 거기 복도에서 부산하게 다녔다. 내가 기억하는 모습 그대로였다. 늘 입던 알록달록한 긴 원피스 차림으로, 엉덩이 보조기구를 착용했는데도 절룩댔다. 나는 꼼짝 않고 앉아서, 겁먹으면 안 된다고 되뇌었다. 눈을 똑바로 뜨고 이성적으로 생각하려 애쓰면서, 날짜를 따지고 숫자를 앞세워 이게 실제 상황인지 검증하려 했다. '지금이 몇 년도지? 어머니가 아직 살아 계신가? 젬마가 몇 살이지? 저기서 알아낼 단서가 있을까?' 어머니가 나를 돌아보면서 미소 짓자 그 순간 두려움이 가셨다. 차분해지고 자신감까지 생겼다. 이게 현실이 아니라 선물을 받는 것과 비슷하다는 걸 알 것 같았다. 예전 그대로의 어머니를 볼 기회를 얻었으니. 치매는 모든 것을 빼앗아 가지만, 사랑했던 과거의 단편을 힐끗 보여주기도 한다.

한번은 아버지를 보았다. 똑같이 어슴푸레한 빛 속이었고, 이번에는 새로 이사한 집에서였다. 아버지는 집에서 쉴 때를 빼면 늘 정장이나 재킷 차림이었다. 그런데 이번에는 카디건을 걸친 모습이었다. 하지만 변하지 않은 것도 있었다. 어머니가 세상을 뜬 뒤 항상 짓던 수심 어린 표정. 어머니처럼 아버지도 미소를 지었고 나도 미소로 답했다. 하지만 이성이 치고 나와 앞에 있는 사람은 — 내게는 너무도 생생한 — 머리의 속임수일 뿐이라고 설득하려 했다.

그 순간 난 부모님이 아직 살아 있다고 생각했을까? 그게 뭐 대수일까? 아니겠지. 난 부모님이 돌아가셨다는 말을 반복해서 들을 필요가 없었다. 내가 공상에 빠진들 남에게 뭐가 문제라고? 기억에 문제가 없는 이들이 자주 잊는 게 있다. 치매 환자는 과거 일을 생각하므로 현재로 끌고 오려 들지 말고, 그 경험에 '장단을 맞춰주는' 게 도움이 된다. 비윤리적인 일도 아니지 않는가. 경험을 존중해주는 것일 뿐. 치매 환자에게 그 경험은, 여러분이 지금 들고 있는 이 책만큼이나 현실적이니까.

옆에서 실제 상황이 아니라고 말해준 사람이 없어서 다행이었다 – 아버지가 낯익은 미소를 지으며 휙 지나간 게 무슨 대수라고. 그 기억이 내게 따스함을 남겼는데? 사랑하는 이와 사별하면, 5분만 다시 볼 수 있다면 가진 전부를 내놓겠다고 말하지 않던가. 확실한 것은, 일상에 내려앉는 안개가 의사의 말처럼 지나간다는 것이다. 언제나 이성이 이길 필요는 없다. 이따금 치매가 이기게 놔둬도 해될 게 없다.

펍(영국식 술집–옮긴이)은 문을 열지 않았고, 안에 너 혼자 있었지. 서너 살 무렵일 거야. 테이블 사이를 다니는데, 모든 게 아주 커 보이고 불쑥 나타났지. 테이블과 의자에 기어오르거나 밑을 지나갔어. 바 위에 각양각색의 번쩍이는 술병이 줄지어 있었지. 창문이 너무 높아서 까치발을 해도 내다볼 수가 없었어. 엄마 아빠는 위층에서 장부 정리를 하거나, 술통을 지하실로 옮기면서 가게 문을 열 준비를 했어. 너는 작은 손으로 테이블의 양옆을 잡고, 발가락에 힘을 주고 위를 올려다봤어. 아직 청소부가 출근할 시간이 안 되어서 재떨이에 담배꽁초가 수북했어.

너는 빗자루를 들고 마룻바닥을 쓸고 다니기 시작했어. 맥주가 쏟아져 나뭇결에 밴 끈적한 바닥에 담뱃재와 맥주잔 받침이 나뒹굴었지. 너는 빗자루로 쓸고 또 쓸었어. 뻣뻣한 빗자루가 먼지를 일으키는데, 그러다 소리가 났지. 쇠붙이 소리. 동전이 바닥 위로 굴렀어. 넌 동전을 따라갔고, 마침내 동전이 멈추었지. 허리를 굽혀, 지저분한 무릎을 손으로 짚고 동전을 주웠어. 반 페니였지. 동전을 주머니에 넣고, 사탕을 사먹겠다고 생각했어. 빗자루를 들고 큰'언니'답게 일했지. 엄마 아빠가 장사 준비로 바쁠 때 펍은 네 놀이터였어.

매일 인터넷을 확인한다. 오늘이 '그날'일 수 있으니까. 그렇게 여러 날이 지나갔다. 어느 날 원하던 집이 날 기다리고 있다. 젬마네 동네에 매물로 나온 땅콩주택. 침실이 세 개인 너무 크지도 작지도 않은 집. 딱 맞는 가격. 무엇보다 좋은 것은 널찍한 거실 창으로 보이는 시원한 작은 풀밭. 나무가 무성하니, 새와 야생동물이 현관문에 다가오겠지. 내가 찾는 걸 다 갖춘 집이다. 젬마에게 세부 내용을 보내니, 딸이 그쪽과 연락해 집 구경을 요청한다. 며칠 후 내가 이 동네에 와서, 영원한 보금자리가 될 집에 서 있다.

빈집이다. 휑한 벽을 힐끗 보면서 어떤 그림을 걸면 어울릴지, 어떤 의자를 어디다 둘지 상상해본다. 새 생활을 그리기가 전처럼 쉽지 않다. 머리를 더 열심히 써야 되고, 이 방저 방 다니는데 전처럼 이미지가 떠오르지 않는다. 이제는영 다르다. 쭉 펼쳐놓지 않으니 어느 방에 어떤 가구를 들일지 계획할 수가 없다. 그래도 여전히 경치는 좋다.

"딱 좋다."

젬마에게 말하면서, 집 뒤편의 길쭉한 잔디밭을 내다본다. 나를 바라보는 딸의 표정이 가늠되지 않는다.

젬마가 묻는다.

"현관에 가려면 계단을 올라가야 되는데요? 괜찮겠어요?"

예전의 나는, 불편한 점이 나타나면 집을 살지 말지 곰곰이 따졌다는 걸 딸은 안다. 감정보다는 이성에 끌렸던 것이다. 하지만 딸의 말을 못 들은 체하고 다시 넓은 거실로 간다. 커튼이 창틀을 가리지 않아 훨씬 커 보이고, 이번에도 풀밭에 반한다.

내가 말한다.

"바로 이 집이야."

몇 주 후 살던 집을 매물로 내놓자 매매가 제의가 들어오고(영국에서는 매수인이 제시한 가격을 매도인이 수락하면 매매가 이루어진다. 매매계약은 양측 변호사들이 주도한다 – 옮긴이) 양측 변호사들이 이사 날짜를 의논한다. 예전의 나라면 진척이 빠르다고 들떴겠지만, 이제는 현기증이 난다. 메일함에 수신되는 메일마다 똑같은 놀람과 흥분이 들어 있는 것 같다. 이삿날이 다가오자 짐을 싸기 시작한다. 본능이 되살아나 기계가 작동되듯 늘 하던 대로 짐을 꾸린다. '주전자 밑 찬장'이라고 적은 종이를 처음 싼 상자의 앞면에 붙인다. 주방에서 나온 짐이다. 두 번째 종이에는 '레인지 옆 찬장'이라고 적는다.

이튿날 아침, 가운과 슬리퍼 차림으로 아래층에 내려가 주방에 들어간다. 따뜻한 차를 마시면서, 이삿짐 상자에 붙은 문구를 읽는다. '레인지 옆 찬장'? 어리둥절하다. 찬장 문을 여니 당연히 비었지만, 전에 뭐가 있었는지 모르겠다. 뭔지 몰라도 거기에 있던 물건은 그 상자에 담겨 테이프로 봉해져서, 새집으로 옮겨지기를 기다린다. 하지만 이날 나는 다른 방법을 시도한다. 있던 자리가 적혀 있지만, 상자를 열어 물건 전부를 목록에 적기로 한다. 그런데 계속 잊는다. 백지에 검정 매직펜을 대고, 눈을 감고 찡그리면서 방금 상자에서 본 물건을 기억하려고 머리를 굴린다. 다시 상자를 연다. 맞아, 조리 도구지. 다시 상자를 닫고 테이프를 더 잘라서 봉한다. 방금 말하면서 외운 물품이 무엇이었는지 궁리한다. 다시 상자를 열고, 이 과정이 점점 오래 걸린다. 다음으로 물건을 상자에 담으려다가 동작을 멈춘다. 우선 적는다. '양재기, 작은 물병, 종지'. 물건을 상자에 다 넣고 테이프를 붙이면서 슬며시 웃는다. 이번에도 문제 해결책을 찾아냈다. 이 질병을 머리에서 꺼내 상자에 담고 테이프로 봉해서 이 집과 새집 중간에 내버리고 싶다.

하루하루 지나면서 봉한 상자가 늘고, 밤새 더욱 알쏭달쏭
해진다. 아침에 내려가 집 안을 돌면, 상자 더미의 내용물이
뭔지 몰라 한참 정신이 없다.

두 차례 더 젬마와 새집에 찾아간다. 커튼 사이즈를 재거
나 가구 위치를 확인하러 가는 게 아니고, 거실 창 앞에 다시
서 있으려고 간다. 멋진 대형 창문으로 풀밭을 내다보면서
새 생활을 그려보고 싶어서.

거기에 서서, 예전 이사와 같을 거라고 속으로 중얼댄다.
하지만 이미 상황이 다르다.

두 사람은 전형적인 부부다. 아내가 나서서 다 한다. 남편
에게 코트를 받아 개켜두고, 옆에 앉아 그를 살피더니 – 한
번, 두 번 – 차를 가지러 간다. 어딜 가나 흔한 광경이다. 도우
려는 부인의 마음은 알지만, 왜 남편이 – 또는 아내가 – 나보
다 중증으로 보일까? 내게는 동반할 사람이 없다. 데려다주
고, 내 말을 가로채 마저 얘기해줄 사람이 없다. 나의 심신이
너끈히 할 수 있는 작은 일을 못한다고 넘겨짚는 사람도 없
다. 그런데 이런 부부는 특이점이 더 있다. 부인이 차를 가지
러 간 사이, 남편과 앉아 있는 나는 그에게서 죄책감을 읽는
다. 과거 기억보다 잔주름이 그를 더 잘 드러낸다. 부인이 돌

아와 다시 같이 않는다.

그녀가 말한다.

"우린 미국에 사는 아들을 보러 갈 계획을 세웠어요. 그런
데 당연히 이젠 못 가죠."

나는 이 부인을 모르지만, 날선 말투가 귀에 들어온다. 그
녀가 덧붙인다.

"귀여운 어린 손주들도 못 보고요."

남편이 옆에 앉아 있다. 이제 그는 무릎을 물끄러미 본다.
죄책감이 커져서 주름살이 더 깊어진다.

"당신 혼자 가면 될 텐데?"

그가 부드럽게 말한다.

"그러면 당신은 누가 봐주고요?"

아내가 쏘아붙인다.

맞는 말이어서 남편이 한숨을 내쉰다. 그는 자신과 치매가
아내를 불행하게 만드는 원인임을 안다.

내가 분위기를 가볍게 하려고 헛기침을 한다.

"손주들과 영상통화를 하시나요?"

내가 묻는다.

남편의 얼굴이 밝아진다.

"네, 화면에서 애들을 자주 봅니다. 요즘은 기술이 똑똑해
져서……."

"그렇지만 직접 만나는 거랑은 다르지요."

부인의 한마디에 남편의 눈이 흐리멍덩해진다.

"그렇긴 해도 애들을 아예 못 보는 것보다는 낫지 뭘 그래. 생각해보라고, 20년 전이라면 우리가 전화로 애들 얼굴을 못 봤을 거야."

"20년 전이라면 우린 거기로 여행을 갔겠죠."

부인이 어깨를 으쓱하자 정곡을 찔린 남편은 더 의자로 파고든다.

그가 날 힐끗 쳐다보고 우린 눈을 맞춘다. 말하지 않아도, 하고 싶은 말을 알아듣는다. 우리가 치매에 걸리겠다고 선택한 게 아니다. 병이 들이닥쳤고, 우린 이유조차 모른다. 그 의문이 치매 환자를 매일 괴롭힌다. 치매는 기억과 존엄을 앗아간다. 병이 뇌로 밀고 들어오면 존엄성은 더욱 중요해진다. 그런데 치매는 다른 영향도 준다. 동행하는 배우자와 자녀에게 죄책감이 들게 한다.

치매가 괘씸한 것은, 내게서 빼앗아가는 것 때문이 아니라 딸들을 괴롭히려는 수작 때문이다. 그들에게 초래할 혼란 때문이다. 치매는 멋대로 굴어서 삶을 넝마로 만들고, 온전한 사람이 있던 자리에 망가진 해골을 남겨놓는다. 나는 항상 그 남편처럼 여전히 할 수 있는 일에 집중한다. 영상통화 같은 사소한 수단이 고맙다. 덕분에 여전히 딸들의 얼굴을 보고, 헷갈리는 전화 거는 일을 면할 수 있다. 하지만 그렇지 않은 날도 있다. 그런 때는 치매가 스멀스멀 생각을 파고들어,

피하려고 버둥대는 현실을 획획 보여준다. 긍정적으로 볼 수 없고, 그날 스치는 생각마다 상실감이 달려든다. 나 자신, 정신, 장래, 현재를 믿지 못하게 만든다. 그 순간 문득 감당하기 버거운 사실이 떠오른다. 미래는 애매한 개념일 뿐, 확실한 것은 내가 퇴행한다는 사실밖에 없다 – 딸들은 그 과정을 고통스럽게 지켜볼 테고.

그런데 머리를 짓누르는 것은 딸들이 지켜볼 광경만이 아니다. 그들이 그리는 자신의 멋진 미래를 지워야 된다는 점이다. 블랙풀 해변에서 손주와 놀아주는 '할미' 그림을 지워야겠지. 언제라도 기꺼이 아이를 봐주는 친정엄마, 그들의 우여곡절을 지켜봐주는 강하고 유능한 엄마의 그림도 지워야 될 테고. 심신 모두 딸들 곁에 오래 머물고 싶었다. 그런데 그 반대가 되고 말았다. 기차가 지연되면 집에 가는 방법을 몰라 젬마에게 전화한다. 새러는 내 옆에 앉아 웹사이트 검색법을 가르쳐주어야 한다. 다들 부모가 늙으면 어둔해지는 줄 알아도 평생 사랑한 자녀의 얼굴이나 이름을 잊을 줄은 꿈에도 모른다. 그게 치매의 잔혹성이고, 바로 거기에 죄책감이 깊이 묻힌다.

떠오르는 장면이 가슴 아파서 끝까지 그릴 수가 없다. 이때 느끼는 죄책감이 현실을 보게 한다. 장차 바라는 바를 더 분명하게 표현하고 단호하게 임하면 충분하다. 딸들의 간병을 원치 않고, 전문가에게 의탁하고 싶다고 확실히 밝힌다.

딸들이 어릴 때, 차례로 욕조에 앉히고 따뜻한 스펀지로 사랑스럽게 비누칠을 해주었다. 내가 다른 사람이 되었을 때, 딸들에게 그래주기를 바라는 것은 견딜 수 없다. 죄책감을 덜려면, 내 의사를 법률 문서로 작성하는 게 최선이다. 딸들과 앉아서 어색한 대화를 해야겠지.

치매 모임에서 다른 부부를 만난 일이 기억난다. 부인이 홍차를 가지러 가고 둘이 남게 되자 치매에 걸린 남편은 집에서 물건 위치를 기억하느라 진땀을 뺀다고 말했다.

"아주 간단한 물건도 잊어버립니다……. 나이프와 포크가 어디 있는지, 내가 물건을 어디 두었는지. 정말 진땀이 납니다. 바보가 된 기분이에요."

그가 말했다.

"아내에게 이런 말을 해보셨어요?"

내가 물었다.

그가 고개를 저었다.

"아, 아니요. 공연히 걱정시키고 싶지 않아요. 내가 더해주지 않아도 걱정거리가 많은 사람인 걸요."

그때 다시 그의 얼굴에 죄책감이 아로새겨졌다.

내가 말했다.

"하지만 선생님이 말하지 않으면 부인이 어떻게 돕는 법을 알겠어요? 또 부부가 대화하지 않으면, 어떻게 부인이 이해하도록 돕겠어요? 남편이 말하지 않으면, 부인은 실제로 무슨 일이 있는지 모르고 사정을 어림짐작할 거예요."

그러자 그의 얼굴이 조금 펴졌다.

"아이쿠, 그렇게 생각해본 적이 없네요."

그가 말했다. 부인이 차 석 잔을 들고 돌아오자 남편이 덧붙여 말했다.

"그렇게 해봐야 되겠습니다."

아직 정확히 표현할 수 있는데도 감정과 고민을 털어놓지 않는다면, 나중에 의사소통을 못하게 되면 어찌 될까?

젬마, 새러에게 내 의사를 밝힐 자리를 마련하면서, 분위기를 가볍게 하려고 직접 다과를 준비했다. 딸들이 내 의사를 전혀 다르게 짐작해서 놀랐다. 하지만 난 말할 수 있었다. 우리가 '대화'하지 않았다면 어떤 슬픔과 절망감을 느꼈을까. '대화'하지 않았다면 어떤 낙심과 이견이 생겼을까. '대화'하지 않았다면 어떤 불화가 생겼을까. '대화'하지 않았다면, 내가 슬프게 하고도 바로잡지 못하고 죽으면서 어떤 마음이었을까.

죄책감을 안고 사는 건 힘들지만, 죄책감은 기회가 있을 때 상황을 바로잡게 도와주기도 한다.

해결책은 항상 있어요

너는 인생을 쉽게 살고 싶었던 적이 없지? 직장 문제가 생겨도 떨치고 일어나는 게 유일한 해결법이었어. 늘 새로운 도전을 좋아했어. 아마 그 때문에 직장을 찾아 요크까지 올라오려고 했겠지. 페리브리지에서 중학교에 다닐 때 요크로 수학여행을 왔던 기억을 떠올렸지. 평생 간직한 행복한 추억이었어. 갑자기 거기에 가 있었지. 어린 너는 요크 성벽을 따라 걷고 강변을 산책했어. 구불구불하게 늘어서서 키득대는 반 친구들, 눈부신 햇살과 아이스크림. 그 기억으로도 요크의 직장에 지원할 마음이 생기기에 충분했지. 1년 후 밀턴케인스에 살던 새러가 요크로 옮겨와 같이 살았고, 너는 강변에 있는 아파트에 세들었지. 도보로 5분이면 병원에 출근할 수 있었어. 일하면서 사는 것 같지가 않았어. 이 도시가 너무 좋아서 계속 휴가를 즐

기는 것 같았거든. 병원에서 새 전자 출근 시스템을 시행 중이었고 너는 그것을 감독했지. 계약 기간이 만료되자 너는 북부 지방을 떠나고 싶지 않아서 인근의 리즈에서 새 직장을 구했지. 거기로 이사했지만, 마음은 오매불망 요크에 있어서 결국 다시 이사 올 수밖에 없었지. 덕분에 매일 대형 고속버스를 타고 출퇴근해야 했지만. 넌 집을 구해 '영원한 보금자리'라고 불렀고, 이 집에 홀딱 반해서 절대 떠나지 않겠다고 맹세했어. 그런데 치매가 널 찾아온 곳이 바로 이 집이었지…….

인정해야 될 때를 알면 거기서 기운이 생길까? 이삿짐과 양쪽 집 사이에서 꼼짝 못하고 이삿짐 인부들을 기다리는데 확신이 없다. 예전에는 새로운 모험을 앞두고 설렜지만 지금은 아니다. 예전 같으면 페인트 선택이나 조경 계획을 세우겠지만, 이번에는 뇌가 다양한 계획을 담지 못하는 것을 깨닫는다. 확고한 계획도 다른 계획이 들어오면 어물쩍 흩어지고, 몽땅 뒤섞여 희미해진다. 방에, 상자 더미에 몰두한다. 손목시계를 보니 인부들이 도착할 시간이다. 오늘은 젬마가 도우러 올 거고, 새러는 막 새 직장에 출근한 터라 첫 휴무일에 다녀갈 것이다. 도우려는 딸들의 마음이 가상하지만, 눈을 감으면 떠오르는 예전의 이사 장면은 이번과 다르다. 늘 상황을 주도하고 관리능력을 발휘하던 내가, 이제 남에게 다음 절차를 묻는 사람이 되었다.

이삿짐이 모두 트럭에 실리자 마지막으로 현관문을 잠근다. 열쇠가 딸깍하며 돌아가자 마음이 허전한 것은 어쩔 수 없다. 새집에서는 사정이 다를까? 치매처럼, 새집 생활이 확실히 그려지지 않는다. 젬마의 차를 타고 요크를 벗어날 때, 내 무릎에 놓인 '주요 물품' 상자 안에서 불확실한 미래가 덜컹댄다. 도착하니 인부들이 진입로에서 기다리고, 이전 집주인들도 열쇠를 주려고 와 있다. 그들이 잔디를 깎아놓은 덕분에 난 수고를 던다. 다들 떠나자 젬마와 나는 우선 '주요 물품' 상자를 열고 낯익은 빨간 주전자, 머그컵, 티백을 꺼낸다. 집 분위기가 난다. 다시 큰 거실 창 앞에 서니, 창틀에 카드가 놓여 있다. 내 입주를 환영하는 전 주인들의 카드다. 높이 쌓인 상자 더미를 보니, 뭐가 들었는지 감도 못 잡겠다. 이 집을 어떻게 보금자리로 바꿀지 까마득하다.

"슬슬 시작해볼까요?"

젬마가 남은 차를 다 마시면서 말한다.

우린 상자에 붙여놓은 물품 목록을 읽으면서 이 방 저 방을 드나든다. 상자를 열지 않으면, 내가 고이 모은 어떤 보물이 들어 있는지 기억나지 않는다.

"크리스마스 같구나."

20대 때부터 간직한 램프를 꺼내면서 젬마에게 말한다.

그러자 두려움과 공포가 가시고, 애타게 찾던 설렘이 들어선다. 내 영원한 둥지를 하나씩 맞추기 시작하고, 늘 이삿짐에 설렘이 담겨서 다행이다.

"그저께 제가 왔을 때도 그 옷을 입은 것 같은데요?"

새러에게 새집 현관문을 열어준다. 딸이 들어서자 나는 입은 옷을 내려다본다. 파란색 운동복 바지와 연두색 셔츠. 이때 그제 느낀 혼란이 다시 밀려온다. 같은 옷이 두 벌인 것 같다. 한 벌은 어제 세탁했고, 오늘 다른 한 벌을 입었겠지. 방마다 돌면서 아직 풀지 않은 상자 몇 개를 뒤지고 세탁기를 들여다봤지만, 옷이 전부 어디 갔는지 알 수 없었다. 요크에 두고 왔을까? 아니면 젬마네?

내가 새러에게 말한다.

"짐을 다 풀지 않았나 봐. 옷을 전혀 못 찾겠어."

"옷은 옷장에 있어요, 엄마."

새러가 상냥하게 말하고, 나를 위층으로 데려가 벽에 박힌 문을 연다. 그러자 안쪽에서 총천연색이 튀어나온다. 봉마다 줄줄이 걸린 블라우스, 얌전히 개킨 바지 더미, 높이 쌓인 목폴라와 티셔츠. 왜 붙박이장 문을 못 봤을까? 새러가 비켜서고, 나는 문고리를 잡고 몇 차례 문을 여닫는다. 왜 거기에 옷장이 있는 줄 몰랐는지 알 수가 없다. 나중에 기억나도록 붙박이장 문을 열어두고 다시 아래층으로 내려간다.

다음 며칠간 그 방을 지날 때마다 열린 옷장 문이 보인다. 방에 들어가서 손끝으로 옷을 주르르 훑는다. 매일 옷장에서 다른 옷을 꺼내 입고, 이제 옷을 그날 세탁하지 않아도 된다.

며칠 후 부엌에서 차를 준비한다. 요크 집보다 주방이 좁고 문이 두 개로, 각각 복도와 거실과 통한다. 그런데 오늘 양쪽 문이 다 닫혀 있다. 냉장고에서 우유를 꺼내려고 돌아서는데, 갑자기 방향감각이 전혀 없다. 완전히 혼란에 빠져서 이 문, 저 문 쳐다본다. 저기로 나가면 어디가 나오지? 가슴속에서 불안이 덜컥대고, 일순간 어느 문도 열기 두렵다. 그 뒤에 뭐가 있을지, 어디로 이어질지 모르니까. 숨이 가빠지고 심장이 쿵쾅댄다. 내 집에서 길을 잃다니. 한쪽 문의 손잡이를 돌리고 조심스럽게 두리번댄다. 거실, 잠잠하고 적막하다. 거실로 들어갔다가 부엌으로 돌아와 문을 닫는다. 몸을 돌리자 같은 일이 또 벌어진다. 그래서 양쪽 문을 다 열고 복도로 나갔다 오고, 다시 거실로 나갔다 주방으로 들어온다. 계속 왔다 갔다 하니 마침내 심장이 진정된다. 다시 부엌에 들어가니, 창틀에 놓인 반짝이는 물건이 눈에 들어온다. 스크루드라이버. 그걸 들고, 양쪽 문 다 경첩에서 떼기 시작한다. 문 두 짝을 현관 복도에 세워두니, 주방이 훤히 보인다. 다시 주방으로 돌아가니, 복도와 거실이 보이고 마침내 불안이 사라지고 차분해진다.

다음 날 다시 부엌에 들어가서, 문 두 개가 있던 자리를 보면서 문을 뗄 아이디어를 낸 나 자신을 칭찬한다. 그때 불쑥 은색 손잡이가 눈에 들어온다. 하나를 당기니 찬장이 열리면서 내부 공간이 보인다.

"통조림이 쌓여 있네!"

혼잣말을 한다. 복숭아, 라이스푸딩, 콩 통조림이 안쪽에 숨어 있다. 얼마 전 2층에서 벌어진 일이 똑같이 일어났다. 벽 사이의 붙박이장을 알아보지 못한 것처럼 주방 찬장 문도 마찬가지였다.

노트북 컴퓨터를 열어 인터넷에서 치매와 주방 디자인의 해결책을 검색한다. 내부가 보이는 찬장 관련 정보를 읽지만, 찬장을 다 교체하려면 큰돈이 드는데다 찬장 속이 지저분해 보일 것이다. 차례로 찬장 문을 닫고 안에 든 물건이 기억나는지 테스트해본다. 퀴즈쇼에서 물건을 가리고서 그것을 말하면 상품으로 받는 것과 비슷하다. 그런데 찬장 문을 닫자마자 그 안의 물건이 전혀 기억나지 않는다. 손잡이가 안에 뭔가 있다는 유일한 실마리다. 안에 차곡차곡 쌓인 찻잔, 대접, 유리컵, 접시를 보고 다시 놀란다.

그 순간 아이디어가 떠오른다. 찬장 문을 차례로 열고 내부를 사진 촬영한 다음, 위층에 올라가 프린터로 사진을 뽑는다. 프린트 용지 열댓 장과 스카치테이프를 들고 내려와서, 찬장마다 내부 사진을 붙인다. 다시 위층에 올라가, 옷장 문을 차례로 열고 같은 과정을 반복한다. 한 걸음 물러서서 붙박이장 내부 사진을 보면서 내 솜씨에 감탄한다. 이제 옷이 들어 있는 걸 잊을 수가 없겠지?

싱긋 웃으면서 아래층으로 내려와 전기 주전자에 전원을 넣는다. 다시 한 번 치매를 이겼다.

그런데 며칠 후 다른 일이 생긴다. 새러나 젬마는 다니러 오면, 살그머니 나가 아래층 화장실을 사용한다.

"난 거기에 화장실이 있는 걸 계속 잊어."

내가 말한다. 내 눈에는 막힌 문으로만 보인다. 매번 그 앞을 그냥 지나간다. 옷장 문과 달리 기억을 환기하려고 열어둘 수도 없고 참.

그날 오후 단골 철물점 '바니츠'에 간다. 없는 물건이 없고, 못 두 개가 필요하면 두 개만 살 수 있는 알라딘의 동굴 같은 상점이다. 점포 안을 돌다가, 붙이는 글자가 진열된 선반을 본다. 'T'가 보이자 아이디어가 떠오른다.

"두 개 살게요."

'T' 두 개를 계산대에 가져가 지갑에서 동전을 꺼내 계산한다.

집에 돌아와서 아래위층 화장실에 각각 'T'를 붙인다. 이제 잊지 않겠지.

이사 와서 몇 주가 지나면서 어디에 뭘 둘지, 무엇을 바꿀지 정하면서 한결 정돈되기 시작한다. 방문객은 집에 거울이 없다고 지적하지만, 난 요즘 점점 혼란스럽고 방향감각이 없다. 거울에 비친 상으로는 방이 끝나고 시작되는 지점이 구분되지 않는다 – 엘리베이터에 타기 조심스러운 것과 비슷하다. 어디가 끝인지 몰라서 아래로 떨어질까봐 살그머니 발을 딛는다. 거울을 두지 않은 이유는 또 있다. 내게 일어나는 변화를 보기 싫어서다. 몇 주 전에 인터뷰를 하면서 나를 봤는데, 변한 꼬락서니를 보니 서글펐다. 말소리가 전과 다르고 내가 기억하는 나의 모습이 아니었다. 나이 들면 더 나빠지겠지. 또 혼자 사는 치매 환자는 집에서 갑자기 낯선 얼굴을 보는 게 무서울 수 있다. 그러니 그 단계가 되기 전에 거울 없이 사는 데 익숙해지기로 했다.

치매가 눈을 다르게 움직이거나, 보는 것을 뇌가 다르게 해석하게 할 수 있을까? 이제 텔레비전 화면까지도 헷갈린다. 전원이 꺼지면 화면이 벽에 뚫린 까만 구멍 같다. 주방에서 거실에 들어갔다가 텔레비전이 있던 자리가 까만 구멍인 것을 한두 번 본 게 아니다. 그 순간 도둑이 들었는지 의심하고, 잠깐 현실감각을 잃어 어지럽다. 일부 요양원에서 텔레비전을 끄면 화면을 그림이나 천으로 가린다고 들었다. 나도 그래야 되는 때가 왔나 보다.

새집은 다른 면에서도 혼란스럽다. 공간이 있다는 사실을 잊기 일쑤여서다. 2주 전 콘서바토리(정원과 연결된 유리로 된 방. 거실처럼 사용한다 – 옮긴이)를 꾸몄다. 한쪽 벽면에 찬장을 붙이고, 정원이 보이는 자리에 안락의자 두 개를 놓아두었다. 따끈한 차를 들고 앉아 바깥세상을 구경하기 좋은 공간이라고 혼잣말을 했다. 그런데 저번 날, 콘서바토리에 앉아 있은 적이 없었다는 사실을 깨달았다. 가구를 들이고도 여전히 정원으로 나가는 통로로만 이용했다. 창밖의 새를 구경하지만, 위층 어느 방에서 나무 꼭대기를 쳐다본다. 새가 풀밭에서 고개를 내민 벌레를 쪼아 먹는 정원을 내다보지 않는다. 문제는 방이 아니라 몸에 익은 습관이었다. 습관대로 하면 안전한 느낌이 드는데, 새 공간은 그게 아니라서 익숙한 대로만 했다. 적절하다 싶은 대로만 하니, 콘서바토리가 통째로 쓸모없는 형국이었다. 거기에 앉아 있어봤지만, 불편해서 좀이 쑤시고 이게 아니다 싶었다. 한숨을 쉬면서 포기하고, 다시 위층에 올라가 자리를 잡지만 마음이 불편했다. 정말 멋진 공간인데.

치매 환자를 위해 집에 특별한 공간을 만든 가족들 – 옳은 일을 하고 싶어서 – 이 생각났다. 모임에서 환자 당사자가 그 점을 지적했던 경우가 떠올랐다. 그 특별한 공간에 들어가면 불편해서 익숙한 원래 공간으로 가는데, 그러면 가족이 무척 실망한다고 했다. 난 편안히 앉아 있지만 죄책감을 느끼며 멋진 콘서바토리를 떠올렸다. 누구에게랄 것 없이 미안해졌다. 콘서바토리에서 새로운 일거리를, 익숙한 습관에서 벗어날 만한 일을 찾기로 했다. 그래서 주로 앉아서 지내는 2층 방에서는 라디오와 팟캐스트를 듣고, 아래층에서는 한 잔의 차와 함께 정원을 내다보며 지빠귀와 굴뚝새를 구경하기로 했다. 클레마티스와 인동덩굴이 울타리를 타고 오르고, 새들은 꿀벌을 위해 꽃가루를 흔들어댔다.

여러 사람에게 DIY의 기본 요령을 배웠지만, 최고의 스승은 뭐니 뭐니 해도 알뜰히 살아야 되는 형편이었지. 인건비로 쓸 돈이 넉넉지 않았거든. 직접 하는 방법을 배우면 그만인데 왜 사람을 불러 일을 시키겠어? 처음에는 어머니에게 일하는 법을 배우기 시작했지. 어머니는 늘 네게 창틀 하단 칠을 맡겼고 페인트를 흘리지 않는 요령을 가르쳐주었어. 작은 손이지만 칠한 부분을 건드리지 말라고 단속하기도 했고. 어머니가 도배를 하면 넌 황홀하게 지켜보았지. 풀 바르는 테이블과 벽 사이를 얼마나 민첩하게 오가면서, 벽지 뒤쪽의 공기를 빼고 매끈하게 바르는지 감탄스러웠지.

다음 선생님은 옆집에 사는 테리였어. 애들 아빠가 떠나자 거실에 선반 거는 방법을 알려준 사람이 바로 테리였어. 물론 그가 직접 해주겠다고 나섰지만, 그건 네가 원하는 바가 아니었지. 독립심을 발휘하는 게 핵심이었으니까. 다시는 아무에게도 기대지 않겠다는 고집이 네 안에 남아 있었어. 테리는 딱한 번 시범을 보였어. 오른손으로 벽에 드릴을 박고, 왼손으로 쓰레받기를 들고 떨어지는 가루를 받았지.

"정말 도와주지 않아도 되겠어요?"

테리가 재차 물었어.

"먼저 내가 해보게 해줘요. 그러다가 전선을 뚫으면 부르러 갈
게요."

넌 농담이 되기를 바라면서 대꾸했지.

딸들이 잠들 때까지 기다렸다가, 홍차를 끓여서 바닥에 앉아
다시 설명서를 읽었지. 지금 아니면 영영 못한다고 자신에게
말했어. 테리가 가르쳐준 대로 벽에 자리를 표시하고, 드릴을
플러그에 꽂은 다음 작업을 시작했어. 벽이 살짝 흔들리는 듯
했지만, 넌 드릴을 꽉 잡았지. 20분 후 뒷문을 두드리는 소리
가 났어.

"다 잘되고 있어요?"

"그럼요!"

너는 당당하게 걸려 있는 선반을 보여주었지. 네가 덧붙여 말
했어.

"전선을 뚫어 전구를 몽땅 터뜨리는 일도 없었다니까요!"

그 이후 너는 뭐든 시도해보고 싶었지. 줄리의 남동생 로빈이
자동차 관리법을 가르쳐주었어. 윈도 워셔액을 채우는 법, 바
퀴에 바람을 주입하는 법, 오일을 확인하는 법. 네가 배운 내
용을 잊어버려도 너그럽게 넘어갔지.

"막대자가 어디 숨어 있다고 했더라?"

네가 다시 물으면, 다들 정원 담장에 걸터앉아서 킬킬댔지. 사
람들은 너를 비웃었지만, 당시 너는 몰랐을 거야. 한편으로 모
두 너에게 얼마나 감탄했는지.

남은 홍차를 쏟아버리고, 배낭을 들고 젬마네 집을 나선다. 내 집에 먼지와 소음이 심해서 젬마네 다락방으로 피신했다. 이사한 집의 벽을 긁고 새로 단장하는 일을 처음으로 남에게 맡기는 게 쉽게 용납되지 않았다. 이사해서 페인트칠을 할 때마다 입는 흰 셔츠와 검정 조깅바지가 필요 없다는 사실도 마찬가지였다. 나 또한 불필요한 존재가 되었고. 뭐든 해내는 사람에서 남에게 의지하는 사람이 되었다. 전에는 직접 했을 일을 인부에게 맡긴다. 보통은 손 놓고 쉬는 걸 선호하지만 난 아니다.

페인트공이 작업을 시작하기 전에 내가 물었다.

"먼지막이 비닐을 씌울 거지요, 그렇죠?"

인부는 그렇다고 장담했지만, 좀 미심쩍었다. 당일 아침 페인트공이 오기 전에 혹시 몰라 내가 가구와 침대에 비닐을 씌워두었다.

그가 말했다.

"이만한 크기의 집은 칠하는 데 2주쯤 걸립니다."

나는 입술을 깨물어야 했다. 나라면 집 전체를 칠하는 데 1주일이면 너끈하리란 걸 알았다. 예전 같았으면.

벽 색깔은 회색, 카펫 색깔은 더 짙은 회색을 골랐다. 9월에 웨스트 오브 스코틀랜드 대학교를 방문했을 때, 치매 친화적으로 꾸민 여러 공간을 둘러보았다. 간호학과 학생들이 알츠하이머 환자의 눈을 통해 색깔을 이해하게 하는 시설이었다. 치매 때문에 여러 사물이 하나로 흐리게 보이는 세계에서, 물체 간의 색깔 대비가 가장 중요한 듯했다. 치매는 기억뿐 아니라, 예컨대 붙박이장 문을 알아보지 못하게 한다. 교육 시설의 방마다 플러그가 빨간색이어서 벽과 잘 구분되었다. 거기서 본 유용한 장치를 기억해야 될 때가 오겠기에 아이패드로 사진을 많이 찍었다. 하면 안 되는 예도 있었다. 복잡한 테이블에 같은 문양의 식탁보와 냅킨, 접시를 올리면 식사 때 혼란을 초래했다.

며칠 후 카펫 선택을 도와줄 사람이 집에 온다. 그는 자리에 앉아 다양한 샘플을 꺼낸다. 예전의 나라면 안 어울리는 샘플부터 착착 체계적으로 제외시킬 테지만, 이번에는 선택하기가 버겁다.

내가 말한다.

"보통 카펫 선택이 무척 어렵지요. 치매를 앓으니 훨씬 더 어렵네요."

그가 샘플 중 절반을 도로 가방에 넣는다.

그가 묻는다.

"카펫이 푹신하면 불편할까요? 카펫에 발자국이 남으면, 남의 발자국으로 보여서 혼란스러우실까요?"

"그 생각은 해본 적이 없네요."

내가 말한다. 하지만 그가 물어주어 다행스럽다.

그는 시간을 충분히 내서 여러 샘플을 보여주며 모든 요소를 고려했는지 확인한다. 결국 그의 도움을 받아, 발자국이 남지 않는 중간 두께의 진회색 카펫을 고른다.

카펫을 까는 인부들은 이해심이 없다. 가구를 전부 치웠다가 제자리에 돌려놓는 대가로 초과 비용까지 냈는데도 그 모양이다.

내가 설명한다.

"내가 치매를 앓아요. 그러니 가재도구를 제자리에 돌려놔줘야겠네요. 안 그러면 나한테 그 물건은 아예 없는 거나 마찬가지거든요. 물건이 다른 데 놓이면 내가 혼동할 거예요."

그들은 껌을 씹으면서 딴청을 피우며 고개를 까딱한다.

내가 말한다.

"휴대전화로 촬영해두면 좋지 않을까요? 물건이 다 어디 있었는지 확실히 기억하도록."

잠시 조용하더니 자기들끼리 쳐다본다. 어처구니없다는 표정인가?

"걱정 마세요, 아줌마. 잘 기억했다가 물건을 제대로 돌려놓을게요."

나는 부엌에서 왔다 갔다 하면서 인부들의 작업 광경을 지켜본다. 하지만 그들이 콘서바토리로 들어가자 내가 나가야 된다는 걸 안다. 가슴이 뻐근하고 손이 축축하다. 영 기분이 좋지 않다. 외출 준비를 하다가, 벽에서 떼놓은 텔레비전을 본다. 뒷면에 전선이 늘어져 있다. 집에 돌아왔을 때 전선이 꽂혀 있지 않을까봐 얼른 휴대전화로 사진을 찍는다.

몇 시간 후 집에 돌아온다.

"끝났습니다."

인부들이 쾌활하게 말한다. 그들이 떠나고 나는 문을 닫는다.

집 안을 둘러보니 색상이 맘에 든다. 마지막 인부가 떠난 것도 다행이다. 구석의 텔레비전을 보니, 뒷면에 전선이 제대로 꽂혀 있지 않아 덜렁거린다. 휴대전화를 쥐고 바닥에 주저앉아, 사진을 참고해서 전선을 제자리에 꽂는다.

며칠 후 콘서바토리에 들어갔다가 화병을 발견한다. 집어 드니 매끈한 표면이 서늘하게 손에 감긴다. 어디서 봤더라? 그제야 카펫 인부들이 생각난다. 또 어떤 물건이 엉뚱한 데 있을까? 하지만 뭐가 어디에 있었는지 기억나지 않는다.

전자레인지를 여니 한숨이 나온다. 또 죽 그릇이 들어 있다. 며칠이나 거기에 있었는지 알 수 없다. 사발을 꺼낸다. 끓어 넘친 죽이 끈적하게 굳어서 그릇을 떼어낸다. 얼마나 그 상태였는지 짐작할 수 있는 힌트다. 죽을 긁어 쓰레기통에 버리고, 사발은 식기세척기에 넣는다. 레인지에 넣은 게 어제였나? 오늘인가? 이틀 전? 그날 아침을 먹었던가? 대답이 있기라도 한 것처럼 손목의 피트빗(건강관리용 스마트 기기 – 옮긴이)을 빤히 본다. 피트빗이 멍하니 날 쳐다본다.

즐겨 요리하던 시절이 있었다는 걸 안다. 죽 정도는 계획하거나 알람을 설정할 필요가 없었다 – 알람을 맞춰도 즉시 잊었고. 당시에는 전자레인지에서 그릇 꺼내는 걸 잊거나, 음식물이 그릇에 달라붙어 굳는 일도 없었다. 예전은 지금과 달랐다. 십팔번 요리는 카레였고, 이것저것 넣고 허브와 향신료를 갈아서 끓이면 부엌에 맛있는 냄새가 풍겼다. 지난여름 친구들을 불렀을 때, 나는 주방에 있기 위해 문을 의자로 막아야 했다. 주방에서 나와 한눈팔면서 돌아다니거나 다른 생각에 빠지는 일을 방지해야 했다. 요리하는 게 스트레스였다. 냄비와 팬 몇 개를 조화롭게 다루면서 동시에 여러 가지 일을 못했다. 요리하면서 기쁨을 느끼던 자리에 공포가 들어섰다.

처음에는 규모를 줄였다 – 팬을 동시에 두 개 이상 쓰지 않는 방식으로. 그래도 어느 정도 식사를 준비할 수 있었다. 그런데 뚜껑을 덮으면 안에 뭐가 있는지 알 도리가 있나. 결국 음식이 팬에 까맣게 들러붙은 적이 한두 번이 아니었고, 그걸 긁어내는 것을 포기한 후에도 연기 경보음이 울렸다. 인근 소방대원들과 친해졌고, 그들이 집에 와서 화재경보기를 여러 개 더 설치했다. 덕분에 뭔가를 태우면 귀가 찢어지게 경보음이 울렸다.

작은 냄비 하나로 줄였다. 어느 날 의자에 앉아 새러와 영상통화를 하다가 난 코를 찡그렸다.

내가 물었다.

"이 괴상한 냄새는 뭐지?"

"음식을 만들던 참은 아니지요, 엄마?"

그 생각이 뇌에 닿기도 전에, 새러는 내 표정으로 알았다.

"저도 부엌에 데려가주세요."

새러가 말했다.

가보니 가스레인지에 팬이 있고, 음식이 눌어붙었다. 우린 새러가 식사 시간에 전화하지 않는다는 새 규칙을 만들었다.

그 후 팬을 가열할 때 경보음이 울리도록 진노랑 타이머를 구입했다. 하지만 세팅하는 걸 잊는다면 무슨 색 타이머든 무슨 소용이 있을까.

이제 요리의 즐거움뿐 아니라 먹는 즐거움도 잃었다. 항상 음식을 즐겼고, 특히 버섯과 고추를 좋아해 어느 음식에나 넣던 나였다. 그런데 요즘은 버섯과 고추를 사지만 냉장고 안쪽에서 말라비틀어지기 일쑤다. 미뢰도 좋아하는 음식을 잊는다. 요리하는 법, 먹는 법, 맛보는 법이 다 변한다.

저번 날에는 버섯을 먹었다. 맛은 똑같은데 예전 같은 즐거움-신호가 뇌로 전달되어 도파민이 분비되는-이 없었다. 다른 음식처럼 그렇고 그런 맛이었다. 내게 아무런 의미도 없었다. 뇌만 가물가물해지는 게 아니라 다른 세포 속 기억도 흐려질까? 이제 먹는 즐거움이 전혀 없다. 살려고 먹지만 식도락은 어디로 갔을까? 먹는 걸 잊으면 손목에서 신호가 깜빡대서 일깨워준다. 그러면 샌드위치나 샐러드처럼 화재경보기가 울지 않을 요깃거리를 만든다. 텁텁하고 맛없는 음식으로. 딴청 부리기 전에 먹고 어슬렁어슬렁 나간다. 다음 날 접시에 누렇게 시든 상추가 덩그러니 놓여 있다.

새 이웃들에게 신고식 한번 웃기게 했지-창고 지붕에서. 할 일이 태산이었지만, 빽빽한 밀림 같은 뒷마당에 환한 햇살이 드는 날이었지. 딸들이 높이 자란 풀밭에서 노는 동안, 너는 다시 비가 오기 전에 헛간 지붕을 손보기로 했어. 지붕에 펠트를 씌우느라 못 박는 소리 때문에 이웃사람들이 인사하러 나왔을 거야.

"그 위에서 괜찮으세요?"

정원이 말끔하게 정돈된 옆집에서 소리가 났지. 너는 잘 가꾼 파란 잔디밭을 부러워하면서, 엉겅퀴와 잡초가 엉킨 이쪽 정원을 힐끗 쳐다봤지. 그 안에 있는 아이들의 머리가 보이지 않을 지경이었어.

"괜찮아요. 고맙습니다. 지붕에 펠트를 치는 중이에요."

"알지요. 여자분이 지붕에 올라가 있는 건 흔치 않아서요. 도와드릴까요?"

너는 입에서 나오는 한숨을 숨겨보려 했지. 새 이웃에게 그 말을 어떻게 생각하는지 말할 수 없는 입장이었어.

"아, 여기 밖에서 할 일이 워낙 많으니까 이 광경에 익숙해지는 게 좋으실 걸요!"

그러자 그가 웃음을 터뜨렸고, 마침내 옆에 부인이 나타났지. 그녀가 남편의 옆구리를 쿡 찌르면서 말했어.

"남편이 우리 헛간 지붕을 살펴보는 게 신상에 좋을 것 같네요. 우리 지붕도 새로 해야 될 거예요."

남편이 핑계를 대면서 다시 안으로 들어가자 부인이 너한테 눈을 찡긋했지. 네가 계속 지붕에 펠트를 박는 사이, 딸들은 안팎을 드나들면서 햇살 좋은 오후를 보냈어. 이사 온 집은 막힌 골목에 있어서, 아이들은 이웃과 얼굴을 익히자 자전거를 타고 계속 빙빙 돌 수 있어서 좋아했어. 잠시 후 딸들이 다시 들어와 길게 자란 풀밭에서 보물을 찾아다녔지.

"여기 테이블이 있어요, 엄마."

둘이 외쳤고, 목소리가 가시덤불 속에 묻혔지.

"쓰던 테니스공도 찾았어요."

젬마가 해 쪽으로 공을 들면서 말했어.

"줄넘기 줄도요!"

새러가 외쳤지. 두 아이는 줄넘기 줄을 뱀처럼 흔들면서 잡초 수풀에서 나왔어.

이후 며칠이 지나는 사이, 웃자란 잡초를 싹 깎으니 길고 좁은 정원이 나타났지. 잡초가 없어지자 울타리가 보기 민망할 정도여서 너는 칠을 했지. 한 번에 나무 널 하나씩 칠했고, 그 광경을 지켜보는 옆집 남편은 아내가 또 무슨 일을 하라고 잔소리할지 겁났을 거야.

상점에 들렀다가 집으로 돌아간다. 오른쪽으로 골목으로 들어가, 설치된 난간을 잡고 작은 연못을 힐끗 돌아본다. 새들이 쉼터인 나무 사이로 날아들었다 사라진다. 다시 오른쪽으로 돌아 정원 앞 진입로로 들어가 현관 앞에서 주머니를 뒤져 열쇠를 꺼낸다. 문득 뭔가 이상하다. 손을 뻗으니 문고리가 제자리에 없다. 어떻게 이런 일이 생길 수 있지? 어떻게 문고리가 움직일 수 있어? 자신 없이 물러나서 다시 쳐다본다. 문고리가 오른쪽에 있다. 오른쪽이 아닌데. 원래 왼쪽인데. 문에서 한 걸음 더 물러서니 정원이 눈에 들어온다. 흙이 있을 자리에 나무 널이 깔려 있다. 그제야 주위를 둘러보니 옆집 화분과 꽃이 있다. 저쪽에 '내' 화분과 꽃이 있다. 왜 내 집이 저기 있지? 나는 왜 여기 있고? 다시 현관문을 쳐다보니 시나브로 감이 잡힌다. 여긴 내 집이 아니다. 내 집 현관이 아니다. 쇼핑백을 들고 부랴부랴 좁은 진입로로 다시 나간다. 진입로 끝에서 잠깐 멈춰 돌아본다. 똑같은 집 세 채, 똑같은 진입로 셋. 내 집은 가운데고 당연히 거기에 있다. 하지만 아까는 확실하지 않았다. 얼른 내 집 통로로 들어가 현관문을 열쇠로 연다.

며칠 후 다시 같은 일이 벌어지고, 이번에는 내가 통로로 들어가자 집주인이 현관문 밖으로 고개를 내민다.

그가 싱긋 웃는다.

"안녕하세요, 웬디."

"어머나. 다음에는 길 전체가 내 집인 줄 알겠네요!"

나는 통로에 멈춰 서서 말한다.

"신경 쓸 것 없어요."

이웃 남자가 말한다.

하지만 당혹스럽다. 신경 쓰인다. 내가 아니라 병 때문이지만, 새 이웃이 어떻게 나와 치매를 분리해서 생각할까?

1주 후 요크 주변을 돌아다니다 조촐한 수공예품 장터를 만난다. 요크 역사를 주제로 한 잡동사니와 기념품을 판다. 특히 내 눈길을 잡는 곳이 있다. 화사하게 칠한 타일이 잔뜩 진열된 노점. 타일에 요크의 아름다운 풍경 – 샴블 지구, 대성당 – 이 그려져 있고, 옆쪽으로 꽃 그림이 있다. 아이디어가 떠오른다.

"물망초도 그려주나요?"

내가 묻는다.

"아니요, 아쉽지만 물망초는 찾는 손님이 별로 없어서요."

노점상이 대답한다.

주변을 둘러보지만 기다리는 손님이 없기에, 그에게 물망초의 의미를 알려준다. 치매 환자를 상징하는 꽃이라고, 내 집 현관에 물망초 그림을 붙이면 큰 도움이 될 거라고.

"내가 집을 찾는 데 도움이 될 거예요."

내가 상인에게 말한다.

잠깐 시간이 흐르는 사이, 그가 내 말을 알아들은 내색을 한다. 상인은 내 이메일 주소를 받고 연락하겠다고 약속한다.

몇 주 후 소포가 도착한다. 집배원이 현관 복도에 묵직한 상자를 가만히 내려놓는다. 상자를 여니, 물망초 타일 여섯 장이 날 바라본다. 잘 어울리는 예쁜 연파랑색 꽃잎과 대조적인 진녹색 잎사귀. 광택제를 입혀서 그림이 반들거린다. 바로 그날 이메일이 도착한다.

이런 내용이다. '웬디에게, 집을 구분하지 못했다는 사연을 듣고 마음이 짠했습니다. 제가 드리는 타일을 받아주세요.'

그날 오전에 당장 현관문 양쪽 벽에 타일을 하나씩 붙이고, 물러서서 감상한다. 진입로에서 잘 보이는 물망초는 나를 집으로 이끄는 횃불이다. 이렇게 멋진 선물이 또 있을까.

도와줘!

특별했던 아홉 살 때 크리스마스가 기억나니? 어떻게 잊을 수 있겠어? 그렇지?

결코 선물 때문은 아니었어. 산타클로스 이야기를 믿어서 그런 거였지. 허공에 드리운 마법 분위기, 아침에 깨어 산타가 다녀갔을지 궁금해하는 것. 크리스마스이브에 넌 늘 그렇듯 들떠서 잠자리에 들었지. 눈을 꼭 감고 잠이 오기를 바랐고, 이어서 산타가 오기를 기대했지. 귀를 바싹 세우면 썰매 종소리가 들릴 것 같았지. 그러다가 결국 스르르 잠들었을 거야.

아침에 집이 고요하고 잠잠했지. 아무도 꼼짝하지 않았고, 커튼 뒤로 창에 아직 밤이 걸려 있었어. 새벽빛이 벌어진 커튼 틈으로 너에게 들어왔지. 살그머니 침대에서 나와 거실로 가서, 소파 옆쪽을 확인했어. 평소 선물이 거기서 기다리거든.

그런데 그해에는 아무것도 없었어. 가슴속의 작은 심장이 철렁 내려앉았지. 산타 할아버지가 다녀가지 않았어. 한순간 눈물이 차올랐고, 그러다 불쑥 쪽지가 눈에 들어왔지.

'부엌을 들여다보거라'라고 적혀 있었어.

틀림없이 산타가 썼겠지.

복도를 건너가다가 멈춰 섰어. 잠깐 내려앉았던 심장이 이제 제자리에서 갈비뼈를 두드려댔지. 짜릿해서 심장이 튀어나올 것 같았지. 왜냐면 바로 거기, 테이블에 파란색과 노란색 자전거가 서 있었거든. 그렇게 반짝이는 자전거는 난생처음 봤지.

크리스마스가 딱 1주일 남았고, 런던은 유난히 활기차고 비가 많이 온다. 나이츠브리지의 세인트폴 대성당에서 열리는 알츠하이머 협회의 '캔들라이트 캐럴' 음악회에 참석차 왔다. 젬마와 스튜어트가 같이 와서 우린 택시를 타고 성당으로 향한다. 차창 밖 세상에서 동화 속 불빛이 반짝이고, 쇼핑객들은 양손 가득 선물을 들고 거리를 누빈다. 대성당에 600~700명이 들어차고, 도착해서 들어보니 유명 인사도 많다. 이 행사를 위해 특별히 쓴 원고를 쥔 손에 힘이 들어간다.

예배가 시작되고, 캐럴을 여러 곡 합창한다. 나도 잘 아는 곡들이고 치매가 아직 노래 가사를 빼앗아가지는 않았다. 노래하면서, 캐럴이 수많은 크리스마스를 지나고도 남아 있는 게 고맙다. 명절이 지나면서 새해를 맞는, 익숙한 연말연시 분위기에서 안정감이 느껴진다.

마침내 연설 차례가 되자 일어나서 설교대로 나간다. 신도석에서 젬마가 나를 쳐다본다.

내가 말한다.

"연중 어느 때든 두 딸의 사랑과 지지가 고맙지만 가족에게 크리스마스는 더욱 특별하고, 진단 후 아주 새로운 중요성을 갖게 되었습니다. 저에게 크리스마스는 제가 행운아라는 사실과, 사랑하는 이들과 가까이 있는 것의 중요성을 잘 보여줍니다. 모두가 저와 같은 행운아가 아님을 잘 압니다. 그러니 이맘때 우리 같은 복을 못 누리는 이들을 생각해야 됩니다. 축제 분위기에 취하는 이 절기에 '안녕하세요? 메리 크리스마스'라는 간단한 인사는 누군가에게 감동을 줄 수 있습니다."

다음으로 '뇌를 위한 노래'라는 합창단이 설교대로 나온다. 치매 환자로 구성된 합창단으로, 일부 단원은 말하는 능력을 잃었지만 음악 덕분에 소통하는 능력을 되찾는다.

그날 저녁 우리는 대성당을 떠나, 다음 날 새벽 기차로 요크셔로 돌아간다. 이제 크리스마스까지 며칠 남았고, 집집마다 창밖으로 색색의 불빛이 새어 나와 마을도 환하다. 오늘 저녁 주민들은 캐럴을 부르기 위해 어둠 속을 걸어 오리연못에 모인다. 고풍스런 손풍금 주위에 모여 살을 에는 추위를 피하려고 붙어 선다. 나는 새 이웃을 둘러보면서, 결국 이사하길 잘했다고 생각한다. 우린 옛날 노래만 불렀고, 한 곡 한 곡이 지나간 크리스마스의 추억을 불러온다. 그 추억을 영원히 잃은 줄 알았는데. 반짝이는 새 자전거, 새우칵테일(영국의 전채 요리로, 익힌 새우와 양배추 등을 섞은 샐러드 ─ 옮긴이), 코까지 흘러내리는 고깔모자.

노래가 끝나고, 아이들이 골목 끝에 모여 재잘대는 소리가 차디찬 하늘에 퍼진다. 그때 불빛이 번쩍대고 산타의 윤곽선이 나타나더니, 실제로 산타가 등장한다. 그가 골목을 내려오면서 아이들에게 손을 흔들고 선물을 나눠 준다. 산타가 지나는 곳마다 아이들이 환하게 웃고 나 역시 느낄 수 있다. 마법이 내게 되살아나는 것을.

나이프와 포크가 집에서 쓰는 것보다 묵직했고, 그걸로 크리스마스임을 알 수 있지. 엄마가 요리하는 것을 꺼려서, 너희는 늘 레스토랑에 가서 크리스마스 만찬을 했어. 너는 어떻게든 집에 남아 새 자전거를 갖고 놀고 싶었지만, 배에서 꼬르륵 소리가 나자 갔다 와도 자전거가 있을 거라고 마음을 달랬지.

아버지가 크림색 승합차를 운전했고, 너는 짐칸을 급조한 자리에 앉았어. 차가 덜컹덜컹 흔들릴 때마다 키득거렸고, 크리스마스여서 온 가족이 들떴지. 뒷문이 열리자 너는 고꾸라지듯 차에서 내렸어. 다들 웃게 하려고 그랬지.

자리를 잡고 앉자 모두 크래커(원통형 종이에 작은 물건을 넣어 사탕처럼 포장한 것. 크리스마스 파티 때 각자 당겨서 연다—옮긴이)를 당겼고, 어른들은 식탁에 굴러떨어진 장신구를 가장 어린 너에게 주었지. 넌 빳빳한 하얀 테이블보에 장신구를 한 줄로 세웠어. 고깔모자가 너무 커서 연신 흘러내려 눈을 가렸지. 그래서 새우칵테일이 나올 즈음에는 코를 쳐들고 먹어야 했지. 남들처럼 모자를 쓰고 있으려고 목을 잔뜩 젖혔지. 넌 분주하게 움직이는 종업원들을 보면서, 왜 매년 그들은 집에서 가족과 지내지 않는지 궁금했지. 칠면조가 나올 즈음, 접시에 음식이 너무 많아서 뭐부터 먹을지 난감했지만 늘 크리스마스 푸딩(말린 과일을 넣은 케이크. 영국에서는 크리스마스 만찬의 후식으로 먹는다—옮긴이)을 먹을 배는 비워둬야 했지. 케이크 속에 6펜스가 들어 있을까 해서 말린 과일 사이를 뒤적였어. 숟가락에 동전을 싼 갈색 유산지가 걸리기를 바라면서 재빨리 찾아보았지. 하지만 그때 다른 테이블에서 환호성이 터졌고 누군가가 동전을 높이 들었지. 특히 그해에는 냅킨 아래로 심장이 툭 떨어지는 것 같았지만, 그때 집에서 기다리는 새 자전거가 기억났지.

크리스마스를 기념하는 이들에게 이날은 과거, 현재, 미래로 나뉜다. 하지만 내게 과거는 거기에 없고 미래는 너무 겁나서 생각할 수 없다. 내게 크리스마스에 남은 건 현재뿐이다. 젬마와 스튜어트네 거실에 앉아 있으니, 빌리가 꼬리를 내 다리에 감는다. 고양이가 크리스마스트리와 찰랑대는 장식을 보지 않도록 안간힘을 쓴다. 난 방울장식에 비친 내 모습을 보고, 한순간 날 쳐다보는 사람이 누군지 모른다. 예전의 나는 달랐을 것이다. 의자에 앉아 벽 너머에서 냄비와 팬이 달가닥대는 소리를 들으니 마음이 불편하다. 예전 크리스마스는 내게 어떤 의미였을까? 과거에 크리스마스가 있던 자리가 지금은 빈칸이다.

대신 현재 크리스마스의 의미에 집중한다. 이유를 말할 순 없지만, 치매가 크리스마스를 바꿔놓았다는 걸 안다. 사람들이 모이고, 식탁에 옹기종기 앉는 날이다. 빌린 의자를 식탁 의자 사이사이에 넣고, 손님이 의자를 가져와 앉은 경우도 많다. 이제 대가족 식사가 버겁다. 포크와 나이프가 접시에 부딪히는 소리, 식탁 위로 오가는 다양한 볼륨의 말소리. 매년 스튜어트의 부모가 초대해도 예의 바르게 사양하는 것도 그 때문이다. 가고 싶지만 소란에 짓눌려, 나 아닌 사람이 거기에 있을 것이다. 분위기를 맞추려고 안간힘을 쓰는, 아무 소리도 못 듣는 내가 거기에 있겠지.

전에는 1미터 80센티미터나 되는 트리를 세우느라 집을 뒤집다시피 했다. 이제 가구를 옮기면 큰 혼란이 일어날 것이다. 그래서 창틀의 도자기 고양이 옆에 산타클로스 인형을 올려둔다. 모두 조금씩 움직여 치매에게 자리를 내줘야 한다. 예전처럼 선물 쇼핑을 할 수가 없다. 인파와 소음이 공포로 밀어 넣는다. 하지만 예전에는 쇼핑에 마음을 빼앗겼던 기억이 난다. 상점에서 적당한 선물을 찾은 사람의 눈에 생기가 도는 순간을 구경할 수 있었다. 자기가 고른 선물을 펼친 사랑하는 이의 기쁜 얼굴을 기대하는 눈빛. 이제 축제 분위기에 젖고 싶으면 쇼핑 시간대를 신중하게 고른다. 상점을 둘러볼 수 있지만, 이른 아침이나 부모가 아이를 데리러 가는 학교 끝나는 시간이 좋다. 그때는 얼른 쇼핑을 끝내려고 계산대와 진열대 사이를 누비는 쇼핑객들에게 떠밀리지 않는다. 또 연말마다 텔레비전에서 똑같은 영화를 한다고 사람들은 싫증내지만, 나는 반복해서 보는 게 좋다. 익숙한 느낌이 남아서 내용을 따라잡으려고 애쓸 필요가 없으니까.

예전에 크리스마스는 사람들과 어울리는 시간이었지만, 지금의 나는 한적한 순간이 더 좋다. 빌리와 젬마네 다락방에 올라가 시간을 보내곤 한다. 조용히 앉아 있으려고, 텔레비전이나 팬이 덜거덕대는 소리나 잠깐 들른 친지의 말소리를 피해서 거기에 간다. 우리 같은 치매 환자가 어울리기를 꺼리면 사람들은 속상해한다. 하지만 큰 행사는 치매 환자에게 부담스러울 수 있다. 그러니 필요하면 피해 있을 수 있고, 어울리고 싶으면 함께할 수 있는 게 도움이 된다. 치매 모임에서 어느 부인은 매년 크리스마스 만찬 준비를 좋아했다고 말했다.

"그런데 이제 주방에 발도 못 들여놓게 하네요."

가족은 단지 너무 위험하다고, 그게 안전하다고 생각했다.

그런데 누가 크리스마스에 가만히 있고 싶을까? 가족은 설득당해서 그 부인에게 소스 젓는 일을 맡겼다. 부인은 쓸모 있는 사람이 된 기분을 느낄 터였다.

1월에 그 부인이 내게 말했다.

"멋진 크리스마스를 보냈지요."

그날을 떠올리며 눈빛을 반짝였다. 기억이 가물가물해져도 느낌은 남아 있으니.

내가 말했다.

"하긴 나무 주걱으로 집을 홀랑 태우지는 못하겠죠? 건장한 소방대원들이 부인을 구하러 몰려오지 않은 게 아쉽기는 하네요!"

우린 여학생들처럼 킬킬 웃었다.

또 한 해를 잃기 전에, 기억이 흐려지더라도 새 기억을 만들 수 있음을 명심해야겠다.

하루 중 몇 번이나 잠시 짬을 내서 멈출까? 여기서 저기로, 일들, 사람들, 직장과 집 사이를 종종거리며 산다. 아무 일도 안 하면 죄책감을 느낀다. 그러다 가만히 있을 수밖에 없는 일을 당하는 순간이 온다. 내 경우 그것은 머릿속 바리케이드였다. 늘 오가는 익숙한 길이 갑자기 막다른 길이 된다. 샤워실로 들어가는 게 불확실성 투성이인 일이 된다. 양쪽 수도꼭지가 문자 그대로 뜨거운 의문이 된다. 어느 쪽이 찬물이지? 기억하기 쉽게 수도꼭지에 빨간색과 파란색 스티커를 붙였다.

저번 날에는 다른 일이 있었다. 머리에 샴푸를 바르고 문지르는데, 뻑뻑해서 손가락 놀림이 어색한 게 이상했다. 발밑을 내려다보니 하수구로 물이 흐르지 않았다. 물에 비누가 씻긴 흔적도 없었다. 물을 트는 것, 그리고 먼저 머리를 적시는 과정을 잊었다. 창피하지는 않았지만 – 보는 사람이 없었으니 – 서글펐다. 어쩌다 이렇게 됐을까? 기계적으로 하던 일인데 이제 많은 생각과 집중력과 기억을 환기시킬 필요까지 생기다니. 아기가 첫걸음을 떼거나 숟가락질을 배우려면 무수한 동작과 사고 과정이 필요하다. 치매도 마찬가지지만 방향이 다르다. 예전과 달리 그런 메시지가 전달되어 수용되지 않는다. 메시지가 더디거나 완전히 사라진다.

아이패드와 휴대전화가 종일 '땡' 하고 울린다. '식사하기', '약 복용'. 샌드위치나 샐러드를 만들 때는 내가 부엌에서 못 나가게 의자를 늘어놓아야 한다. 도중에 나가면 식사하는 것을 까맣게 잊으니까. 저번 날에는 부엌에 내려오니 식기건조대가 비어 있었다. 전날 저녁에 식사하는 것을 잊은 게 분명했다. 냉장고를 들여다보니 1인분 조리식품이 덩그러니 놓여 있었다.

살면서 멈추기 힘든 세상에서 치매를 쉴 기회로 삼기로 한다. 요크의 분수는, 밀려다니는 쇼핑객 속에서 늘 한적한 장소다. 얼마 동안이나 여기에 앉아, 쉭 하고 쉬지 않고 물을 뿜어내는 소리를 들었을까. 뇌에 부담이 되지 않는 리듬이라 듣기 좋은 소리다. 근처의 꽃 노점에서 풍기는 갓 자른 백합 향기, '디즈니 스토어'를 구경하자고 바쁜 엄마를 조르는 아이의 미소, 노천카페의 테이블과 의자, 허공에 퍼지는 거리 악사의 바이올린 연주, 보답으로 동전을 채워달라고 앞에 놓아둔 모자. 그때 두 사람이 미소를 지으며 내게 다가온다.

젊은 여성이 내게 말을 건다.

"안녕하세요? 같이 앉아도 될까요?"

나는 어색하게 옆으로 움직여 자리를 만든다.

다른 여성이 말한다.

"기억 못하시겠지만 저희는 간호학교 학생이에요. 따님이랑 강의하러 오셨잖아요. 강의를 잘 들었어요. 저희는 선생님의 트위터를 팔로우하고 있어요."

"어쩜, 고마운 말이네요."

내가 대답한다.

두 사람은 한동안 앉아 대화한다. 크리스마스 휴가며 작성 중인 과제물 이야기를 듣자니, 한순간 몇 주 전에 만난 간호학교 학생들이 떠오른다. 당시 학생들은 어색하게 앉아서, 치매 환자가 나처럼 강의할 수 있는 줄 몰랐다고 말했다.

내가 "치매도 어딘가에서 '시작'될 겁니다"라고 말하자 학생들은 바른 자세로 앉아 더 열심히 들었다.

수다를 마무리 짓고, 학생들은 가던 길을 가고 난 한적한 시간을 조금 더 누리기로 한다. 분수대에서 물이 솟구치는 소리와 행인의 재잘대는 소리를 듣는다. 그저 보면서 기다린다. 뭘 기다리는지 잊었겠지만.

아이들의 10대 시절이 기억나니? 혹시 치매가 그 시기의 기억을 빼앗아가서 다행인가? 집에 10대가 두 명 있었다는 점만으로 잊는 게 반가울 만하지. 그 무렵 커리어가 꽃피기 시작했지. 점점 책임이 많아지고, 자신 있게 물리치료실 일정을 관리했어. 다 머릿속에 있어서 치료 건수를 일지에 기록할 필요도 없었어. 그제야 네가 특별한 기억력을 가진 걸 알았지. 직장 업무와 집안 살림이 매끄럽게 이어졌어. 차를 몰고 퇴근하면서 생각했지. 다음 날 딸들이 입을 깨끗한 교복이 있는지, 아니면 도착해서 세탁해야 되는지, 애들을 여기저기 데려다줘야 되는지. 네 머리는 내 뇌처럼 지치지 않았어. 밤이 깊도록 머리가 힘 있고 신중하게 움직였지. 그랬을 거야.

너는 위층에 올라가면서 도중에 마른 세탁물을 걷어다가, 딸들 방 밖에 쌓아놓았어. 문이 열리면 안에서 음악 소리가 크게 났지.

새러가 '엄마, 들어오세요'라고 말하곤 했지.

딸을 따라 방으로 들어가 침대에 걸터앉아, 하루를 어떻게 보냈는지 묻곤 했어. 전날 새러가 말한 친구들과의 이야기나 과제물 점수가 나오는 날 등을 모두 기억했지.

"배고픈데 저녁은 뭐예요?"

너는 다시 아래층으로 내려와 식사 준비를 시작했어. 그러다 찬장 여는 소리가 나서 돌아보면, 젬마가 웃으면서 냉장고를 들여다보았지.

"오늘 잘 지냈니, 젬마?"

너는 어깨 너머로 묻고, 늘 젬마의 수다를 관심 있게 들었지. 도와주는 사람도 없이 어떻게 그 일을 다 했는지 감탄스러워. 엄마, 아빠, 운전기사, 요리사, 카운슬러, 정원사, 가정부까지 1인 다역을 해냈으니. 그게 싫지 않았지. 너는 출근해야 되는 일하는 싱글맘의 죄책감을 밀어냈어. 딸들이 더 크면 시간을 내서 벌충해주겠다고 다짐했지. 그 시간이 한계가 있다는 걸, 역할이 극적으로 바뀌는 날이 온다는 걸 그때는 몰랐어. 그 시절 너는 모든 역할을 하면서 엄마인 게 행복했어. 이제 내 입장에서 보면, 네가 제대로 하고 싶었던 역할은 '엄마'뿐일 거야.

치매는 살기에 쓸쓸한 세계일 수 있다. 불확실성을 가져오는 질병이라서, 가끔 오늘 세상이 어떤지 모르는 날도 있다. 필요하고 있어야 될 존재라는 느낌이 아쉬워서, 내 자리를 만들려고 끊임없이 애쓴다. 처음에는 웹사이트 토론방에서 친구를 찾았다. 내 말뜻을 알아듣는 이들이 있고, 설명할 필요가 없는 안전한 공간이었다. 당시는 퇴직 전이라, 저녁마다 글 목록을 스크롤하여 내리면서 내 감정과 가장 비슷한 글을 찾으려 했다. 이따금 부정적인 글을 읽고 충격을 받았다. 내가 경험하는 현실과 너무 다른 내용이라 놀랐다. 새로 단장한 방에 치매를 앓는 어머니가 들어가기를 꺼리는 이유가 뭐냐는 딸의 질문이 기억난다. 대답은 뻔했지만 – 어머니가 알던 방과 다르니까 – 줄줄이 달린 댓글에 그런 답은 없었다. 오히려 다른 간병인들은 너무 끔찍한 일이라면서, 그래도 딸이 받아들여야 된다고 답했다. '딸이 무슨 일을 해도 보람 없을 걸요'라는 얼토당토않은 댓글도 있었다.

그들은 상황을 파악하지 못했다.

하기야 의료 전문가라고 나을 게 없다. 처음 만난 가정의는 도움이 안 되니 도네페질 복용을 중단하라고 조언했다.

내가 대꾸했다.

"제 입장이 되어보세요. 선생님이 치매 진단을 받았는데 시판 중인 유일한 약이 도네페질이에요. 선생님이라면 이 약의 복용을 중단하겠어요?"

그는 대꾸하지 않았다. 난 가정의학과 주치의를 바꾸었다.

강연 청탁을 받던 초창기, 회의에서 앞 강연자가 치매 환자의 '도발 행위'를 언급했다. 나는 속상해서 얼른 가방에서 펜을 꺼내 원고를 일부 고쳐 썼다. 의료인들의 무지한 대응 때문에 우리가 '도발 행동'을 한다고 강조했다. 이 견해를 밝힐 수 없는 많은 치매 환자를 대신해서 내가 분명히 말했다.

사람들이 이해 못하니까.

비슷한 경험을 할수록 마음속에 슬픔이 점점 쌓였다. 그래서 더 많은 연구에 참여했다. 브래드퍼드 대학교에서 박사 지원자 선정을 도왔다. 여러 연구위원회에 자원해 참여하고, 간호학과 학생 200명에게 강의했다. 치매 환자가 어떤 간호를 받았는지 잊더라도 어떤 느낌이었는지는 기억한다고 말했다. 손길이나 미소가 대단히 의미 있다고 강조했다. 은행들의 치매 친화적인 온·오프라인 운용을 위한 시장조사에 참여한다. '치매에 맞선 총리의 도전 2020'(영국 정부가 2015년부터 2020년까지 한화 기준 1조 1,170억 원을 치매 연구에 투자하는 프로젝트 - 옮긴이)에도 참여한다. 세계 최고의 치매 간호와 간병 지원 및 선도적인 연구가 목적이지만, 애초 위원단에 치매 환자가 없어서였다.

심지어 그들도 이해하지 못했다.

은퇴 계획은 불시에 닥친 치매에게 빼앗겼지만, 난 어느 때보다 바쁘다.

이 상황을 '스도쿠'(숫자 퍼즐 - 옮긴이)라고 부른다. 이 일은 늘 뇌를 훈련시키고, 새로운 대화와 사람들과 환경에 노출시킨다. 런던 나들이 계획 정도도 뇌를 혼란으로 몰아간다. 그래도 런던 여행을 한다.

무슨 대안이 있을까? 종일 집에 앉아 퇴행이 빨라지기를 기다려야 하나? 치매가 더 빨리 밀고 들어오게 놔둬야 될까?

아직 작동하는 뇌세포를 더 오래 활동시켜야 되지 않을까?

모든 강연, 심사, 청문 요청에 응하는 이유가 또 있다. 언제가 마지막 기회일지, 언제 요청이 중단될지 모르기 때문이다. 치매가 사람을 예민하게 만들기 때문에, 그 주간에 계획이 없으면 난 전전긍긍한다. 내가 뭘 잊은 거면 어쩌지?

할 일이 있기에 한다.

물리치료실에서 5년간 근무하면서 항상 행복했지. 그렇지만 업무를 속속들이 알게 되자 다른 도전을 감행할 때라는 느낌을 떨칠 수 없었어. 넌 쉽게 사는 게 싫었거든. 신문에서 전화 정보 서비스 'NHS 다이렉트(국민건강보험공단 직통전화)'가 시작된다는 기사를 읽었지. 인근에서 콜센터가 문을 연다고 했어. 그 후 매주 신문 구인 광고란을 뒤지다가 어느 날 그 광고를 봤어. 건강 조언 전화 상담원. 교대 근무제였어. 아이들이 많이 커서 스스로 해나갈 수 있고도 남았지만 식탁에 앉아 지원서를 쓰기 전에 아이들에게 확인해야 될 것 같았지. 넌 항상 '엄마 역할 우선'인 사람이었으니까. 둘 다 '해봐요'라고 부추겼지. 일자리를 얻었지. 당연하지. 넌 능력이 뛰어났고 지금의 나와 아주 달랐거든. 네게 할당된 첫 전화가 걸려왔을 때 모니터에서 깜빡이던 불빛이 기억날 거야.

"NHS 다이렉트의 웬디입니다. 무엇을 도와드릴까요?"

더듬더듬 불안한 여자 목소리가 거식증에 걸린 10대 딸이 걱정된다고 말했어. 통화 가능한 식이장애 상담 전화번호를 알고 싶다고 했지. 네가 전화번호를 찾아서 알려주자 그녀는 한시름 놓인 목소리로 인사했지. 그녀가 전화를 끊으려는 찰나, 네가 다른 질문을 했어.

"부인은 어떠세요?"

전화기 너머로 침묵이 흘렀어. 모니터를 올려다보니 대기 전화가 없어서 다행이었어. 상황을 좋게 만들 작고도 드문 기회였지.

"어머니 자신을 잘 건사해야 된다는 점을 기억하세요."

네가 좀 머뭇대는 목소리로 말했어. 상대를 자극하고 싶지 않았거든. 네가 말을 이었지.

"어머니가 병나면 어떻게 딸을 돕겠어요? 부모를 위한 지지 모임도 있는데 전화번호를 알려드릴까요?"

저쪽에서 침묵으로 답하자 잠시 너는 불안했지. 새 직장에서 선을 넘었을까 염려스러웠지만 간절히 돕고 싶었어.

"전에 아, 아무도 내가 어떤지 묻지 않아서요."

마침내 조그만 목소리가 대답했어. 그 말을 하며 눈물을 흘리는 걸 알 수 있었지. 넌 속으로 한숨을 쉬었어.

"아, 전에는 저희에게 전화하지 않으셨으니까요."

네가 대꾸했지. 그녀가 어느 곳에 있든 웃기를 바랐어.

수화기를 내려놓고, 옆에 놓인 벽돌처럼 생긴 휴대전화를 쳐다봤지. 네 형편에 과한 물건이었지만, 10대 딸들이 도움이 필요할 경우 핫라인이 있어서 안심됐어.

그 시절, 문의가 그리 많지 않았어. 어느 상담원은 모니터에 불이 깜빡여 전화를 받을 때까지 뽁뽁이 비닐을 펴고 낮잠을 자기도 했어. 그녀가 자다가 뒤척여서 비닐 터지는 소리가 나면 상담원들이 깔깔댔지. 근무를 마치고 딸들이 있는 집에 가서 잠자리에 들 때면, 다른 사람들도 서비스나 의료 도움을 받아 더 편히 자리라 믿었지. 스르르 잠들면서 너는 깨달았어. 아는 것은 단순히 힘이 아니라 위로라는 것을.

아이패드를 집어 케이스를 열고, 키보드를 불러내놓고 빤히 보기만 한다. 오랜만이다. 몇 주간 바빴으니 쉴 자격이 있다고 느꼈다. 덕분에 지난 3주간 아이패드는 한가했다. 오늘 처음 다시 아이패드를 연다. 한참 미뤄둔 블로그를 써야 되고, 조사할 게 있고 이메일도 열어야 된다. 일이 잔뜩 쌓인 줄 알지만, 갑자기 생각이 마비되는 것 같다. 뭘 해야 되지?

바깥세상의 파란 하늘에서 힌트를 얻으려고 창문을 보다가 다시 아이패드로 눈을 돌린다. 아무것도 떠오르지 않는다. 손이 예전에 하던 일을 잊고 얌전히 놓여 있다. 뇌에서 긁어대듯 신호가 나온다. '계속해'라는 속삭임. '이메일을 열어.' 그런데 손가락이 말을 안 듣는다. 손가락이 어떻게 해야 될지 모른다. 그 순간 연결이 끊긴 느낌이 든다. 공백, 머리에 찾아오는 너무도 익숙한 손님. 결국 이메일을 불러낸다. 봉투 아이콘이 있다. 뭔가가 그걸 누르라고 말한다. 누른다. 빨간 원 안에 '78'이라고 적혀 있다. 날 기다리는 메일 일흔여덟 통. '수'라는 친구 이름이 보인다. 안전하다. 그 이름을 누른다. 수가 보낸 메시지가 오른쪽에 나타난다. 그런데 모니터 속에서 길을 잃은 것 같다. 거울 뒤에 갇힌 것처럼, 유령 같은 이미지가 쳐다본다. 저게 나일까? 이게 나일까?

안에서 '차분히 그냥 있어'라는 말소리가 들린다. 숨을 쉰다, 다시 쉰다. 공포를 직감한 어깨가 축 처지는 느낌이다.

평소 매일 하는 일이니 하는 방법을 알 거야. 화면을 톡 두드리지만 아무런 변화도 없다. 눈으로 구석구석 훑으면서 단서를 찾는다. 내 이미지와 날 빤히 보는 최악의 공포만 보인다. 나는 단어를 생각하거나 말하는 것보다 빨리 입력할 수 있다. 나는 생각하고 말하는 것보다 빨리 단어를 입력'할 수' 있다. 그런데 이제 아무 생각도 할 수가 없다.

그러자 생각이 통제력을 잃고, 공포가 엄습하고 두려움이 머릿속을 휘젓고 다닌다. 끝났나? 글자를 입력하는 것은 이걸로 끝인가? 블로그를 못 쓰면 어떻게 기억을 저장하나? 어떻게 의사소통할 수 있을까?

'차분히 그냥 있어.' 다시 그 목소리. 천천히 호흡하자 생각이 자리 잡기 시작한다. '홍차를 준비해'라고 목소리가 말한다. 차를 마시면 좀 나아지리라. 주방으로 가니, 기계적으로 착착 차를 준비할 수 있어 다행이다.

화면 우측 상단 구석에서 다시 시작한다. 첫 아이콘을 누르니 새 백지 이메일이 나타난다. '취소'를 누르고 다음 버튼, 화살표를 누른다. '답장'이 나타나자 누른다. 커서가 못마땅한 듯 깜빡인다. 이제 어쩐다? 키보드를 내려다보지만 생각나는 게 없다. 아무 키나 열 손가락을 모두 사용하여 누른다. 'ㅓ널나니ㅣㅣ·느러날니'. 내 손이 화면 앞을 맴돌다 '보내기'를 누른다. 수는 이해할 것이다. 앉아서 기다린다. 아무 일도 일어나지 않는다.

화면을 닫고 차를 한 잔 더 준비한다. 물을 끓이다가 괴로운 생각에 사로잡힌다. 차를 만드는 법을 잊으면 어쩌지? 어떤 행사에 가든 사람들이 홍차부터 가져다주는 게 기억나자 갑자기 미소가 지어진다. 다들 홍차를 대접하면 내 '유명한' 칭찬 세례를 받는 걸 안다. 한눈파느라 다른 방에서 아이패드가 기다리는 걸 잠시 잊는다.

따뜻한 찻잔을 양손으로 감싸고 앉아 새를 구경한다. 그때 팅 소리가 들린다. 안개 사이로 틈이 생겨, 아이패드 소리를 알아듣는다. 다시 수의 이름이 있다. 그 부분을 누른다.

수의 메시지가 나타난다. '무슨 일이야, 웬디? 알아보기 힘든 문자는 뭐야?'

화면에 대고 소리치고 싶다. '도와줘!'라고.

키패드에 적힌 글자가 상형문자 같다. 도무지 모르겠다.

나는 'ㅓㅓ오녈노'라고 입력해 '보내기'를 누른다.

수가 답장을 기다리는 걸 알기에 계속 키보드를 열어둔다. 잠시 후 다시 같은 소리가 난다.

'무슨 문제가 있어?'

글을 읽을 수는 있는데 쓸 수가 없다.

'ㅓㅏㅜ숌르메ﾒ'.

보내기.

그런 식으로 메시지를 주고받느라 몇 시간이 흐른 것 같다.

'내 편지를 그대로 써봐. 키보드를 잘 보고 같은 글자를 찾아.'

수가 시키는 대로 한다. 키보드에서 삐뚤삐뚤한 그림을 하나씩 찾아 차례로 누른다. 하나를 찾는 데 몇 분이 걸린다.

'내편지를그대로써봐키보드…….'

보내기.

'다시 똑같이'라는 답장이 온다.

'다시똑같이…….'

보내기.

또 답장.

'맨 밑에 기다란 키가 보이지? 그걸 누르면 띄어쓰기가 될 거야.'

'맨 밑에…….'

보내기.

이런 식으로 반복해서 메시지가 오가고, 마침내 앞에서 글자가 차례로 형태를 띠기 시작한다. 다시 글자가 이해된다. 당연히 이해되지.

드디어 제대로 입력한다. '고마워, 돌아왔네.'

의자에 등을 기대니, 차츰 호흡이 안정되고 심장도 마찬가지다. 수가 어찌 된 영문인지 몰랐으면 어땠을까? 글자를 영영 잃었으려나? 눈을 꼭 감고 그런 생각 말라고 마음을 달랜다. 하지만 생각이 많아지고 더 빨리 떠오른다. 이 상황을 피할 수가 없다. 기운이 빠진다. 두통이 나서 눕고 싶지만, 눈을 감기가 두렵다. 또 글자가 사라지면 어쩌나?

그 순간 휴지기를 가지면 안 된다는 걸 깨닫는다. 시간을 쓰지 않으면 그대로 잃고 말 것이다. 오늘 아슬아슬하게 그 상황까지 갔다. 마지막 남은 나를 잃을까 두렵다. 화면에 제대로 글자를 입력하고 생각할 줄 아는 나를 잃을까 공포스럽다. 그런 나를 보낼 준비가 아직 안 됐다. 잘 아는 환경인데도 고개를 들면 어딘지 모르는 상황은 익숙해졌지만, 이 일은 달랐다. 내 안에서 길을 잃었다. 밖으로 나오려고 악을 썼다. 겁나서 죽을 것 같았다.

떠나가는 것들

크레딧이 올라가는 텔레비전 화면을 멍하니 본다. 방금 치매를 다룬 「파노라마」(영국 BBC의 탐사보도 프로그램 – 옮긴이)를 시청했고, 머리에서 무수한 생각이 달음질친다. 촬영 팀은 내 친구 크리스 – 치매 환자 – 와 제인 부부를 좇았다. 순회강연에서 그 부부와 알게 됐다. 크리스는 나보다 병세가 깊지만 나처럼 최대한 활발히 생활하려고 애쓴다. 자주 지치긴 하지만.

프로그램을 보면서 마음이 불편했고, 맨 먼저 젬마와 새러가 떠올랐다. 딸들도 집에서 이 프로그램을 봤을 것이다. 치매 환자의 독거와 배우자와의 동거가 다르다는 점이 마음에 남는다. 제인은 크리스가 계속 최대한 독립적으로 생활하도록 돕는다. 예컨대 벽난로에 땔 나무를 주워 오라고 정원으로 내보낸다 - 크리스는 정원에 나가도 왜 나왔는지 금방 잊지만. 치매 환자 대신 매사를 처리하는 배우자를 자주 보지만, 그게 병을 악화시킨다는 게 내 견해다. 환자 스스로 처리하는 방법을 잊기 때문이다. 대화하다 보면, 배우자를 잊은 것을 알려주는 '백업 브레인'으로 묘사하는 치매 환자가 많다. 집에서 헤맬 때 도와주고, 밤에 집 밖에 나가면 데리러 와준다. 그런데 내겐 그런 배우자가 없다.

치매를 앓으면서 혼자 살면 좋은 점이 있다. 누군가가 가재도구를 옮겨서 혼란에 빠질 염려가 없다. 또 나름의 대응책을 세워 머리로 연습하고, 계속 시도하고 시험하면서 뇌에서 그 회로를 가동시킬 수 있다. 매일 아침 차를 마시면서 스도쿠로 뇌 활동을 시작하고, 아이패드로 1인 카드게임을 한다. 또 새러와 친구 안나와 단어 퍼즐 문제를 푼다.

필요해서 여행을 하고 주변 나들이를 한다. 안 그러면 집에 들어앉아 멍하니 정원을 보면서 뇌가 아이스크림처럼 녹는 꼴을 당할 것이다. 일부러 생활을 까다롭게 만들어야 한다. 동해안간선철도(런던과 에든버러 노선 기차 - 옮긴이)를 타고 런던을 오가고, 브래드퍼드를 가로질러 에든버러와 더람에 오르내린다. 런던에서 지하철역과 거리를 찾아다닌다. 치매에 걸리기 전, 다행히 늘 체계적이었다. 그러지 않은 환자는 낯선 방식을 익히느라 애먹는다고 털어놓는다. 나는 여전히 체계적인 성격으로 치매와 싸운다.

매주 안내서와 이메일을 인쇄해, 매일 할 일이나 강의 내용을 기억한다. 인쇄물을 분홍색 서류철에 넣어 부엌 조리대에 둔다. 기차 시간표, 변경할 항목의 세부 내용, 인쇄한 지도, 찾아갈 건물 사진도 서류철에 들어 있다. 그러면 헤매지 않을 뿐더러 그 장소에 도착하면 친근한 느낌을 받는다. 뭘 찾는지 알기 때문이다. 기차에 타면 여행 가방이 있을 경우 아이패드에 알람을 설정해 기억을 환기한다. 그런 조치가 없으면 가방을 두고 내릴 것이다. 회의 참석차 호텔에 투숙하면, 겁나는 경험이 될 수 있지만 체계적인 대처로 극복한다. 객실 커튼을 조금 열어두면, 밤에 깨어 내 방이라고 착각하지 않는다. 자기 전에 침대 옆에 포스트잇을 붙여놓으면, 깨서 어디 있는지 알 수 있다. 객실 문에 포스트잇을 붙이면 키카드를 챙길 수 있다. 샤워기 작동법을 알아내려다 포기하기 일쑤다. 물을 틀어도 냉·온수 바꾸는 법을 모르니까.

삶이 예전과 전혀 다른 방식으로 기운을 뺀다. 달력에 메모하는 일도 어렵기 짝이 없어서, 최근 두 번이나 같은 시간에 약속이 겹쳐서 폐를 끼쳤다. 그런 일이 점점 많아진다.

텔레비전 앞에 앉아 있다. 내가 그 내용을 알지 못해도 누가 알까? 물론 젬마와 새러가 가까이 있지만, 내가 밤중에 일어나 밖에 나간다거나 거실에서 나오면 어느 쪽이 계단인지 잊는 것을 딸들은 모른다. 삶이 더 두렵고 어렵고 지쳐가는 걸 혼자만 아는 독거 치매 환자가 몇이나 더 있을까? 나이프와 포크를 못 써도 남이 음식을 잘라주는 도움을 받지 못한다. 내가 식사 때임을 아는 것은 오직 아이패드 알람 때문이다. 치매와 싸울 똑똑한 방법을 찾는다고 해도, 이따금 그래서 벌 받는 기분이다.

퇴직 후 18개월 동안 정부의 '자립지원수당'(영국에서 장애자가 독립생활을 할 때 장애 증상에 따라 지급하는 복지 수당 – 옮긴이)을 지급받았다. 자산 조사 결과와 상관없이, 개인의 실제 상황에 따라 지급되는 수당이다. 최근 재평가받으라는 통보를 받고 사무실로 찾아갔다. 평상적인 코스를 짜고 보행 앱을 이용해 방향을 잡았다. 치매 환자 평가의 근본 문제는, 환자에게 일상의 괴로움을 기억하라고 요구하는 점이다. 난 기억할 수가 없었다. 당연히 기억하지 못하지. 몇 주 후 수급자격 탈락 통보를 받았다. 내가 정상적으로 말하고 보행하고, 식사를 준비하고 기억력이 충분하기 때문이란다. 전혀 사실이 아니다. 분명히 알츠하이머 협회에서 강연한다고 말했겠지. 원고를 꼼꼼히 써서 읽지 않으면, 도중에 무슨 말을 하는지 잊는다고 설명했을까? 정부의 종일 보살핌을 받지 않으려고 노력한다는 이유로 재정적인 생명줄을 빼앗긴 셈이다. 적응하려고 안간힘을 쓴다는 이유로 오히려 불이익을 당하다니.

치매는 다른 것도 빼앗아갔다. 감정. 그래서 분노를 느끼지도 못하고 서럽기만 하다.

너는 마구 쏘아붙이는 사람이 아니었어. 보통 화가 나면 말없이 표출했지. 딸들이 말대꾸해도 소리칠 필요가 없었어. 그냥 거실을 가로질러서 텔레비전만 꺼도, 딸들은 엄마가 화난 걸 알고도 남았거든. 어릴 때도 너는 짜증을 내지 않는 아이였으니, 일찌감치 치매에게 빼앗긴 감정이 분노—네 내면에 그리 깊이 박히지 않은 감정—인 것도 놀랍지 않지. 피를 끓게 하는—배 속 밑바닥에서 형언 못할 분노가 치밀어 머리가 터질 지경이 되는—게 하나 있었어. 아빠가 데리러 오기를 기다리는 딸들의 속상한 표정. 그 사람은 떠난 후 한 달에 한 번만 애들을 데리러 오면 되는데 그조차 제대로 못했어. 아이들은 창문을 올려다보면서 귀에 익은 차 소리를 기다렸어. 턱을 소파 뒤에 파묻고 있다가, 차 소리가 날 때마다 눈이 초롱초롱해졌다가 실망해서 눈빛이 흐려졌지.

너는 최대한 담담하게 말하곤 했지.

"아빤 늦을 거야. 만날 그러잖아."

속에서 터질 듯한 분노를 꿀꺽 삼켰지.

"길이 막히나 봐요."

새러가 얼른 나서서 아빠 편을 들고, 다시 몸을 돌려 지나는 차량을 지켜봤지. 반면 젬마는 시간이 더 빨리 가게 하려고 책을 들고 읽었지만 귀를 길가 쪽으로 쫑긋 세웠지.

너는 그가 나타나도 잠자코 있겠다고 다짐했지. 딸들은 아빠에게 달려가 포옹하고 뽀뽀하고 차에 타는 순간, 모든 걸 용서했거든. 애들은 무엇보다도 아빠가 여기 왔다는 사실에 안도했어.

"늦었네요…… 이번에도."

너는 부아가 나서 떨리는 목소리로 말했지. 그런다고 달라지는 게 없었지만.

바로 그게 널 화나게 했어. 이제는 날 서글프게 만들 뿐이지만.

런던의 붐비는 유스턴 가를 걷는다. 차량이 휙휙 지나지만, 분홍 귀마개를 끼고 있어 잦아든 소리가 들린다. 인쇄한 지도에 그린 루트를 내려다본다. 주요 지점─영국 도서관, 유스턴 역, 마담 투소(밀랍 전시관─옮긴이)─을 짚어가며 걷는다. 매사 계획대로 풀리니 새벽 5시 반에 출발한 보람이 있다. 리젠트 공원을 지나자니 차 소리가 멀리 사라진다. 고개를 드니 근사한 정문 뒤로 흰 석조 건물이 당당하게 늘어서 있다. 정원마다 봄기운이 감돌아, 수선화는 아침 햇살을 향해 고개를 내밀고 보랏빛 크로커스는 그늘에 행복하게 앉아 있다.

오늘 여기 온 것은 '왕립산부인과 학회' 강연 때문이고, 봄기운이 내 기분과 똑같다. 오늘 두 차례 강연 요청을 받았고 오후 프로그램의 첫 순서도 맡았다. 이 행사를 위해 특별히 고심해서 작성한 원고 두 개가 배낭에 들어 있다.

행사장 정문에 도착하니 사람들이 내게 손을 흔든다. 얼핏 익숙한 느낌이 들고, 그들은 인사를 나누면서 첫 만남이 아니라고 말한다. 그런데 명찰을 봐도 – 놀랄 일도 아니지만 – 감이 안 잡힌다. 항상 그렇듯, 상대의 말이 옳다고 믿고 싱긋 웃는다. 건물에 들어가, 저명한 의사들의 초상화가 걸린 웅장한 계단을 따라 회의장으로 간다. 장내에 기대감이 차기 시작한다.

주최 측 직원이 말한다.

"차를 드려야 된다는 걸 알아요, 웬디. 블로그에서 홍차 준비도 안 했다고 혼나고 싶지 않거든요."

우리는 웃고, 난 홍차를 들고 느긋하게 앉아 회의실을 둘러본다. 왼쪽에서 화가가 무지갯빛 색연필을 펼쳐놓고, 우리가 강연하는 장면을 그릴 채비를 한다. 참가자가 더 많이 들어오고, 다들 잡담을 나누거나 행사 프로그램을 살핀다. 참석자는 200명쯤이지만, 난 대중 강연이 떨리지 않는다. 치매 환자에게 기대하는 것이 별로 없어서, 내가 강연을 시작하면 다들 감동받을 수밖에 없다. 내 차례가 되자 평소처럼 말을 시작한다.

"원고를 읽는 걸 양해해주세요. 그러지 않으면 무슨 말을 하러 여기에 왔는지 잊고, 정신이 사나워져서 얘기가 삼천포로 빠지거든요. 예를 들면 방금 본 제 캐리커처라던가."

장내에 웃음이 번지고 나는 강연을 시작한다.

강연을 계속하면서 좌중을 둘러본다. 많은 사람이 치매 환자도 기회가 생기면 유창하게 말할 수 있다는 데 놀란다. 청중의 당황한 표정이 느긋해지고, 치매 환자의 삶을 점점 알아간다. 박수 소리가 귓전을 때리는 가운데 나는 자리로 돌아간다.

점심식사를 위해 해산하고, 난 오후 프로그램의 사회자를 만난다. 내가 어디에 앉을지 말하지만 그녀가 흘려듣는 눈치다. 난 자리로 돌아가 오후에 필요한 원고를 꺼내 들고 호명되기를 기다린다. 프로그램이 재개되고 좌중에 침묵이 흐른다. 다시 무대에 오를 준비를 하면서 인사말을 바꾼다. 그런데 호명된 이름은 내 이름이 아니라 피어스라는 다음 순서의 남성이다. 그도 나처럼 어리둥절해서 옆 테이블에서 날 쳐다본다. 나는 프로그램을 다시 살핀다. 내가 착각했나? 하지만 분명히 내 이름이 맨 앞에 있다. 주최 측이 순서를 바꾼 듯하다.

그래서 자리에 앉아 피어스의 강연을 건성으로 듣지만, 의문이 밀려들고 혼란이 엄습하기 시작한다. 한참 후 박수 소리를 듣자 나는 반듯하게 앉아, 생각과 무릎에 놓인 원고를 정리한다. 내 이름이 불리길 기다리지만 다음 연사가 호명된다. 그러자 나는 일어나서 발을 끌고 회의장에서 나온다. 속이 헛헛하다. 화가 나는 게 아니라 멍하다. 속상하고 진이 빠진다. 밖으로 나오다가 주최 측 사람과 마주친다.

"진행자가 나를 잊고 지나갔네요."

내가 말한다.

"아이고, 그랬습니까? 마음 쓰지 마세요, 아침에 강연하셨으니."

그 사람 앞에 서 있자니, 얼른 생각이 나지 않고 다른 게 쑥 파고든다. 가누지 못할 슬픔. 웅장한 계단을 내려오는데, 실망감에 젖어 아름다운 건축물이 눈에 들어오지 않는다. 유스턴 가를 걷는데 눈물이 차올라 길이 흐릿해 보인다. 차가 휙 지나자 놀라서 보도 안쪽으로 들어간다. 급히 빠져나오느라 귀마개 끼는 걸 잊었다. 걸음을 멈추지 않고 역까지 계속 간다. 얼른 집에 가고 싶을 뿐이다. 기차에 오른다. 좌석에 앉는다. 서글프다.

참여하면 치매가 견딜 만해진다. 하지만 잊히는 것은…….

기차가 역을 빠져나간다.

이제 자주 말을 잃는다. 이미지로 기억한다. 대화할 때, 또는 모르는 사람을 만날 때 대화 내용을 잊고 헤어지면서 느낀 감정만 기억한다. 그 사람을 다시 만나면 예전의 감정을 느낀다. 뇌 안의 활달하고 실용적인 자리를 이제 본능이 차지한 모양이다. 원초적인 본능이 되살아났다. 이곳에서 행복하고 안전한 느낌인가? 타인의 기분도 감지한다. 사람들이 발산하는 감정이 감지된다. 뇌가 잊어버릴 세부 사항보다 기억할 수 있는 단편에 연결되어서일까.

이제 더 좋은 친구나 어머니 노릇을 하려면 더 공들여야 한다. 포기하지 않고 주변 사람들을 챙기고 싶다 ─ 조금 더 체계적으로 대응하면 가능한 일이다. 예전 같으면 내 삶을 살면서 지인의 상황도 살필 것이다. 친구가 힘든 시기를 겪거나, 딸이 직장에서 문제가 생기면 마음 한편에 기억해 두었다. 지금은 포스트잇에 적거나, 아이패드에 알람 설정을 해야 며칠 후 상황을 물을 수 있다. 마지막 이메일이나 'WhatsApp'(개인 간의 모바일 메신저 애플리케이션 ─ 옮긴이)에서 전날 대화 내용을 확인한다. 그래야 젬마에게 밤에 친구들이랑 잘 만났는지, 새러에게 차를 잘 수리했는지, 빌리의 발이 괜찮은지 물어볼 수 있다.

오늘, 친구 줄리에게서 문자가 왔다.

'여전히 손주 출산 소식을 기다리는 중'이라고 쓰여 있었다.

'잘됐네! 정말 좋은 일이야!' 얼른 답 문자를 입력했다. 정말 기뻤다.

'맞아, 예정일은 지난주였지만 며칠 내로 나오겠지.'

휴대전화를 빤히 쳐다봤다. 출산 예정일이 지났다. 나는 줄리를 잘 안다. 이미 ─ 여러 차례 ─ 말했겠지만, 내게는 생전 처음 듣는 얘기 같았다.

망각이 나쁜 것만은 아니어서 장점도 있다. 치매 환자는 사랑하는 이의 사망을 잊어서, 그 사실을 들을 때마다 슬퍼한다고들 말한다. 하지만 희소식을 반복해서 듣고 기뻐하는 장점도 있다. 물론 줄리는 손주 이야기를 즐거이 반복했다. 때로 순간을 사는 게 과히 나쁘지 않다. 그 순간이 무엇을 가져오든 간에.

사람들은 내게 '안 변했다'고 말한다. 예상과 다르다는, 상상하고 마음의 준비를 한 모습과 다르다는 뜻이겠지. 친구가 찾아와 문을 여는 순간, 난 시선을 의식한다. 손님은 내가 모르는 줄 알지만, 그는 긴가민가한 표정으로 상태가 어떤지 살핀다. 내가 저번과 얼마나 다른지 재빨리 파악하려 든다. 여전히 '나'여서 걱정할 필요가 없는 걸 알면 어깨에 긴장이 풀리면서 다시 밝은 목소리가 된다.

최근에 몇몇 친구가 말했다.

"작년 이후 안 변했어 - 똑같은 모습이야."

내가 그 말을 듣고 싶은 줄 알겠지. 나중에 생각하니 이렇게 물어야 했다. '흰머리랑 주름이 조금 더 생겼겠지? 내가 어떤 모습이어야 되는데? 어떤 모습일 거라고 기대했는데?'

이런 반응에는 어떤 의미가 깔려 있을까? 대꾸할 수 있는 말이 많았는데 아쉽다. 치매 증상을 막으려고, 결국 질 줄 알면서도 시간을 벌려고 매일 어쩌는지 말해줄 걸. 치매를 이겨보려고 매일 뭘 하는지 말할 것을. 요즘 나와 맞지 않는 세계에서 지친다고, 집을 나설 때 단단히 준비하지 않으면 혼란에 빠진다고 말할 걸. 사람들은 치매 환자가 모두 급격히 퇴화한다고 믿을까? 일부 환자만 그러는데? 진단이 너무 늦어 '단념한' 경우 그렇다.

나는 이런 변화를 들키지 않으려고 끊임없이 애쓴다. 들키면 동정 받을 테고, 그건 바라지 않는 바다.

나는 알지만 친구들은 모르는 게 있다. 치매가 보행법을 바꿔서 전처럼 걷지 못하고, 걸핏하면 넘어지고, 지팡이가 필요한 줄 모른다. 마을을 산책할 때 사람들이 다가오면 지나갈 때까지 서 있어야 되는 줄 모른다. 안 그러면 어느 쪽으로 갈지 혼란스럽다. 몇 년 전에는 두세 시간이면 호수지구를 돌았지만 지금은 다섯 시간이나 걸린다. 전처럼 언덕을 오르내리고 바위를 탈 수 없어서 절망스럽다. 나이 들어서 느려진 게 아니라 치매가 뇌를 굼뜨게 만들었다. 더 느리고 뒤뚱대고, 멍투성이 팔이 그걸 증명하지만 소매로 가리고 상황을 감수한다.

하루 두 차례 양치질을 잊어서 치아 상태가 엉망인 걸 아무도 모른다. 치과 의사가 양치질 표를 비닐에 씌워 세면대 옆에 걸라고 요령을 알려주었다. 아침저녁으로 양치질 알람을 설정하고, 좋아하는 곡이 나오게 하라고 조언했다. 덕분에 양치질이 끝나기 전에 한눈팔고 딴 데 가지 않을 거라고.

좋은 아이디어지만 애 취급을 받는 기분이다.

이제 뇌가 간단한 결정도 척척 못 내리는 줄 아무도 모른다. 저번 날 아이패드로 기차표를 예약하면서, 세 번 갈아타는 일정으로 좌석 예약을 하는 데 1주일 넘게 걸렸다. 한동안 기차표를 예약하지 않으면 그 과정을 까맣게 잊고, 다들 여행하려면 어떻게 표를 구매하는지 궁금해진다. 그러면 포기하고 싶고, 뇌 속에 절망이 요동친다. 포기하면 더 수월할 텐데. 하지만 하루 또 하루 이기고 싶으면, 이 병에서 한 걸음 나가고 싶으면 포기하면 안 된다. 매일 작은 일에서도 치매한테 지지만.

이제 전화기를 사용하지 못한다. 저쪽 사람은 – 특히 나를 모르면 – 침묵이 감도는 이유를 모르고, 난 어색한 분위기를 면하려고 대충 대답한다. '네'라는 대답으로 통화가 끝날 걸 알기에 무슨 일에든 동의한다. 그러겠다고 답한다. 전화를 건 사람들은 말이 너무 빠르고 질문이 너무 많다. 이제 전화벨이 울리면 전화기를 마냥 쳐다본다. 전화를 받으면 이어질 혼란이 겁난다. 자동응답기를 연결해 이메일을 보내라는 메시지를 내보낸다.

저번 날 새러와 화훼센터에 갔다가 간단히 식사하기로 했다. 샌드위치를 고르려니 아찔했다. 다양한 속 재료며 양념이며. 하지만 계산대에서 쟁반을 보다가 늘 같은 샌드위치를 고른다는 걸 알았다. 참치 샌드위치. 왜 언제나 참치일까? 예외 없이. 다른 종류는 너무 골치 아프니까. 참치를 좋아하고, 그러니 참치를 택하면서 주도권을 발휘한다고 믿는 거지. 다른 결정을 하는 스트레스를 피하려고 참치를 선택한다고. 그런데 누구를 속이려고? 통제력을 발휘한 것은 내가 아니라 치매다. 치매가 날 유인해 저항하기보다 장단을 맞추게 만든 것이다.

사람들은 블로그를 보고 내가 어떻게 치매 환자냐고 반문한다. 뇌 손상을 입고도 글을 줄줄 쓴다는 데 놀란다. 뇌 일부는 온전해서 고맙다. 말을 입 밖으로 낼 때는 헤매지만, 글로 쓸 때는 타이밍을 놓치지 않고 술술 쓴다.

여전히 할 수 있는 일이 있다는 이유로 치매 환자인지 의심받으니 서글프다. 내 뇌가 환영이나 환청을 만든다는 것을 다들 모른다. 안개 자욱한 날의 나를 보면 치매 환자라고 믿겠지? 세상을 피해 이불 속에서 잔뜩 웅크린 나를? 그게 치매의 고정관념에 맞아떨어지겠지? 내가 아직 기회가 있을 때 도전을 통해 편견을 깨서 기쁘다. 하지만 사람들이 이 보이지 않는 병마를 보지 못해 내 삶을 얼마나 더 어렵게 만드는지.

'안 변했다'고 말한다. 하지만 예전에는 달리고 요리하고, 베이킹을 하고 근무하고 운전했다. 지금은 적응해서 할 수 있는 일에 몰입하며 생존한다. 하지만 진짜 나는, 지독히 독립적인 사람은 간 데 없고 도움을 받아야 되는 사람이 여기 있다. 할 수 있는 일을 한다. 필요한 존재로 느낄 수 있기에 딸네 정원에서 소일한다. 씨앗이 자라 풍성해지는 광경을 지켜보고, 거기서 행복을 맛본다. 이제 직접 요리를 못해서 딸들이 만들어준 음식을 즐거이 먹는다. 친구들과 두 시간만 함께한다. 더 길어지면 머리에 안개가 끼고 집중할 수 없어서이지만, 그래도 이런 방식으로나마 아직 친구들을 만날 수 있다.

하지만 예전의 나와 새로운 내가 너무나 달라서 숨을 쉬기 힘들 때가 있다.

한 친구와 'WhatsApp'을 이용해, 오후 내내 활발히 대화한다. 조금도 머뭇대지 않고 수다를 떨고 농담을 주고받는다. 신기술이 내 치매를 숨겨준 덕분이다. 10년 전이라면 실시간 대화는 불가능했을 것이다.

아직 대화 중인데 아이패드가 울린다. 새러가 나와 영상통화를 하려고 한다. 빨간색과 초록색 단어 ─ 거부 또는 승인 ─ 가 화면에 나타난다. 덜컥 겁이 난다. 지금 답하면 'WhatsApp'에서 친구에게 작별 인사하는 걸 잊을 텐데. 그래서 알람 소리가 멈추기를 기다려서 친구와 대화를 마무리한다. 새러에게 전화하니, 평소처럼 밝고 화사한 얼굴이 나타난다.

"엄마, 별일 없죠?"

방금 메시지를 주고받을 때처럼 말이 술술 나올 줄 알고 입을 연다. 그런데 다른 일이 벌어진다. 말을 더듬고 머뭇거리고, 적당한 어휘를 찾고. '안녕'이라고 말하는데도 확실하지가 않다. 아이 말투다.

"아, 안녕. 응…… 고, 고마워."

이 사람은 누구지? 나는 누구고?

새러의 말투가 바뀐다. 엄마만 감지하는 변화가 있고, 통화는 몇 분만 이어진다. 전화를 끊자 화면이 까매진다. 화면에 비친 내 얼굴을 본다. 이제 내 안에 사는 낯선 사람. 'WhatsApp' 대화를 다시 보니 예전의 웬디, 58년간 내가 안 사람이 거기에 있다. 그런데 이 사람은 침입자다. 두 사람의 나가 교차하는 게 생소하지만, 잠시 둘이 만났다는 느낌이 든다.

'계속 해나갈 수 있을까?'라는 덧없는 생각이 든다.

생각이 피어나기 전에 꺼버린다. 내가 치매를 통제한다는 게 환상임을, 매일 겪는 속임수임을 안다. 친구들의 친절한 말이 – '하나도 변하지 않았어' – 귓전에 맴돌지만, 언젠가 나는 거의 없어지리라.

이른 아침 버스 정류장에는 늘 흥분이 감돌았지. 네 쪽으로 자른 달걀 샌드위치와 홍차를 싼 도시락을 들고, 블랙풀(아일랜드 해에 면한 영국 최대의 휴양지. 각종 위락 시설과 높은 탑, 댄스 페스티벌로 유명하다–옮긴이)에 가면 뭐가 기다릴지 소곤댔어. 당시에는 M62 고속도로가 없었지? 공장 조업이 중단되는 2주간 다들 휴가를 떠났고, 시골을 횡단하는 버스 노선이 하나 있었어. 너와 엄마는 여행객들 틈에 있었지. 가방을 옆에 놓고, 일찌감치 줄 앞쪽에 서 있었어. 그래야 운전석 옆자리에 앉을 수 있었거든. 버스를 타고 가는 내내 처음으로 블랙풀 타워를 볼 순간만 기대했지. 버스 전체가 숨을 멈추고 우뚝 선 타워를 볼 기대에 부푼 것 같았어.

"저기다!"

뒤쪽에서 누군가가 외쳤지만, 너무 성급했지. 넌 철탑인 걸 알았지만, 부끄럼을 많이 타서 아니라고 말하지 못했지. 그래도 네 생각이 옳다고 자신했어.

용돈으로 모아둔 동전이 주머니에 잔뜩 들어 있었고, 호텔에 도착하면 넌 돈을 일정에 맞게 나눌 참이었지. 매일 똑같은 액수로 나누면, 단번에 써버리지 않을 테니까. 그때도 넌 체계적이었어.

마침내 유명한 타워가 보이자 넌 들떠서 엄마를 쿡쿡 찔러댔지. 버스에서 내려 서해바다의 공기 속으로 들어서면, 거리에 관광객이 넘쳐났어. 블랙풀에선 누구나 행복해 보였지─거기에 가면 주위에 웃음소리와 미소가 만발했어. 엄마를 따라 그 주에 머물 숙소로 신나게 걸어가면서, 저녁에 뭘 먹을지 짐작하려 애썼지. 항상 도착한 날 저녁식사는 흰 빵과 마가린을 곁들인 샐러드였는데 말이야. 네가 좋아하는 메뉴인데, 집에서

276

는 먹지 않는 것이어서 생각만 해도 군침이 돌았지.

가방을 내려놓기 무섭게 트램을 타고 극장가로 달려갔어. 그 주에 열리는 모든 공연의 표를 사러 갔지. 너는 트램에 매료되었고, 좌석에 앉아 창에 코를 박고 모래밭과 바다를 내다봤지. 그럴 때면 얼굴에서 미소가 떠나지 않았어. 극장가에 당대 유명 연예인의 이름이 즐비했어. 실라 블랙, 클리프 리처드, 게리 앤 피스메이커스는 단골 공연이었고, 엄마는 가장 좋은 자리를 차지하려고 표 사는 줄의 맨 앞에 서려 했어. 덕분에 매일 저녁 쇼를 보러 갔지. 클리프 리처드가 맨 앞줄에 앉은 너를 바라보면서, 관객에게 네가 공연 내내 얼마나 얌전했는지 말했지. 넌 그 일을 잊지 못한다고 말했어. 그가 너를 무대에 올려서 비치볼을 받아 가게 했지. 넌 이제 그 일을 기억하지 못하겠지만.

엄마는 많이 걷지 못해서, 해변 산책로에 늘어선 빙고 게임 판에 앉곤 했어. 그러면 너는 혼자 돌아다녀도 된다고 허락받았지-고작 10분 후에 엄마에게 돌아와야 했지만. 넌 화려한 상점가를 거닐면서 슬롯머신에서 동전 쏟아지는 소리를 들었고, 가끔 기계에 1페니를 넣으면서도 늘 손목시계를 봤지. 1주가 지나면서 혼자 다니게 허락된 시간이 길어졌고, 넌 해변으로 달려가 물이 드는 지점까지 갔지. 파도가 들이칠까 말까한 물가에 서면, 뒤쪽 모래밭에 수천 명이 앉아 있었어. 세상의 끝에 서 있고 세상을 독차지한 기분이었지. 넌 늦지 않게 다시 엄마한테 달려갔어. 엄마의 신뢰를 저버리기 싫어서였지만, 작은 모험은 혼자만 알고 있었지. 따로 고이 간직해둔 작은 비밀이었어. 보석 같은 추억이었지.

기차에 앉아 창밖으로 스쳐 지나는 세상을 내다본다. 며칠간 날씨가 좋을 거라기에 나에게 가벼운 휴가를 선물하기로 했다 – 어린 시절 좋아한 블랙풀을 다시 찾는 여행이다. 기차에 목적지가 같은 승객이 꽉 차고, 시끄러운 아이들은 주머니에서 짤랑대는 동전으로 뭘 할지 신나게 재잘댄다. 이따금 어느 아이가 "블랙풀 타워다!"라고 소리치면, 다들 들판의 산울타리 위로 솟은 철탑인 줄 알면서도 차창을 바라본다. 나도 똑같이 기차에서 처음 타워를 보겠다고 기대한다.

기차가 역에 정차하자 한가한 노스쇼어에 있는 단골 호텔로 향한다. 호텔 매니저가 나를 알고 내 블로그를 읽어서 늘 정성껏 보살펴준다. 블랙풀은 익숙해서 좋다. 주변 분위기를 알고, 골목골목과 트램 노선이 아직 기억에 남아 있다. 호텔을 나서서 왼쪽이나 오른쪽으로 돌아 다리 힘이 허락하는 만큼 빨리 걷다가, 지치면 트램을 타고 호텔로 돌아오면 된다. 매일 트램 노선이 같아서 – 스타 게이트에서 플리트우드까지 – 방향이 잘못되어도 언제든 되돌아올 수 있다. 트램은 승객 친화적이어서 계단 없이 승차하고, 역마다 자동 안내가 나온다. 깨끗한 큰 창으로 밖이 보이고, 차장이 성격 좋고 다정해서 승객을 미소로 맞이한다. 남자 승객이 혼자 트램에 오른다. 머뭇거리는 태도 – 주춤거릴 때의 익숙한 눈빛, 어째야 좋을지 모르는 표정 – 로 치매 환자임을 알 수 있다. 차장이 팔을 부축하면서 농담을 던진다.

"일단 앉고 보시죠. 승객이 넘어지면, 제가 시말서를 구구절절 써야 되는데 작문 실력이 신통치 않거든요!"

남자 승객은 나보다 몇 줄 앞에 앉고 우린 바깥 풍경을 내다본다. 주요 건물들이 커다랗게 다가온다. 북쪽 선창, 중앙 선창, 남쪽 선창, 빅원 롤러코스터, 당연히 블랙풀 타워. 나는 트램에서 내려 한 시간쯤 차를 마시면서, 어마어마한 무도장(블랙풀 댄스 페스티벌은 세계에서 가장 권위 있는 댄스 스포츠 대회 중 하나다 – 옮긴이)에서 남녀노소가 행복하게 춤추는 장관을 구경한다. 왈츠를 추는 은발의 커플은 은퇴 후 계획한 대로 삶을 즐긴다.

돌아가는 길에 산책길을 걷는데, 사람들의 말소리가 들린다. 대부분 '내 기억에……'로 시작되는 얘기다. 블랙풀은 지난 시절의 향수가 넘실대는 곳이다. 공장 휴무 기간에 검게 그을린 사람들이 북적대던 해변, 모래밭에서 처음 나귀를 타보고 얼음처럼 차가운 바다로 풍덩 뛰어든 추억. 나도 같은 이유로 이곳을 안전하게 느낀다. 평생 걸은 그 거리, 마음 한편을 차지한 추억, 엄마와 또 엄마가 되어 딸들과 즐긴 휴가가 기나긴 세월과 뒤섞인다.

지난해 젬마와 이곳에 왔다. '플레저 비치'(블랙풀에 있는 놀이공원-옮긴이)의 놀이기구가 가장 맘에 들었다. 지팡이를 짚고 딸과 나란히 걸으면서, 승객이 꽉 찬 72미터 높이의 대형 롤러코스터를 올려다보며 감탄했다.

"타보자꾸나."

내가 젬마에게 말하면서 지팡이를 관리요원에게 건넸다. 요원이 경악한 표정을 짓자 우린 킥킥대고, 그가 대꾸할 새도 없이 난 자리에 앉아 미소 지었다. 치매에 걸렸다고 아슬아슬한 도전 없이 심드렁하게 살라는 법 있나.

안전띠를 매고 빙빙 돌았고, 시속 120킬로로 달리자 배 속이 요동쳤다. 다음 날 왜 다리가 퍼런 멍투성이인지 몰랐지만 무척 재밌었다는 기억은 남아 있었다. 1년 전에 생긴 기억이지만 때로 첫 경험으로 느낀다.

그런 이유로 블랙풀이 좋다. 과거의 유령이 나와 함께 산책로를 걷는다. 이제 해변에 양동이와 삽을 든 사람이 전처럼 많지 않지만, 행복한 시절이 내 머리에 낀 안개를 파고든다.

며칠 후 집으로 가는 기차에 다시 오른다. 페나인 산맥을 지나는 차창을 내다본다. 어른들은 꾸벅꾸벅 졸지만, 아이들은 해변에서 본 대형 해파리 이야기를 주고받는다. 곧 객차가 조용해진다. 기차가 말을 할 수 있다면 사랑을 잃고 찾은 사연을 말하리라. 또 평생 간직할 추억과 생겼다 사라진 희망을 말하겠지. 기차는 온갖 사연을 싣고 철로를 오르내리면서 영국 전역을 누빈다. 매일 점점 많은 이야기를 듣지만, 발설하지 않고 사람들의 삶을 끝없이 몰고 다닌다.

오랜 시간이 흐른 후 너는 다시 블랙풀을 찾았지. 이번에는 싱글맘으로 가방 두 개를 들고 두 딸을 데리고 기차를 타러 왔어. 세 식구가 플랫폼에 서 있었고, 두 아이는 네가 만든 주머니를 들고 있었어―기차에서 갖고 놀 색칠 놀이와 사탕이 들어 있었지. 딸들은 환하게 웃었지만, 넌 얼른 기차에 타서 같이 앉을 자리를 찾기만을 바랐지. 그제야 안도할 수 있었어. 가는 내내 어린 시절처럼 가서 할 일, 트램, 바다, 아케이드에 대해 떠들었지. 그러다 지평선에 주목할 때가 왔고, 누가 먼저 블랙풀 타워를 볼지 시합을 했지.

처음 트램에 탑승하면 꼭 '플레저 비치'로 갔고, 회전목마를 타고 빙글빙글 돌면서 비명을 지르고 웃음을 터뜨렸지. 물에 빠지는 '통나무 계곡'을 타면 홀딱 젖었지만, 옷이 마르면 택시를 타고 호텔로 돌아가 옷을 갈아입고 밤 외출에 나섰지.

블랙풀에 갈 때마다 트램을 타고 몇 킬로미터 떨어진 '클레브리스'에 갔지. 매번 거기서 하루 놀면서, 딸들이 각자 봉제인형을 고르는 게 우리 전통이었어. 젬마가 고글과 항공점퍼 차림의 곰 인형을 선택한 해가 기억나? 새러는 어마어마하게 큰 고릴라를 골랐지.

"그걸 어떻게 집에 가져가려고?"

네가 물었지.

"내 옆에 앉아서 가면 돼요."

새러는 그렇게 대답했어. 아이가 단순하게 생각하니, 딱히 반대할 이유가 없었지.

블랙풀에서 집으로 가는 기차 여행을 넌 잊지 못할 거야. 고릴라 클리브가 테이블을 둘러싼 네 좌석 중 하나에 앉아 있었거든. 집으로 가는 내내 딸들이 킬킬댔지.

미소 짓는 얼굴이 내 앞에서 말을 건다.

"다시 만나서 반가워요, 웬디."

나는 목례하면서 미소 짓는다. 그렇게 상대가 바라는 대로 하고, 만나서 반갑다고 말한다. 상대의 질문에 답하고, 잠시 후 상대방은 만족하며 떠난다. 그러자 새러가 내게 고개를 돌린다.

딸이 묻는다.

"아까 누구예요?"

내가 대답한다.

"몰라, 하지만 아주 친절한 사람들이더구나."

우린 깔깔댄다.

"작년에 학회에서 만난 사람들일 거야."

나는 이제 사람들의 말에 항상 장단을 맞춘다. 이게 지금의 나다. 목례하면서 미소 짓고, 상대의 말을 고쳐주거나 질문하지 않는다. 그럴 수가 없다. 기억이 받쳐주지 않으니까. 늘 상대가 하는 대로 장단 맞추는 게 쉬운 대응책이다. 처음에는 힘들었다. 멈춰 서서 생각했고, 대답이 떠오르지 않을 텐데도 머리를 쥐어짰다. 그러느라 상대의 말을 놓치고 확신이 없어 혼란에 빠졌다. 바보 멍청이가 된 것 같았다. 지금은 그러지 않는다. 그냥 사람들이 원하는 대로 해준다. 기억나지 않는다고 밝히지 않는다 - 치매 환자에게라도 그 대답을 들으면 마음이 상할 테니.

내가 기억하지 못할 줄 상상도 못하는 사람이 놀랍게 많다. 그러니 그걸 염두에 두는 사람을 만나면 참신한 경험이 된다. 어느 날 런던 킹스크로스 역에서 복잡한 중앙 홀을 피해 서 있었다. 갑자기 인파 속에서 누군가가 내 이름을 불렀다. 한 남자가 환한 얼굴로 다가왔다. 나를 봐서 아주 기쁜 내색이 역력했지만, 난 그가 누군지 알 수 없었다. 평소처럼 대화하려고 마음의 준비를 했다. 그가 이런저런 말을 하면 내가 아는 척하려고 준비했다. 그런데 그가 내 손을 잡았다.

"기억 못하겠지만 나는 조예요. 우린 리즈의 병원에서 한동안 같이 일했지요. 헬렌도 압니다."

아, 헬렌. 내 친구. 헬렌의 모습이 떠올랐고, 연결고리가 생기자 즉시 마음이 가벼워졌다. 아는 체할 필요가 없어서 정말 편했다. 즐거운 대화를 했고, 조는 동료에게 나를 소개했다. 그러고 나서 나를 처음 본 자리에 남겨두고 떠났다.

사람들은 늘 '기억나세요, 전에……'라고 말을 시작한다.

이따금 기억난다. 기억나지 않는 경우가 더 많다. '아니, 모르겠는데요……'라고 대답하면, 상대는 반복해서 말하고 난 여전히 모르고 서 있어야 한다. 그래서 이제는 미소를 지으면서 '그랬나요?'라고 대꾸한다.

물론 새러나 젬마만 아니면 난 나답게 대응할 수 있다. '아니요, 뭐가 됐든 기억나지 않네요.' 그리고 깔깔대면 된다.

바깥세상으로 계속 나아가기

내가 기억하든 못하든, 매일 마을에서는 삶이 이어진다. 오리 떼가 연못가로 헤엄쳐 와서, 상점에서 사온 모이를 던지는 이들에게 고마워한다. 집배원은 우편물을 배달하면서, 어느 집 문에 난 구멍에 편지를 넣으면 안 되는지 안다. 바로 안쪽에 개가 있다가 손을 물릴 테니까. 마을버스는 베벌리와 헐을 오간다. 주로 – 동트기 전 집을 나서서 기차를 타고 다른 지방에 가는 경우가 아니면 – 나는 매일 오전 10시 버스를 탄다. 첫차를 타러 주민이 정류장에 모여들고, 대개 버스 시간보다 먼저 도착해서 동네 이야기를 나눈다. 아침 인사를 나누고, 서로 이름을 알고, 전날 산울타리 너머로 시작한 대화를 이어간다. 나는 그 틈에 끼어 폭설로 마을이 고립됐던 일화를 듣는다. 어쩌다 그 얘기가 나왔는지 잊지만, 각자 당시 경험을 말한다. 제설기도 소용없어서 내 집 골목에 버려졌다고 한다. 순간을 즐기고 이해하다가, 대화를 한 기억은 눈보라만큼이나 불쑥 나를 떠날 것이다.

"안녕하세요, 웬디."

버스에 오르자 기사가 인사한다. 그가 주민 이름을 다 아는 게 무척 놀랍다. 나는 기사의 얼굴도 기억하지 못하는데. 대신 내 기억보다 기사의 기억을 믿어야 한다. 평생 본능을 믿고 살았다. 게다가 나이 들고 산전수전 겪으면서 본능이 점점 믿을 만해진다. 그런 본능을 포기하기 어려울 수도 있다.

버스 기사에게 인사를 하고, 앞사람이 말한 그의 이름을 부른다. 남의 기억이 맞을 거라고 믿을 수밖에.

운전을 포기한 후 대중교통을 이용할 수밖에 없다. 그게 쉽지 않다. 마을버스 운행 시간은 10시부터 5시까지라서, 그 시간 외에는 택시를 타야 된다. 내가 이용하는 택시 회사는 베벌리 기차역에 있고, 처음에는 택시가 약속 시간에 오지 않으면 몹시 초조했다. 창 앞에서 서성대면서, 내가 착각했는지 불안했다. 전화로 예약했던가? 택시 회사에서 잊거나 내가 잊었을까? 택시가 1분만 늦어도 회사에 전화했다. 그쪽에서 날 진상손님으로 보는 기색이 역력했다. 하지만 그들이 어떻게 사정을 알까? 내가 상황을 바로잡아야 했다. 택시가 꼭 필요했으니까.

며칠 후 시내에서 쇼핑하다가 아이디어가 떠올랐다. '막스 앤 스펜서'(가재도구, 의류, 식품 등을 판매하는 영국의 백화점 체인 - 옮긴이)에 들러 각종 간식거리와 비스킷을 구입했다. 택시 회사 유리문을 들여다보다가, 전화를 받는 여직원의 목소리를 즉시 알아들었다.

"티타임에 드시라고 간식 좀 가져왔어요."

내가 말했다. 그녀는 의심스런 표정을 짓다가 비스킷을 봤다.

내가 다시 말했다.

"사과하려고 왔어요."

여직원이 간식거리를 받으면서 대꾸했다.

"저기, 저희 마음을 딱 아시네요. 그런데 사과하실 일이 뭔데요?"

"내가 웬디예요. 택시가 1분만 늦어도 전화해대는 사람."

"어머!"

여직원의 얼굴에 상황을 파악한 표정이 역력했다.

"사정을 설명하려고 왔어요."

나는 좁은 사무실에 앉아, 초콜릿 비스킷을 곁들여 여직원이 준 홍차를 마시면서, 치매 환자라고 설명했다.

"잔뜩 겁에 질려요. 그러다 내가 택시를 예약하지 않았다고 생각하죠."

여직원의 눈이 초롱초롱해졌다.

"괜찮아요. 제가 기사님들에게 말해둘게요. 이제 맘 놓고 전화하셔도 돼요."

이제 택시 회사 사람들이 보살펴주고, 심지어 기차가 늦어져도 챙겨준다.

"사무실에 들어와서 저희랑 기다리세요."

런던에서 오는 기차가 늦게 도착하면 다들 그렇게 말해준다. 또 늘 택시를 탈 수 있게 준비해준다.

이제 전화 통화하는 곳은 택시 회사밖에 없다. 내가 전화하면 즉시 누군지 안다. 원하는 바를 말할 때까지 참고 기다려주고, 대화 내용을 반복해 말해서 확인해준다. 확실히 비스킷이 효과를 발휘한다. 과자 한 상자가 안전한 느낌을 선사할 수 있음을 누가 알까?

사람들은 치매 환자가 어떻게 혼자 여러 가지 일을 할 수 있느냐고 묻는다. 대답은 '어렵사리'다. 하지만 뇌 손상 환자에게도 불가능은 없다. 내가 전국을 누비고 다니는 점이 가장 인상적인 듯하다. 어떻게 작은 마을에서 런던까지 먼 길을 기차를 타고 가서, 초행길인 회의장에 나타나는지? 하지만 이면에 엄청난 노력이 있다.

오늘 버밍엄에서 연구의 우선순위를 정하는 회의에 초대받았다. 몇 달 전 요청이 오자 즉시 참석 준비에 들어갔다. 먼저 체류할 호텔의 사진을, 다음으로 행사장 사진을 입수한다. 가는 길을 점검하고, 그날 볼 풍경 – 걸어갈 거리나 지나칠 동상 등등 – 을 프린트해서 낯을 익힌다. 그러면 당일에 어느 정도 친숙하다. 곧 수북이 쌓인 사진을 필요할 때 보도록 분홍 파일에 넣어둔다.

어두울 때 집을 나서게 준비한다. 며칠 전 택시를 예약한다. 거실 창을 내다보다가 약속 시간인데도 택시가 나타나지 않으면 수화기를 든다. 물론 택시 회사 측은 놀라지 않고, 제대로 예약되었으니 곧 택시가 도착할 거라고 안심시킨다. 그래도 불안이 엄습하기 시작해서 자꾸 벽시계를 쳐다본다. 계획대로 모든 일이 진행되어야 하고 예정대로 기차를 탄다. 만약의 경우에 대비해 비상계획도 세우기 시작한다. 역에서 앉아 기다리는 시간, 생각을 정리해 다음 단계를 떠올릴 시간도 변수에 넣는다.

당연히 예정된 기차에 타지만, 기차를 두 번 갈아타야 되니 걱정이 밀려든다. 아이패드로 창밖 풍경을 촬영하면서 진정하려 애쓴다. 풍력발전용 풍차가 돌아가는 들판 뒤로 해가 뜬다. 세 번째 기차가 정시에 도착하지만 무척 혼잡하다. 옷가방을 옆에 두지 않으면 놔두고 갈 텐데 가방을 둘 자리가 없다. 짐칸에 가방을 밀어 넣는다. 예약한 창가 자리를 찾아가니 다른 사람이 앉아 있다. 가능하면 그냥 넘어가겠지만, 지나치는 풍경을 보면서 촬영하는 게 겁먹지 않고 차분히 여행하는 비법이라서 내 자리라고 말할 수밖에 없다. 대개 혀를 차고 한숨을 쉬면서 비키지만, 오늘 만난 사람은 상냥해서 조용히 비켜 앉는다. 나는 만족스럽게 자리에 앉고, 곧 버밍엄에서 하차하라는 알람을 휴대전화에 설정한다. 가방을 챙기라는 알람도 설정한다.

모든 게 순조롭게 풀리다가, 버밍엄에 거의 도착할 때 어디선가 음악 소리가 들린다. 들어본 곡이어서 가볍게 몸을 흔들다가, 내 휴대전화에서 나는 소리임을 안다. 가방을 챙겨 하차하라는 알람 소리다.

버밍엄에 도착한다. 몽글몽글 커지는 뿌듯함에 젖는데 문득 기억난다. 버밍엄 뉴스트리트, 가장 진저리나는 역. 사방으로 난 출구하며 수많은 이용객. 한동안 주변을 돌면서 두려움을 가라앉히려고 애쓴다. 기차가 여러 편 취소되어 일정이 바뀌는 바람에 안달하는 승객들이 밀려다니고, 난감한 직장인들이 사방에서 몰려든다. 이 와중에 역에서 나가는 길을 알아내야 한다. 가방을 벽에 붙이고, 등으로 벽돌 벽의 서늘함을 느끼면서 혼돈이 가라앉기를 기다린다. 기차가 여러 편 역을 빠져나가는 사이, 난 생각이 정리되기를 기다린다. 한참 후 웃는 얼굴이 보이기에 묻는다.

"역에서 나가기에 가장 좋은 길이 어딘가요?"

그가 길을 가르쳐준다.

이제 거리에 있다. 역보다 더 붐비고 주변이 생소하다. 배낭에서 분홍 파일을 꺼내 프린트한 사진 뭉치를 넘기지만, 알아볼 만한 곳이 전혀 없다. 그러자 공포가 더 세차게 파고들기 시작해, 덩어리로 뭉쳐져서 이성적인 사고를 막는다.

아이패드를 꺼내 사진을 찍자 감정이 가라앉으면서 두려움이 밀려난다. 잠시 또렷하고 차분한 생각이 나면서, 어떻게 할지 일깨운다.

말끔한 빨간색 차양과 체크무늬 식탁보가 친근해 보이는 카페가 있다. 거기에 가서 안으로 들어가 차를 주문한다. 우유를 젓는 스푼 주위가 베이지색으로 변하는 찻잔을 보니 따스한 홍차 향이 올라온다. 휴대전화에서 도보로 길 찾기 앱을 연다. 이제 호텔로 가는 길을 찾을 수 있다. 역에서 도보로 겨우 5분 거리라는 점을 상기한다. 고개를 들고 다른 손님에게 호텔을 아는지 물어본다. 그는 멍한 눈빛으로 미안해하며 고개를 젓는다. 앱이 로딩되는 데 시간이 걸리고, 차를 다 마셨는데도 앱이 켜지지 않는다. 계산대 직원에게 물어본다. 그는 호텔을 모르지만 짐작으로 도와주려 애쓴다. 일단 카페에서 나가기로 하고, 그때 앱이 천천히 작동된다. 앱은 좌회전해서 세인트마틴 교회 쪽으로 가라고 지시하고 멈춰버린다. 경찰관이 보여서 물어보니, 그는 내 '치매 친구들' 배지를 힐끗 본다. 그가 호텔 위치를 알고, 앱이 엉뚱한 방향으로 안내 중이라고 알려준다.

"멀지 않습니다. 이 길로 10분쯤 걸어가십시오. 다른 데로 빠지지 말고 직진하세요."

그가 나를 안심시킨다.

쭉 걸어가면서, 계속 몇 주 전에 프린트한 건물을 찾는다.

갑자기 지붕들 위로 큼직한 호텔 이름이 보인다. 그쪽으로 걸어가는데 어깨에 긴장이 풀린다. 호텔 리셉션에 들어서니 직원들이 따뜻한 미소로 맞아준다.

객실에 들어가 짐에서 밀크와 티백을 꺼낸다 ─ 호텔에 비치된 양이 부족해서 갖고 다닌다. 홍차를 준비하니 아침에 호텔에서 역까지 다시 갈 일이 걱정된다. 지금 되짚어 가보면 길을 알 거야. 잠시 후 다시 리셉션으로 나가, 배낭에서 휴대전화를 꺼내 들고 온 길을 되짚으며 메모한다. 갑자기 사이렌을 울리며 경찰차가 앞을 휙 지나자 나는 가방에서 분홍색 귀마개를 꺼내 낀다. 주변 세상이 잠잠해지고, 이제 차분해져서 더 집중할 수 있다. 가면서 사진을 찍으니 훨씬 더 안정감이 든다. 이제 이 거리, 상점, 사무실, 화려한 색깔의 문, 창문을 아는 것 같다.

고개를 들어 하늘을 보니 빛이 흐려지기 시작한다. 어딜 가나 어두워지기 전에 호텔 방으로 돌아가려 한다. 어두우면 원근감을 잃어서, 모든 게 가까워지고 검고 낯설어 보인다. 상점에서 샌드위치와 음료수를 사서, 안전한 호텔로 향한다. 다시 홍차를 준비해서 객실 창가에서 러시아워의 차량들을 내려다본다.

전등 켜는 법을 몰라서 베드사이드 램프를 켠다. 가까스로 텔레비전을 켜고, 밤에 깰 경우에 대비해 커튼을 조금 열어둔다. 포스트잇에 현재 위치와 이곳에 온 용무를 적어둔다.

혹시 모르니까.

밤새 잤는지, 깨어 있었는지 아침이 되자 머릿속이 어지럽고 불확실하다. 가방에서 아이패드를 꺼내, 새러가 단어 퍼즐에서 문제를 더 풀었는지 확인하자 차츰 세상이 또렷해진다. 이제 샤워기 사용하는 방법을 안다. 두 시간 후 산뜻한 모습과 익숙한 태도로 회의장에 나타나면, 거기에 오기까지 어떤 수고를 했는지 아무도 모를 것이다.

왜 이런 일을 감수하느냐고? 무슨 대안이 있나? 아무 데도 안 가고 집에 틀어박혀 급격히 퇴화하는 걸 막으려고 이럴까? 아니다. 가만있는 건 나답지 않기 때문이다. 치매에 걸렸든 아니든.

치매 환자들은 내가 이렇게까지 – 요란법석, 준비, 여행, 혼란과 피로 – 할 만한 보람을 준다. 그들은 강연 후 다가오거나 블로그를 읽고 편지로 '이제 두렵지 않다'고 말한다. 혹은 환자의 딸들은 '이제 엄마를 더 잘 도울 방법을 알았다'고 말한다. 최근 어느 부인의 편지를 받았다. '짙은 안개나 눈 속을 운전할 때는, 앞차의 미등을 쫓아가면 더 수월하고 겁도 덜 나지요. 미등을 계속 켜줘서 고마워요, 웬디.'

또 나 자신 때문에 이 일을 한다. 전문가가 내 의견을 경청해주면, 내가 변화를 만드는 기분이 든다. 하지만 경청해주지 않으면 부아가 나기도 한다. 형식적인 절차 때문에 상황을 바꾸지 못하거나 실행할 수 없을 때 특히 그렇다. 행사와 회의에서 강연하는 걸 스도쿠 게임으로 여기지만, 같은 게임을 반복하는데 싫증나지 않을 사람이 있을까? 이따금 감당 못할 만큼 지쳐서 치매라는 사실을 잊고 싶다. 그런 때는 1주일쯤 휴식기를 가지려 한다. 하지만 쉬면 아주 까다로운 일을 하는 법을 잊기 때문에 오래 쉴 수 없다. 그 생각에 매달려 폭풍우를 뚫고 지나간다. 두려움이야말로 가장 큰 동기를 부여한다.

이제 2년째 블로그를 쓰고 있다. 2년간 생각을 나누고, 기억할 생각들을 저장해왔다. 치매에 걸리기 전에는 블로그 작성은 고사하고 읽어본 적도 없다. 하지만 새로운 것을 배우기에 늦은 때는 없고, 뇌 질환 환자도 마찬가지다. 몇 달 전 '마음과 목소리' 모임에서 아이패드로 단체 사진을 찍었다. 치매를 앓는 리타가 나를 슬쩍 찔렀다.

"방금 그 기계로 사진을 찍은 거예요?"

리타가 물었다.

"네."

나는 대답하면서 그녀가 웃는 사진을 보여주었다.

리타가 말했다.

"아, 난 이런 게 없는데! 손주들이 이런 기계를 갖고 있을 거예요. 애들에게 우리 사진을 보여달라고 해야겠네."

나는 더 자세히 말해주었다.

"영상통화라는 게 있는데, 동시에 사람들이랑 얼굴을 보면서 말할 수 있어요."

"어머나! 어떻게 그게 가능하지요?"

리타가 물었다.

다시 회의가 시작되었지만, 리타는 궁금해서 내 빨간 태블릿을 어깨 너머로 흘끔댔다.

한 달 후 리타는 다시 모임에 참석했고, 환하게 웃으면서 급히 다가왔다.

"손녀가 사진 보는 법을 가르쳐줬고, 영상통화도 했어요. 그 아이가 내 앞에 딱 나타나서 말을 하더라고요."

리타는 신기술을 배운 자신을 무척 자랑스러워했다. 나도 전화를 걸기 어려워서 다정한 통화를 못 할 때 소외감을 느낀다. 하지만 딸들과 영상통화를 할 수 있으면 소외감이 덜해진다.

또 트위터는 완전히 새 세상을 열어준 통로였다. 옛 동료들은 내가 IT 관련 업무를 하면서도 컴맹이라고 놀려댔다. 그런 내가 신기술 없이는 하루도 못 견디게 생겼으니 참 아이러니하다. 처음에는 트위터를 뇌를 시험하는 도구로 삼아서, 140자 내에서 하고 싶은 말을 하는 법을 터득하려 애썼다. 긴 시간 동안 연습했지만, 파란 트위트 버튼을 클릭할 용기가 없었다. 내 말을 세상에 내보내는 게 무시무시했다. 어느 저녁, 조용한 집에 앉아 있는데 창밖에 어둠이 내리면서 적막감이 찾아들었다. 쓸쓸했고 그 순간 트위터가 기억났다. 앱을 여니, 내 앞에서 전 세계인이 주고받는 대화가 펼쳐졌다.

구경꾼이 되어 끝없이 이어지는 대화를 훑어보다가, 호기심이 생기는 해시태그를 만났다. '#연구를 하는 이유'. 클릭하니 간호사와 연구원 등 다양한 의료 전문가들이 새로운 연구 개발을 소개하고 트위터상에서 연구를 홍보할 환자를 구했다. 대화가 진행되는 사이 나는 첫 트윗을 조심스레 입력했다. '첫 환자 홍보대사가 될 수 있을까요?' 문장을 쓰고, 좋은 인상을 주려고 스마일 이모티콘을 붙였다. 잠시 후 답이 왔다. 반갑다고!

천천히 더 많은 프로젝트에 참여했고, 곧 환영받고 접수되었다. 그날 저녁 새 친구들이 생겼고, 이후 실제로 만났다. 연구 홍보를 위해 의회를 방문하기도 했다.

이제 외로울 때마다 트위터를 열고 전 세계 인터넷 친구들과 대화한다. 트위터는 바깥세상을 다시 안으로 데려온다.

그래도 빼앗기지 않은 것들

현관문을 열고, 문 앞에 서 있는 손님을 농담으로 맞으려고 애쓴다.

내가 말한다.

"내 뇌 때문에 오셨으면 좀 기다리셔야겠네요. 뇌가 아직 완전히 끝장나지 않아서!"

내가 말한다.

그녀가 웃으면서 안으로 들어오고, 난 여느 때처럼 대접한다. 차를 권하고 코트를 받아 계단 옆에 걸어둔다. 하지만 내 미소에는 의도가 숨어 있다. 분위기를 가볍게 하고, 그녀가 찾아온 진짜 용건의 중압감을 잠시나마 피하고 싶다. 우리는 내 사후에 뇌를 어떻게 할지 의논 중이다. 난 뇌를 의학 연구에 사후 기증하기로 결정했다.

진행성 질환을 앓으면 삶과 죽음 사이에 묘한 중간 지대가 있다. 미래에 어떻게 될지 알기에 처리해야 될 일이지만, 이 순간에 몰두해서 살고 싶은 강한 욕망도 있다. 현재에 몰입하고, 달리 벌어지는 상황을 잊고 싶다. 그러나 치매의 속성상 그걸 잊을 수가 없다. 이 병은 어딜 가나 따라다니고 매순간 스며든다. 병이 만든 인물에 적응하려고 애쓰면서도, 병이 왔을 때처럼 홀연히 떠나기를 매순간 바란다. '치매'가 언급되지 않는 대화를 하고 싶고, 세상에서 익명의 보통 사람으로 되돌아가고 싶다.

우린 콘서바토리에 앉아 매번 하는 기억력 테스트를 한다. 검사원이 결과를 기록한 파일은 내 사후에 상세히 검토될 것이다. 이런 생각을 떨치고, 뇌 기증에 동의한 이유를 떠올리려 애쓴다. 내가 떠나도 뇌가 남아서 치매의 아주 작은 비밀이라도 밝히거나, 과학 이론을 확인하면 얼마나 멋질까. 우스운 감정이지만 위로가 된다.

한 시간 후 검사원은 떠나고 난 다시 혼자 생각에 잠긴다. 울컥한데 확실한 이유를 모르겠다. 우린 한 시간 동안 마지막을 의논했다. 가장 사랑하는 두 사람, 딸들과 의논할 수가 없는 부분이다. 엄마이니 이러는 게 당연하지만, 중요한 부분이고 그 외에 챙겨야 될 사안이 더 있다. 하지만 가끔 이런 생각이 든다. 우린 이미 충분히 용감하지 않았나?

기억력 검사 결과가 더 나빠진 걸 안다. 검사원의 어깨 너머로 결과를 힐끗 보았고, 가슴이 철렁했다. 그녀가 첫 방문한 2년 전과 달리 난 정확히 표현하지 못한다. 말하는 능력을 잃고 있다. 단어를 떠올리고 입 밖에 내기까지 너무 오래 걸린다. 다 말하기 전에 전달하려는 요지를 잊어서 도중에 말을 흐리는 일이 다반사다. 휴대전화를 들고 'WhatsApp' 대화를 훑어보면, 친구와 주고받은 문자와 나를 웃게 만든 재치 있는 이모티콘이 있다. 그건 글로 쓸 때만이다. 이제 같은 이야기를 말로 할 수가 없고, 그런 생각을 하니 문득 '계속해나갈 수 있을까?'라는 의문이 든다.

얼른 의문을 지워버린다. 그 생각을 하고 싶지 않다. 현재의 방향으로 돌리고 싶을 뿐, 그 길로 내려가고 싶지 않다. 하지만 그 '지금'이 매일 변한다. 오늘의 나는 6개월 전과 다르다. 그때의 나는 1년 전과 달랐다. 본모습을 잃어가고 있다. 그게 가장 두렵다. 내가 가진 건, 우리 모두가 가진 건 그것밖에 없으니까. '나'라고 부르는 그것. 새로운 나를, 뿌연 기억을 가진 나를 믿을 수 있을까? 지금부터 6개월이나 1년 후의 그 사람은 어떨까? 그 사람은 해나갈 수 있다고 똑똑히 밝힐 수 있을까? 계속 나아가고 싶다고 말할 수 있을까?

WOW 회의에서 들은 어떤 부인의 사연을 적은 블로그를 최근 다시 읽는다. 그녀는 스위스에 있는 안락사 병원 '디그니타스'에 이미 예약했다고 말했다. 당시 그녀의 결단력과 용기에 감탄했지만, 나는 딸들 때문에 그럴 수가 없다. 그럴 준비도 되지 않았다, 당연히 그렇다. 하지만 1년 후의 나는 준비가 되어 있는지 알까? 그 사람이 내 의사를 명확히 표현할 수 있다고 믿어도 될까? 최근 내가 강연하는 비디오를 봤지만, 화면에서 날 보는 여자가 누군지 못 알아봤다. 모르는 목소리와 말투…… 58년간 알았던 나는 이미 떠났다. 그녀를 계속 살릴 수 있는 곳에 붙들어둔다 - 우스운 블로그, 'WhatsApp' 메시지, 이메일, 연설문에 넣은 재치 있는 구절에 그녀를 가둔다. 내면에 갇힌 게 진짜 나일까, 아니면 밖에서 말하는 사람이 진짜 나일까? 둘 중 하나는 가짜일까?

나는 치매를 앓는 - 또는 간병하는 - 이에게 잘 살 수 있다고 전파하면서 산다. 하지만 WOW 회의에서 만난 부인처럼 잘 죽는 것을 선택하는 이도 있다. 암에 걸렸다면 선택지가 더 많겠지만 - 단순히 치료 거부만으로도 죽음을 선택할 수 있다 - 치매를 앓으니 뇌가 버티는 한 고통이 계속된다. 난 무력하다. 무력해서 원하는 삶을 못 사니, 통제력을 최대한 발휘해도 지는 싸움을 한다는 생각이 많이 든다 - 정말 그렇다. 그런데 무력해서 죽지도 못한다. 스위스에 가고 싶다. 그런데 두 딸이 저희끼리 돌아와야 되니 그럴 수가 없다. 영국에서 자살을 돕는 게 합법이라면, 내 안락사를 도운 후 딸들이 곤경에 처하지 않는다면 난 맨 먼저 그러고 싶다. 유일한 문제는 시기일 텐데, 지금 생사의 중간 지대에서 산다. 계속 살아 점점 절벽 끝에 다가서는 나 자신을 보고 싶을까? 이만

하면 충분히 멀리 왔다고 말할 때가 언제일까? 확실히 알 때는 – 절벽 끝이 코앞이라서 아래 허공이 보일 때 – 너무 늦어서 그 말을 못할까?

물론 도중에 변화가 생길 수도 있다. 내가 독립적으로 살 수 있는 유효기간이 있음을 안다. 아직 찾거나 알아보지 못한 선택지가 있을지도 모른다. 언제까지 아이패드에 알람을 설정해서 식사와 약 먹는 시간을 챙길 수 있을까? 이런 장치는 혼자 지내게 돕는 기본 요소다. 지금의 나는 요양원 입원을 원치 않는다. 하지만 앞으로의 나는 어떨까? 그 사람은 요양원을 어떻게 느낄까? 난 아직 그 사람을 모르고, 예전의 나를 잊었다. 지금의 나 역시 완전히 신뢰할 수는 없다. 그래서 '지금'이 더 좋다.

병원에 달려가던 때가 기억나니? 그 일만은 잊었을 리 없지. 너는 차 앞좌석에 앉아 남산만 한 배를 꼭 안았지. 배 속에 지난 9개월간 태명이 '막대기'였던 아기가 있었어. 가방에 더 좋은 이름을 적어 넣어두긴 했지만. 너는 차들이 비키기를 바랐지. 운전대를 잡은 사람은 네가 아니라 남편이어서, 달리 네가 할 수 있는 일이 없었지.

몇 시간 후 침대에 앉아 손으로 턱을 받치고, 옆에 누운 아기에게 완전히 반했지. 아기는 분홍 담요에 싸여 조막만한 예쁜 얼굴만 보였지. 너는 크리스마스 선물 펼치듯 담요를 펼쳐 인형 같은 손을 잡아보고 싶었어. 하지만 곧 다시 잠든 아기를 지켜보는 것으로 충분했지. 가끔 요람 끝에 걸린 분홍색 명찰을 힐끗 보면, 출산했음이 생생하게 느껴졌어. 네 아버지의 생일 나흘 후 새러 미첼이 이 세상에 나왔지.

두 번째 출산은 3년 후였고, 예정일까지 한 달이나 남았지만 의료진은 미심쩍다며 너를 다른 병원에 보내 검사받게 했지. 너는 직접 운전해서 갔고 문제가 없을 것 같았지만, 두 시간 후 둘째딸을 품에 안았어. 이 아기에게 줄 사랑이 있는 걸 알고 놀랐지. 이번에는 요람 끝에 달린 분홍색 명찰에 엠마 미첼이라고 적혀 있었어. 그런데 왠지 이름이 어울리지 않았지. 다음 날 계단을 올라 병동으로 오는 작은 발소리가 들렸어.

"엄마! 엄마!"

네 배 속에 있던 아기를 보고 싶어 흥분한 작은 목소리.

"누가 널 만나러 왔는지 보렴."

너는 그런 말로 자매를 인사시켰지.

새러는 숨을 몰아쉬다가 미소 지었어.

"언제 집에 올 거야, 엄마?"

"금방 갈 거야."

그리고 나서 너는 요람 끄트머리에서 명찰을 떼어, 남편에게 빈칸에 'G'를 써넣었다고 설명했어.

네가 물었지.

"아기한테 젬마가 더 어울리지 않아요?"

너는 늘 곁에 있겠다고 두 딸에게 약속했어.

예전에 딸들은 밤이고 낮이고 발이 묶이거나 차편이 없으면 전화했다. 늘 애들을 데리러 갔다. 하지만 새로운 나는 다르다. 리즈 기차역에서 열차가 지연되자 공포에 사로잡혀 젬마에게 'WhatsApp' 메시지를 보냈다. '기차가 지연되네.' 눈을 굴리는 이모티콘을 덧붙였다. 글은 침착해 보이기 쉽다. 하지만 심장이 두근거리기 시작한다. 계속 안내판을 살핀다. '지연'이라고만 나온다. 다시 젬마에게 메시지를 보내, 예정보다 한 시간 후 픽업해줄 수 있는지 묻는다. 또 눈을 굴리는 이모티콘. 그때 안내판이 까맣게 변한다. 진정하고 소식을 기다리지만, 잠시 후 '지연'이라는 문구만 뜬다.

젬마와 영상통화를 한다.

"어떻게 해야 좋을지 모르겠네!"

딸은 내가 겁먹은 줄 아는 눈치다. 젬마가 차분히 말한다.

"괜찮아요. 혹시 리즈에서 던카스터로 올 수 있어요?"

"모르겠어."

주위를 둘러본다. 역이 아까보다 더 복잡해 보인다.

"아, 잠깐. 그래. 안내판에 던카스터라고 나온다. 곧 출발이야."

"좋아요. 가서 그 기차를 타세요. 기차에 타면 문자를 보내세요. 던카스터에 도착해서도 문자를 보내시고요."

통화를 마치고, 젬마의 지시대로 기차에 타서 문자를 보낸다. 좌석에 앉아 긴장이 풀리자 집으로 가면서 다시 문자를 보낸다.

역에서 젬마가 기다린다. 구세주다.

이렇게 거꾸로 되면 곤란한데. 딸들에게 구제받으면 안 되는데. 처음 진단받자 모든 게 미지였다. 당시에는 어떤 상황이 될지 몰랐기에, 생사의 중간 지대에 있지도 않았다. 이제 우린 그 지대에서 산다.

한번은 호스피스 병동을 방문했다. 딸들은 내가 오후 6시까지는 귀가할 줄 알았지만, 난 수다 삼매경에 빠졌다. 휴대전화를 보니 딸들의 부재중 전화가 열세 통이었고 문자메시지가 엄청나게 많았다. 이제 딸들은 앱을 이용해 GPS로 추적해서, 내가 정확히 있어야 될 곳에 있는지 확인한다. 그 바람에 난 이런 메시지를 받는다. '대체 더람에서 뭐 하세요?'

몇 주 전 새러와 쇼핑하러 갔다. 필요한 물건을 사서 쇼핑백을 트렁크에 실었다. 나는 금방 오겠다고 말하고 카트를 두러 가다가, 정원용 비료를 사야 될 것 같아 옆길로 빠졌다. 상점에서 나와 묵직한 비료 두 부대를 싣고 돌아가니, 새러가 안절부절못하고 있었다.

"어디 가신지 몰랐잖아요."

딸은 겁먹은 표정으로 말했고, 내가 너무 잘 아는 표정이었다. 딸들이 어릴 때 딴 데 가버리면 내가 지었던 표정.

"비료를 더 사러 갔다 온 것뿐이야."

내가 대답했다.

하지만 새러는 그런 줄 몰랐고, 딸을 걱정시켜 너무 미안하다. 딸들은 주로 최상의 상태인 나를 본다. 아니, 그렇게 생각하고 싶다. 그들은 슬픔에 겨운 나를 보지 않는다. 딸들의 얼굴을 보면 난 행복해지니까. 딸들을 향한 사랑이 그날의 혼란을 이기고, 아프거나 허전한 마음을 없앤다. 그러니 병세가 악화되어 갑자기 딸들의 도움이 필요해지면 충격이 클 것이다.

하지만 나를 과잉보호하는 것은 모두에게 좋지 않다. 딸들이 10대였을 때 난 과잉보호하지 않았다. 한 부모는 자녀가 실수를 하게 놔둬야 한다. 그래야 해도 되는 일과 안 되는 일을 배운다. 딸들은 나를 그렇게 볼 것이다. 그래서 물러나서 내가 부를 때까지 기다린다.

때로 어떤 이미지가 선명하게 떠오르지. 다른 시절이 회상되는 거야. 오래전의 책꽂이에서 파일을 꺼낸 것처럼. 어떤 파일일지 모르지. 이번에는 생후 몇 개월의 네 모습이야. 통통한 다리, 수건으로 감싼 기저귀, 요람의 나무 살을 움켜잡은 조막만한 손, 그 뒤로 불꽃이 너울대는 벽난로. 너는 눈을 감고, 어제 일인 듯 그 온기를 느끼지. 시간은 무의미해. 아주 잠깐이지만 넌 다시 아기야. 그러다 안개가 걷히고 다시 지금으로 돌아오지.

커튼 사이로 햇살이 들고, 창에서 새로운 하루가 들여다본
다. 자려고 애쓰지만 뜻대로 되지 않는다. 다른 날은 몰라도
오늘은 그렇다. 그대로 일어난다. 시간을 때우려고 마을버스
를 타고 시내에 가서, 상가를 둘러보고 차를 마신다. 다른 음
식을 먹으면 배 속이 세탁기 속처럼 돌아갈 테니. 오늘 새러,
젬마, 스튜어트가 비용을 내서 난 첫 글라이더 탑승을 한다.
멋진 하늘을 올려다본다. 두어 시간 후면 거기에 있을 것이
다. 기상 악화로 비행이 취소될까 걱정했지만, 구름 한 점 없
이 파란 하늘이다. 젬마와 스튜어트가 데리러 올 즈음, 난 집
에 돌아와 코트와 가방을 챙겨 들고 문간에 서 있다.

"준비되셨어요?"

젬마가 환하게 웃으면서 묻는다.

"그럼. 얼른 하고 싶어 안달이 나는 걸."

우린 비행장에서 새러를 만나고, 난 신나서 펄쩍펄쩍 뛴
다. 딸들이 훨씬 더 긴장한다. 우선 안전 교육 비디오를 시청
한다.

"긴급 상황에 대비해 낙하산 작동법을 기억하셔야 됩니다."

교관이 진지하게 말한다. 딸들의 시선이 내게 쏠린다. 나
는 멍한 얼굴로 마주 보고. 우리만 알고 있자는 의미다. 내가
교육 내용을 기억할 가능성이 없지만 함구하자는 암묵적인
동의. 하지만 난 내용을 숙지했다고 교관을 설득하려고 애
썼을 것이다. 그랬으니 차를 타고 비행장으로 가겠지. 주변

에서 글라이더 여러 대가 이륙한다. 일반 비행기가 글라이더를 견인해서 활주로를 미끄러지다 이륙하고, 일정 고도에 이르면 글라이더 조종사는 비행기와 이어진 로프를 푼다. 내 배 속이 울렁대고 아침을 먹지 않아 다행이다. 갑자기 교관이 새러와 젬마를 옆으로 데려가지만, 말소리가 내 귀에 들린다.

"어머니가 하실 수 있겠습니까?"

딸들이 날 쳐다보고, 일순간 서글프다. 뒤에서 내 이야기를 하는 게 싫다.

"엄마한테 직접 물어보시죠?"

딸들이 말한다. 즉시 서글픔이 사라진다.

내가 웃으면서 대답한다.

"염려 붙들어 매요. 소란 떨면서 조종간을 붙잡는 일은 없을 테니."

분위기가 가벼워지고 다들 웃는다.

잠시 후 내 차례가 된다. 조종사는 나를 글라이더 앞좌석에 앉히고 뒤에 올라탄다. 내가 앉은 좁은 공간이 보이고, 레버와 조종간이 있다.

조종사가 말한다.

"이 레버를 건드리면 안 된다는 걸 명심하십시오. 창문 옆의 경첩에 손대지 마시고요."

주의 사항을 머리에 담는다. 빨간 가방에 포스트잇과 볼펜을 넣어올 것을.

"긴급 상황에 어떻게 해야 되는지 기억하십시오. 비디오에 나온 대로 하시면 됩니다."

조종사가 당부한다.

나는 기계적으로 고개를 끄덕인다.

"알겠어요."

대답하면서, 1,500미터 상공에서 지상으로 떨어지는 광경을 지우려 애쓴다. 그러다 '그렇게 떠나는 것도 방법이네'라고 생각하면서 싱긋 웃는다.

글라이더 앞쪽과 비행기가 연결되고, 나는 웃으면서 두 딸과 스튜어트에게 손을 흔든다. 세 사람이 나보다 더 안절부절못한다.

"준비되셨죠?"

뒤에서 조종사가 말하고 우린 출발한다. 비행기가 활주로로 우리 글라이더를 견인하자 로프가 팽팽해지면서 우리는 천천히 끌려간다. 다른 글라이더처럼 우리도 속도를 올리자 세상이 휘휘 지나가더니 천천히 지상이 아래로 사라진다. 우리는 공중으로 떠올라 더 높이 오르고, 앞쪽에서 견인하는 비행기 소리가 들린다. 창문으로 조각보 문양의 들판이 보인다. 다시 앞을 보니 글라이더와 비행기 사이의 로프가 분리되고, 견인기는 멀리 날아간다. 우리만 남아 완전한 고요 속에서 미끄러진다. 부드러운 바람 소리만 곁을 스치고, 구름이 손에 닿을 듯 가깝다. 시끄러울 줄 알았는데 정말 평온하다. 땅 위에서는 세상을 조용하게 만들려고 애쓰고 있는데, 여기 창공에서 고요함을 얻는다.

"괜찮으세요?"

갑자기 뒤에서 사람 소리가 난다.

"멋있어요."

내가 황홀경에 빠져 대답한다. 무릎에 놓인 손을 내려다보니, 손목에 휴대전화가 묶여 있다. 휴대전화를 들고 촬영을 시작한다. 우선 씩 웃으면서 내 셀카를 찍고 나서, 무척 심각한 조종사를 배경으로 한 장 더 찍는다.

"조금 더 선회하고 싶으세요?"

조종사는 내가 비행을 즐기는 걸 알고 안심하는 표정으로 묻는다.

"아, 그럼요."

내가 대답한다. 예정보다 오래 창공에 머물 수 있어서 고맙다. 높이, 더 높이 분당 90미터 속도로 오른다. 아래서 샛노란 유채밭이 미소 짓는다. 모형 같은 작은 마을들, 작은 숲속에 숨은 집 한 채. 세상이 우리에게 비밀을 알려준다. 그때 긴 직선 도로 위의 낯익은 빨간색과 크림색 버스가 보인다. 요크에 나갈 때 타는 버스다. 머리를 창에 댄다. 여기서 보니 버스가 작아서, 손가락 두 개로 들어낼 수 있을 것 같다. 주변 사진을 찍으니 웃음이 가시지 않는다. 그때 고도가 살짝 낮아지는 느낌이 든다. 조종사에게 물어보니, 지상으로 돌아갈 시간이다. 지상에 가까워지자 작은 건물이 점점 크게 보이더니, 놀랄 만치 사뿐히 착륙한다. 턱 소리가 나면서 살짝 꿀렁대는 게 전부다. 나는 행복한 한숨으로 지상 귀환을 맞는다.

빨간 트랙터가 우리를 비행장으로 데려간다. 거기서 새러, 젬마, 스튜어트가 손을 흔들고 내 소감을 듣고 싶어서 눈을 반짝인다. 멋진 순간순간을 다 기억할 수 있을까? 사진이, 위에서 내려다본 세상 풍경이 있다. 장담컨대 치매도 이 기억을 빼앗지 못할 것이다. 그 말을 한 적이 있던가?

홍차로 축배를 드니 이제 떠날 시간이다. 다음에는 무슨 일이 있을까? 누가 알까? 할 수 있을 때 이런 기회를 꼭 잡아야 된다는 사실만 알 뿐. 그곳에서 나오는데 윙워킹(나는 비행기 날개 위에서 펼치는 곡예 – 옮긴이)하는 포스터가 보인다…….

상태가 좋은 날도 한순간 안개가 자욱해질 수 있다. 오늘은 중간에 그런 일이 생겼다. 처음에 내 머리가 앞에 놓인 단어들을 따라잡으려고 버둥댄다. 처음에는 뿌연 기운이 나타났다. 군데군데 떠 있는 안개 사이로 운전하는 것 같았다. 모든 게 – 시간과 동작 – 느려졌고, 생각이 모이지 않고 피어오르는 연기처럼 산산이 흩어졌다. 이제 어떻게 대처할지 안다. 이런 상태에 대비되어 있다. 눕거나 그냥 가만히 앉아 있으면 된다. 방에 가서 침대로 올라가, 머리까지 이불을 뒤집어써서 창으로 드는 눈부신 한낮의 햇살을 차단한다. 그러면 바깥세상이 사라져버린다. 이렇게 남아 있는 나는 껍데기에 불과하다. 긍정적인 나는 다른 곳에 있고, 바쁘고 기발하게 돌아가던 머리에 멍함과 허전함이 들어찬다. 잠이 와서 나를 데려가면 좋겠다. 뇌에 뿌연 마취제를 쏟아부어 뿌리덮개(뿌리를 보호하려고 덮는 나무 조각 따위 – 옮긴이)를 걷어내고 더 환한 날을 남기면 좋겠다. 시계를 힐끗 보지만 숫자가 이해되지 않는다…….

잠에서 깬다. 아직 밝다. 어딜 다녀왔지? 환한 햇빛이 방에 들지만, 턱까지 이불이 올라와 있다. 덥고, 그제야 옷을 다 입고 있는 걸 깨닫는다. 이불을 밀어내고 가만히 누워 있다. 라디오에서 음악이 나오지만 무슨 노래인지 모르겠다. 조금 지난 후 침대 옆에 있는 시계로 고개를 돌린다. 15. 25. 2017. 4. 10. 월요일. 이러고 얼마나 있었을까? 언제 안개가 내렸지? 남자가 말한다 – 라디오 DJ다. 나비처럼 날아다니는 그의 멘트를 붙잡으려 애쓴다. 하나 잡고, 또 하나 잡고. 스티브 라이트(BBC 라디오의 유명 진행자 – 옮긴이)다. 낯익은 목소리. 내가 점점 돌아온다.

베개를 베고 누워 있으니 창밖 나무가 점점 눈에 익는다. 가지 사이로 파란 하늘이 조금씩 눈에 들어오고 새들이 보인다. 이제 움직일 때다. 발을 끌고 계단을 내려가 부엌에 가서,

오트밀을 그릇에 담는다. 우유를 부어 전자레인지에 돌린다. 바나나 껍질을 싸서 볼 옆에 준비해둔다. 배에서 뇌에 신호를 보내지 않고 배고프지 않지만, 연료를 주입해야 엔진을 재가동한다는 생각이 든다. 전자레인지가 윙 소리를 내고, 그 소리가 주방 가구 속으로 섞여든다.

부엌 창밖에 있는 새를 본다. 모이통에 모이를 채우러 정원으로 나가지만 몸이 떨린다. 햇살로 따뜻해지지 않는 냉기가 흘러 부엌으로 다시 오니, 조리대에 껍질 벗긴 바나나가 있다. 그걸 보니 오트밀 죽이 기억난다. 전자레인지 문을 여니 걸쭉한 오트밀이 그릇 밖으로 넘쳤다. 우유를 너무 많이 넣거나 시간 설정이 잘못됐을까? 분명히 이유는 둘 중 하나다. 옆에 놓인 접힌 행주를 손에 쥐고 오트밀 그릇을 감싼다. 바나나를 잘라 오트밀에 넣어서 위층으로 가지고 간다. 다시 침대로 들어가니, 행주로 감쌌지만 그릇이 따뜻하다. 라디오에서 비틀스의 「올 마이 러빙」이 흘러나온다. 전에 좋아하던 노래다. 오트밀을 먹지만 배가 고프지 않다. 행주가 그릇에 달라붙는다. 어쩌다 이렇게 됐지? 전자레인지 안에서 오트밀이 넘쳤겠지.

오트밀을 다 먹고 그릇을 협탁에 내려놓는다. 팔을 뻗어 아이패드를 집어 전원을 넣는다. 다시 시작하는 과정을 안다. 1인 카드게임을 열어서 카드를 하나하나 붙인다. 처음에는 천천히 움직이느라 카드를 옮길 기회를 놓치다가 점점 요

령을 터득한다. 빨강 10은 검정 9가 필요하고, 하트 2 카드는
에이스 위로 간다.

내가 돌아왔다는 생각이 든다. 거의…….

· 감사의 말 ·

우선 아나 와튼에게 감사드려야겠다. 아나가 없었다면 이 책의 씨앗은 자라나지 않았을 것이다. 우리 둘 다에게 많이 배우는 과정이었지만, 웃음도 많았고 - 이모지를 통해서 - 공유한 감정도 참 많았다. 가끔 사람들이 우리 삶에 들어오고 그때부터 늘 곁에 있는 걸 안다. 아나가 그런 사람이다.

유나이티드 에이전트의 존 엘렉에게 우리 책의 가능성을 보고 너무 잘 지원해준 데 감사드린다. 일찌감치 출판 가능성을 알아봐준 알렉시스 커슈바움, 블룸스버리 출판사의 새러 러딕, 엠마 발, 나탈리 람, 재스민 호시를 포함한 훌륭한 스태프들에게 고맙다.

놀라운 기회들을 준 알츠하이머 협회와 나를 합류시켜준 일일이 거명할 수 없는 많은 단체에 감사를 표한다.

314

요크에서 '마음과 목소리'를 만든 에밀리와 데미언에게 특별히 고마움을 전하고 싶다. 그들은 일시적인 목적을 위해서가 아니라 치매 환자들이 서로 만날 필요가 있다고 느껴서 모임을 만들었다. 초기에 모임을 통해 치매를 앓는 이들과 그들의 사랑과 열정을 만나지 못했다면, 지금 나는 아주 다른 상황에 놓여 있을 것이다.

그 무엇보다 고마운 사람은 내 인생의 가장 소중한 두 딸, 새러와 젬마다. 그들의 지지와 이해, 웃음과 사랑, 나와 더불어 배우려는 의지가 없었다면 나는 완전히 길을 잃고 무척 외로웠을 것이다.

치매를 안고 살아가는 모습을 좀 더 가까이서 바라보고 싶다면 내 블로그(www.whichmeamitoday.wordpress.com)를 찾아오시거나 트위터 '@WendyPMitchell'에서 팔로우해주시기를.

· 옮기고 나서 ·

누군가는 화장을 책으로 배웠다는 우스개가 있지만, 나야 말로 인생을 책으로 배웠다. 작은 방에서 컴퓨터 모니터와 번역할 텍스트를 앞에 두고, 시간과 공간을 초월해 다양한 인생 이야기를 만난다. 책 속 인물들이 겪는 희로애락을 함께 겪다 보니 내 나이보다 조금 조숙해진 듯도 하다. 또래보다 인생을 더 앞서 사는 기분이랄까. 번역 작업을 통해, 많은 것을 배우고 삶을 이해하고 통찰력을 얻는다. 하지만 때로는 피하고 싶은 주제도 있다. 병과 죽음 같은 피부로 느끼는 삶의 현실을 다룬 책들은 번역자로서도, 독자로서도 대하기가 두렵다. 내 앞의 지독한 진실이 거기에 적나라하게 담긴 걸 알기 때문이다. 번역 작업은 언제나 두렵고 벅차지만, 이런 타이틀을 작업할 때는 용기가 필요하다. 중·장년기에 접어

들었고 80대 어머니가 계시는 내 현실에서 치매 환자의 이야기 『내가 알던 그 사람』이 그런 타이틀이었다.

영국 요크 시에 사는 58세 여성 웬디 미첼은 NHS(영국의 국민건강보험공단) 소속으로 간호사의 근무 일정을 작성하는 팀의 노련한 팀장이다. 웬디는 싱글맘으로 두 딸을 키웠고, 이혼 후 청소부였지만 뛰어난 기억력과 일처리 능력 덕분에 현직에 이르러 은퇴를 몇 년 앞두고 있다. 그런 어느 날 머릿속이 뿌예지고, 언어 구사력이 떨어지고, 달리다가 넘어지는 일을 겪는다. 과로와 노화 때문으로 여기지만, 그때부터 초기 알츠하이머 환자의 삶이 시작된다.

알츠하이머 진단을 받기까지의 과정, 장기간의 관찰 후 진단이 내려지는 과정, 진단 후 병을 안고 직장 생활을 하는 모습, 병에 대해 공부하고 같은 병을 앓는 이들과 만나면서 사람들에게 질병을 알리고 치매 치료제 개발 연구에 참여하며 삶을 가꾸어가는 여정이 이 책에 고스란히 그려진다.

알츠하이머 환자의 현실과 감정을 의료 전문가들도 제대로 모른다는 사실을 알자 웬디는 도움 받을 곳이 없어 절망한다. 치료약이 없다는 사실에도 절망한다. 그래서 치매 환자로서 매일의 경험을 블로그에 적고, 강연과 인터뷰를 통해 치매 환자의 실정과 감정을 사람들과 공유한다. 다음 세대에도 치료제가 없을 경우 딸들이 겪을 곤란을 막고자, 신약의 임상 실험자로 자원한다. 시시때때로 자기가 누구인지, 여기가 어디인지, 뭘 하고 있는지 잊으면서도 혼자 기차를 타고 여행하고 사람들을 만나면서 세상으로 나아간다.

책에서, 현실에서 용기 있는 사람들을 많이 만난다. 하지만 『내가 알던 그 사람』의 웬디 미첼처럼 자신을 포기하지 않고 세상을 위해 삶을 헤쳐 나가는 사람은 극히 드물다. 그녀는 대부분 주저앉을 상황에서, 요양원으로 들어가 자기 안으로 숨어들 상황에서 떨치고 일어나 온몸으로 살아가는 독립적인 사람이다. 웬디 미첼을 통해 보통 사람이 얼마나 용감할 수 있는지, 얼마나 가족과 주변과 세상을 사랑할 수 있는지 배웠다. 죽음처럼 힘든 상황에 어떻게 맞설 수 있는지 배웠다. 『내가 알던 그 사람』의 번역 작업은 두려움으로 시작해서, 감탄과 용기와 위로로 끝맺었다. 번역자보다도, 독자보다도, 한 인간으로서 웬디 미첼에게 진심으로 감사하다.

내가 알던 그 사람

초판 1쇄 발행 ｜ 2018년 10월 30일
초판 2쇄 발행 ｜ 2021년 10월 11일

지은이 ｜ 웬디 미첼·아나 와튼
옮긴이 ｜ 공경희
펴낸이 ｜ 박남숙

펴낸곳 ｜ 소소의책
출판등록 ｜ 2017년 5월 10일 제2017-000117호
주소 ｜ 03961 서울특별시 마포구 방울내로9길 24 301호(망원동)
전화 ｜ 02-324-7488
팩스 ｜ 02-324-7489
이메일 ｜ sosopub@sosokorea.com

ISBN 979-11-88941-11-7 03840
책값은 뒤표지에 있습니다.

이 도서의 국립중앙도서관 출판예정도서목록(CIP)은 서지정보유통지원시스템 홈페이지(http://seoji.nl.go.kr)와
국가자료공동목록시스템(http://www.nl.go.kr/kolisnet)에서 이용하실 수 있습니다. (CIP제어번호 : CIP2018032284)